aventure en plein ciel

Castor Poche
Collection animée par
François Faucher et Martine Lang

Titre original :

TO THE WILD SKY

Une production de l'Atelier du Père Castor

IVAN SOUTHALL

aventure en plein ciel

traduit de l'australien par
MARTINE DELATTRE

Castor Poche Flammarion

Ivan Southall, l'auteur, est australien et l'un des meilleurs écrivains contemporains de livres pour la jeunesse. Par trois fois, ses livres ont été couronnés Livre de l'Année par le Conseil australien du livre d'enfant. Son œuvre a été honorée dans de nombreux pays autour du globe.

Il a écrit quelque cinquante ouvrages dont certains ont été publiés dans dix-sept langues.

Martine Delattre, la traductrice.

« Après avoir vécu six ans à New York, puis quatre à Paris, j'habite à Casablanca, au Maroc. Je n'ai jamais fait que des traductions, alors que je suis sociologue de formation. Mais les deux sont beaucoup plus liés qu'on ne pourrait le croire. Depuis toujours, j'aime traduire : version latine, grecque ou anglaise. J'ai l'impression de contribuer un peu, de cette manière, à la circulation des idées d'un pays à l'autre. »

Christian Broutin, l'illustrateur de la couverture, est né le 5 mars 1933, par un curieux hasard, dans la cathédrale de Chartres... Elevé par un grand-père bibliophile averti, il découvre très tôt le dessin en copiant Grandville et Gustave Doré. Après des études classiques, il est élève à l'École des métiers d'art et sort le premier de sa promotion. Il est l'auteur d'une centaine d'affiches de films ainsi que de nombreuses couvertures de livres et de magazines.

Gérard Franquin, a réalisé les illustrations de l'intérieur. Depuis sa naissance, en 1951, il a pratiquement toujours à la main soit un crayon, soit un pinceau... Il a mis en images de nombreux textes de l'Atelier du Père Castor où il travaille également en tant que maquettiste.

Aventure en plein ciel :

Six jeunes australiens prennent place à bord de l'*Aigrette,* un petit avion monoplan. Ils vont passer un week-end dans la ferme des parents de l'un d'entre eux, à plus de trois cents kilomètres de la ville.

Mais en cours de vol, c'est l'épouvante. Le pilote meurt brusquement d'une crise cardiaque alors qu'un violent orage bouche toute visibilité. Gerald, qui a parfois piloté avec son père, prend les commandes et tente de maintenir l'appareil au-dessus des nuages. Incapable de situer leur position, il craint de ne jamais pouvoir atterrir. Seul un miracle pourrait les sauver...

1. Bert

L'*Aigrette* – un petit appareil à la ligne plus grossière qu'élégante – atterrit en cahotant sur la piste proche du lac Ooleroo, peu après midi.

Jim Butler lui fit toucher terre comme une tonne de briques. En tant que pilote, lui aussi pouvait se montrer plus brutal que beau lorsque personne n'était là pour le regarder. Mais l'avion était capable d'encaisser. Il était habitué aux pistes de fortune traîtresses et aux plaines caillouteuses. Son dessinateur l'avait destiné à la brousse. Une chose était certaine, cependant : s'il avait pu faire entendre sa voix, il aurait amèrement protesté contre le nom qu'on lui avait peint sur le flanc. *Aigrette*? aurait-il dit. Suis-je donc un oiseau maigrichon? Ai-je donc de belles plumes? Suis-je une jolie petite chose bondissante?

Jim Butler était en avance. Les enfants qu'il devait prendre n'arriveraient pas avant une heure quinze. Il avait compté avec de forts vents contraires – Hennessy les lui avait annoncés comme une certitude – mais ils ne s'étaient pas manifestés et maintenant, il avait une heure à tuer. Trop court pour appeler un taxi et aller déjeuner en ville et trop long pour simplement s'asseoir et réfléchir.

Jim était un homme énergique, toujours occupé, le genre d'homme qui trouvait difficile de rester inactif. Il se dirigea donc vers le téléphone accroché au mât de la manche à air et appela l'agent du dépôt de carburant.

– Où en êtes-vous pour le carburant d'avion? demanda-t-il.

– On est O.K., dit l'agent.

– Je suis sur la piste. Vous pouvez me faire le plein? Disons cent vingt litres.

– Sûr. C'est pour qui?

– Hennessy. Les Hennessy de Coonabibba. Ils ont un crédit chez vous?

– Un crédit? Vous n'avez pas cette somme sur vous?

– Jamais, répondit Jim. Par principe. Vous faites crédit ou non?

– Sûr. Avec Hennessy, n'importe quand, même si nous n'avons pas eu de contact depuis longtemps. Comment se fait-il qu'il ne pilote pas lui-même ?
– Je ne l'ai pas volé, camarade, soupira Jim, si c'est ce que vous voulez dire. (Il était fatigué de cette question. Ces derniers temps, on la lui avait posée dans une douzaine de villes intérieures.) Je m'appelle Butler. Je vole pour Hennessy depuis que son cheval l'a flanqué par terre. Vous n'en avez pas entendu parler ?
– Hennessy a beau être important à sa façon, M. Butler, ce n'est pas encore un personnage national.

Cependant, la réponse devait avoir satisfait l'agent, car il dit :
– Ce coucou tient plus de cent vingt litres, vous savez ?
– Je sais, camarade ! Je sais combien il faut pour le remplir !

Jim raccrocha brutalement le combiné et revint sans se presser vers l'appareil en se demandant pourquoi il était si irritable, si inhabituellement énervé. S'il avait pu dire pourquoi, il aurait sans doute été déjeuner en ville, sans se préoccuper du plein. D'un autre côté... mais il est bien difficile de prédire ce qu'il aurait fait. Il vaut sans doute mieux que les hommes ne connaissent pas l'avenir.

Mark, à la fenêtre, le rideau soulevé, guettait impatiemment la voiture. Il n'écoutait pas vraiment la voix de sa mère qui bourdonnait derrière lui. Il savait très bien ce qu'elle devait dire parce qu'elle l'avait déjà répété une bonne douzaine de fois. Et puis Colin écoutait, lui. Colin était comme ça. Il parvenait toujours à prendre un air exprimant le degré correct d'attention. Même Mark appréciait le fait que Colin soit le genre de garçon qu'aimaient les adultes.

– Quand vous arriverez à Coonabibba, disait Mme Kerr, il faut vous rappeler que vous êtes des invités. Surtout toi, Mark. N'oubliez pas que vous n'êtes pas chez vous.

Elle souhaitait de tout son cœur que Mark ne soit pas de la partie. Il était trop jeune, trop turbulent, trop irréfléchi. Les Hennessy l'avaient invité par simple courtoisie, pour qu'il ne se sente pas rejeté. Mais c'était Colin qui était l'ami de Gerald Hennessy, pas Mark. Mark venait à peine d'avoir onze ans.

– Les Hennessy, poursuivait-elle, sont des gens très riches et ils possèdent de nombreux objets beaux et fragiles qu'ils ont rapportés de tous les coins du monde. (Elle n'en était pas très sûre, n'ayant jamais mis les pieds dans la maison des Hennessy. Mais c'était une supposition raisonnable). Alors, fais bien attention, Mark. Et s'il te plaît, ne *cours* pas d'une pièce à l'autre. Marche ! Et lève les pieds ! Regarde où tu vas. Et pour l'amour du ciel, ne va pas te coucher avec ton maillot de corps.

Mark hocha la tête d'un air absent, mais Colin adressa à sa mère le sourire et la réponse de circonstance.

– Je l'aurai à l'œil, maman.

– Je compte sur toi, Colin. Il faut qu'il ait les mains propres et qu'il se coiffe. Et surtout, qu'il *ne rote pas* après le repas.

– Je l'aplatis s'il le fait.

– Je suis certaine que ce ne sera pas la peine d'aller jusque-là ! Tu dois simplement lui rappeler qu'il est assez grand pour se conduire convenablement. Mme Hennessy aura bien autre chose à faire que de s'occuper d'un sauvage de onze ans. Avec six enfants chez elle pour le week-end, elle aura les mains pleines.

– Plus que six, dit Colin avec un sentiment de satisfaction que sa mère ne remarqua pas. Plutôt dix. Il y aura aussi les voisins, tu sais. Et ils viennent de si loin qu'ils resteront dormir.

– Je ne m'inquiète pas pour les voisins. Les voisins des Hennessy savent certainement se comporter. Ils ont l'habitude de ce genre de vie. Ah, autre chose, Colin. Sois gentil avec Jan. Ne sois pas impoli avec elle.
– Hou! fit Colin, car il y avait des zones d'hostilité même dans la vie d'un garçon bien élevé.
– Colin! s'exclama Mme Kerr d'un ton sévère.
– Très bien, très bien. Mais pourquoi lui ont-ils demandé de venir?

Janet, assise tristement devant sa coiffeuse, se contemplait dans la glace. Son sac était bouclé et attendait sur le lit. Dans la chambre voisine, Bruce piaillait de joie comme un yodler suisse et leur mère criait du fond de la maison :
– Voulez-vous descendre tous les deux ou la voiture va arriver avant que vous ayez le temps de prendre votre déjeuner!
Vrai de vrai, Janet connaissait des tas de filles qui tiraient tout le plaisir du monde à se regarder dans la glace. Même des filles vraiment moches (dotées de pouvoirs d'observation limités) parvenaient à considérer leur reflet avec gratitude et admiration. Mais Janet était soit trop franche, soit trop lucide, ou encore trop facilement déprimée.

Chaque fois qu'elle se sentait mal et voulait se sentir pis encore, elle allait dans sa chambre, fermait la porte et disait : « Miroir, ô miroir, dis-moi qui est la plus vilaine de toutes ! Dis-le-moi et je te brise en mille morceaux ! »

Janet ne s'examinait jamais d'un œil critique quand elle était heureuse, bien sûr. Elle n'y pensait pas, alors. Si elle l'avait fait, elle aurait peut-être découvert qu'un nez retroussé, des taches de rousseur, de hautes pommettes et un front large, outre un caractère espiègle, possédaient un véritable charme. Mais Janet n'avait pas la moindre once de vanité. Elle resterait donc inconsciente de sa beauté jusqu'à ce qu'un jeune homme, dans quelques années, en fasse la découverte pour elle.

A l'instant présent, la contrariété venait de ce qu'elle n'avait pas vraiment envie d'aller à Coonabibba. Sans conteste, cela devait être drôle de prendre l'avion (cinq cents kilomètres aller et cinq cents kilomètres retour) si elle n'était pas malade, et de passer trois jours dans une célèbre ferme de moutons; mais en fin de compte, on en revenait toujours à Gerald Hennessy. Comment pourrait-elle l'exclure de la scène ? C'était sa maison. C'était son week-end. C'était son invitation.

Elle n'avait jamais été très impressionnée par Gerald Hennessy. Il semblait sonner creux, sans qu'elle puisse mettre le doigt sur la raison. Il était tout simplement trop intelligent, trop beau garçon, trop libre avec son argent et trop bien habillé.

Rien de tout cela n'était sa faute. Il n'y pouvait rien s'il était né intelligent, généreux et beau. Il n'était pas non plus à blâmer pour le hasard qui l'avait fait naître dans ce contexte béni des dieux. Ce n'était pas sa faute si son père avait hérité de cent trente hectares de terres à pâture semi-désertiques à l'ouest de la rivière Darling, idéalement appropriées à l'élevage des plus beaux mérinos. Mais d'une certaine façon, Janet lui en voulait pour tout ça (et à son père aussi) même si Bruce, son frère, était l'un des meilleurs amis de Gerald.

Elle trouvait que ce n'était pas juste que tout soit si facile pour certains, alors que son père, qui valait dix fois mieux que M. Hennessy, était toujours en train de se battre pour régler ses factures. Exactement comme Bruce – qui ressemblait tant à son père – aurait un jour à se battre pour régler les siennes, pendant que Gerald contemplerait tout ça de la hauteur de son royaume éblouissant, baigné dans le soleil de l'ouest.

Elle ne croyait pas un seul instant que c'était Gerald qui avait eu l'idée de l'inviter pour son quatorzième anniversaire. Mais il avait sûrement pensé à Carol Bancroft. Carol était son type. Carol n'avait pas de riche famille derrière elle, mais elle était posée, elle avait une politesse et une maturité qui dépassaient largement ses treize ans. En sa compagnie, par contraste, Janet se sentait le plus souvent comme une pièce rapportée. Ce n'était pas qu'elle était jalouse de Gerald ou de Carol, pourtant quelque chose en eux la rendait furieuse.

Son invitation était plutôt due à la compassion de la mère de Gerald, basée peut-être sur l'espoir erroné que Janet serait une bonne compagnie pour Carol, ou peut-être parce qu'elle était la sœur jumelle de Bruce Martin. (Les gens parlaient toujours d'*obligations* quand il s'agissait de jumeaux.) Janet ne redoutait pas le week-end à Coonabibba. Il y avait des moments où elle se sentait tout excitée à cette idée, lorsqu'elle pensait aux moutons, aux chevaux et aux levers de soleil sur le désert; mais elle avait le sentiment d'être exclue, un peu comme une resquilleuse, comme si elle n'avait pas le moindre droit d'aller là-bas.

Bruce entra en trombe.

– Viens vite, Jan. Remue-toi. Maman devient hystérique. Elle dit que le déjeuner refroidit.

Le taxi klaxonna pour Gerald à douze heures cinquante. Sa tante dit : « Au revoir, mon chéri. Joyeux anniversaire pour demain ! » Puis elle déposa un baiser sur sa joue et ferma la porte avant qu'il ait franchi la grille. Il s'arrêta une seconde de marcher. Oui, la porte était certainement fermée et elle était rentrée dans le salon ancestral où les rideaux étaient tirés, pour retrouver son film de l'après-midi à la télévision, un film tout à fait ringard, qui datait de Mathusalem, à propos d'une pauvre petite fille riche qui possédait tout en ce bas monde, absolument tout, bonheur et tout le reste. Et bien sûr, elle en souffrait terriblement. C'était le fin mot de l'histoire. Cela n'avait aucun sens pour Gerald ni pour n'importe qui sans doute, sauf pour des gens comme sa tante. Elle s'était précipitée pour verser encore une larme ou deux.

Gerald haussa les épaules – qu'est-ce que ça pouvait lui faire ? – et sourit, sans gaucherie mais avec un peu d'embarras, au chauffeur de taxi. Il le connaissait bien. Bert. Tout le monde l'appelait Bert. Quel pouvait être son nom de famille, Gerald n'en avait aucune idée. A moins que ce ne fût Taxis. C'était sous ce nom-là qu'on le trouvait dans l'annuaire.

– Bonjour, dit Gerald, mais il devinait que Bert attendait autre chose de lui. Il le voyait à l'expression de l'homme, dont le plissement des yeux n'était pas seulement dû à la lumière verdoyante.

– Oh, elle! fit-il. Ne vous occupez pas d'elle. Il y a un film à la télé.

Bert n'était pas né de la dernière pluie. Il y avait une femme comme ça dans sa famille.

– Est-ce qu'elle prend quelquefois la peine d'agiter la main pour dire au revoir ou bien est-ce qu'il y a toujours un film à la télé?

– Zut, dit Gerald, je ne m'en vais que trois jours.

– Là n'est pas la question, mon garçon.

Gerald haussa les épaules.

– Peut-être pas, mais ça m'est égal.

C'était vrai d'ailleurs. Pourquoi se torturer? Sa tante ne changerait jamais. Chaque fois qu'il prenait le taxi de Bert, il avait droit à une conversation de ce genre.

L'homme lui jeta une clef.

– Mets ton sac dans le coffre.

Bert était comme ça. Indépendant. On le savait. Et personne ne s'en offensait, en général. Puis Gerald se glissa sur le siège à côté de Bert.

– A qui le tour?

– Vous connaissez les Bancroft?

– Dans Macquarie Street?

Gerald hocha la tête.

– Et après, on va chez les Kerr, au 14 Jacaranda Street et puis chez les Martin, au 23 Waratah Street. D'accord?

– Yep. (Bert démarra et adressa un clin d'œil au garçon :) Tu ne choisis pas tes amis dans le gratin, on dirait?

Gerald haussa les épaules. Il était difficile de répondre à certaines choses. Bert ne le rendait pas vraiment nerveux, mais en général, en sa compagnie, Gerald se tenait toujours sur la défensive. Bert savait qu'il était un Hennessy, héritier d'une longue lignée de Hennessy. Bert lui-même était un travailleur – ou du moins il se disait tel – sans grand amour pour la classe des grands propriétaires terriens, leurs privilèges et leur richesse. Que Bert emploie aussi des travailleurs et possède six taxis ne comptait pas. Pas pour Bert. Pas quand il taquinait Gerald.

– Est-ce que ton père approuve le choix de tes amis? Au point de les emmener dans la maison baronniale?

– Bien sûr.

Il y avait eu des problèmes, mais Gerald n'avait aucune intention d'en discuter avec Bert.
– J'aurais plutôt cru que les gosses de la haute, dans Phillip Street, étaient dans ta ligne.
– Eh bien, vous vous êtes trompé on dirait.
– Yep, dit Bert. En effet. Comment se fait-il que tu n'ailles pas dans un de ces collèges chics de Sydney ?
– Je ne sais pas, dit Gerald. Trop loin, peut-être.
– Les Richmond y envoient leurs enfants et les Kingsford aussi, et ils sont bien plus loin à l'ouest que vous.
– Les garçons Richmond et les Kingsford ne rentrent chez eux que trois fois par an, dit Gerald. Moi, j'aime bien rentrer tous les mois.
– C'est compréhensible, dit Bert. Quand on habite dans ce vieux nid de hibou, on a envie de rentrer au moins une fois par mois.
– C'est injuste ! Vous devriez vous excuser.

Bert eut un bref sourire.
– Je te taquine, mon garçon. Tu es très bien. N'importe quel gosse comme toi qui fréquente le lycée doit être très bien.

Ce n'était pas encore ce qu'il fallait dire, en tout cas pas de l'avis de Gerald, mais il ne cherchait pas la bagarre. Gerald était facilement démonté par les querelles, en particulier les querelles avec des hommes qui avaient le visage de Bert, et Bert ne l'ignorait pas. C'était un visage aux traits grossiers, un visage comme on en trouvait dans les ruisseaux de Londres au siècle dernier. « Il existe une race d'hommes qui portera se visage jusqu'à la fin des temps, avait dit un jour le père de Gerald. La vulgarité est en eux. Ne t'en approche pas, mon fils. »

Pourquoi Gerald pensait-il à ça maintenant ?

Bert klaxonna encore. Ils étaient arrivés devant la maison des Bancroft dans Macquarie Street, et Carol se tenait sur le porche avec sa mère. Carol portait son sac et était vêtue d'une robe à fleurs et à volants trop âgée pour son âge mais pas trop âgée pour Carol. Les filles, en général, n'intéressaient pas terriblement Gerald, pourtant tout dans Carol l'excitait – c'était *bon* de la connaître. Il s'élança hors du taxi pour lui prendre son sac.

– Bonjour, Carol. Bonjour, Mme Bancroft...

C'est si gentil à vous de permettre à Carol de venir.

Mme Bancroft n'était pas inquiète. Pas quand il s'agissait des Hennessy.

– Elle est dans de bonnes mains, minauda-t-elle. Ça va être une merveilleuse expérience pour elle. Tu n'as jamais vu un élevage de moutons, n'est-ce pas Carol?

– Non, mère.

La mère et la fille ne se ressemblaient pas du tout, même si, un jour peut-être, Mme Bancroft avait été comme Carol. Cette dernière possédait une allure que sa mère n'avait jamais pu acquérir. Carol savait choisir ses mots, elle était douée d'un tact et d'une qualité de voix qui, en douceur, semblaient s'excuser des manières de sa mère sans pour autant l'humilier. Naturellement, tout le monde ne le remarquait pas. Et Gerald n'était pas assez mûr pour s'en apercevoir. La Mme Bancroft qu'il connaissait et la mère que Carol connaissait étaient deux personnes différentes. Même la Carol que Gerald connaissait et la véritable Carol n'étaient pas la même personne.

Bert jeta encore une fois la clef. Gerald l'attrapa de sa main libre et déposa le sac de Carol dans le coffre.

– Ne la gâtez pas trop, Gerald, dit

Mme Bancroft. Elle l'est déjà suffisamment, vous savez.

Gerald lui adressa un sourire éblouissant.

– Je suis certaine que vous allez vous amuser formidablement tous les deux. Vous avez l'air de vous entendre si bien.

Gerald ne fut aucunement gêné de ces paroles, mais Bert grimaça et fit tourner son doigt dans l'encolure de sa chemise. Carol dit :

– Au revoir, mère. Ne t'inquiète pas. Je te garderai une tranche de gâteau d'anniversaire... Je suppose qu'il y aura un gâteau, Gerald ?

– S'il n'y en a pas, je voudrais bien qu'on m'explique pourquoi, dit Gerald.

Quelques instants plus tard, le taxi s'ébranlait et Mme Bancroft se retrouva sur le trottoir seule et légèrement nerveuse. Elle était jalouse de sa fille et de ce qu'elle pouvait devenir. Mais elle l'aimait quand même, d'une manière un peu peureuse.

Carol s'était assise à côté de Gerald. Bert dit :

– Alors, c'est un anniversaire que vous allez fêter ?

– C'est ça, dit Gerald.

– Et tu invites tes camarades de classe pour célébrer ça ?
– Oui.
– Promenades à cheval, parties de tennis, barbecues et le reste ?
– Je suppose.
– Très démocratique, dit Bert. Mais ce n'est pas à six qu'on fait la fête.
– Il y aura d'autres gens, dit Gerald avec une prudence renouvelée.
– Ah, fit Bert. Un petit mélange, hein ? Les sang bleu avec les prolos ?
– Oh, pour l'amour du ciel, éclata Gerald. Qu'est-ce que je vous ai fait ? Pourquoi est-ce que vous m'attaquez tout le temps ?

Bert sourit.

– Je ne t'attaque pas, gamin. Je suis le genre d'ami qu'un gosse comme toi doit avoir. Qu'est-ce que vous en pensez, mademoiselle ?
– Je dirais que vous avez une étrange façon de montrer votre amitié.
– Yep, dit Bert. A question idiote, réponse idiote. On va chez les Kerr, as-tu dit ?
– Oui.

Bert klaxonna, bien que ce ne fût pas vraiment utile. Mark sortit en trombe de la maison, Mme Kerr derrière lui, les doigts crispés sur ses tempes, geste qui lui était familier. Elle avait des problèmes, la pauvre, qui prenaient tous leur source en Mark. Bert s'exclama :

– Voilà la terreur!

Et Mme Kerr cria :

– Mark, veux-tu attendre Colin!

Et Colin, dans son plus beau costume, essayait, sans succès, de donner l'impression que Mark n'était pas avec eux. Il marcha avec dignité vers la grille, un livre dans une main, une valise dans l'autre.

– Salut, dit-il à Gerald et Carol, mais personne ne l'entendit.

C'était l'heure de Mark – pas celle de Colin. Mark grimpa dans la voiture et déclara :

– Coonabibba, à nous deux!

– Enlève tes pieds du siège! aboya Bert. Ou bien, tu n'iras nulle part, pas même jusqu'à l'aéroport.

Colin réussit enfin à attirer l'œil de Gerald et agita la valise.

– Qu'est-ce que j'en fais?

La clef atterrit dans la main de Colin. Puis il se tourna et agita le bras en direction de sa mère.

– Au revoir!

– A bientôt, maman! hurla Mark.

– Au revoir, leur répondit-elle. Et la voiture s'éloigna.

Elle se tint là, comme pétrifiée, pendant

un moment étonnamment long, puis rentra dans la maison et mit de l'eau à chauffer pour le thé.

Au 23 Waratah Street, où habitaient les Martin, ce fut une autre affairc. Là, Bert klaxonna deux fois et s'apprêtait à le faire une troisième, lorsque Bruce apparut à la porte et cria :

– On arrive! Ce ne sera pas long. Jan s'est fourré quelque chose dans l'œil.

Janet pleurait. Elle ne voulait pas y aller. Elle l'avait décidé brusquement et refusait de dire pourquoi : « Je ne veux pas y aller, c'est tout. »

A cause de Carol. Carol était une dame et Janet une moins que rien. Janet ne voulait pas jouer le rôle de la pièce rapportée pendant trois longs jours.

C'était drôle. Le même visage sur Bruce faisait de l'effet. Sur elle, c'était une calamité. Jusqu'à présent, quand même, elle n'avait jamais permis à son visage de bouleverser sa vie. Elle en avait été souvent malheureuse, pas au point, cependant, d'impliquer d'autres personnes.

– Mais pourquoi? criait sa mère. Tu dois bien avoir une raison. On ne se met pas dans des états pareils pour rien. Tu étais si excitée à l'idée de cette invitation.

– Pas du tout ! Je ne veux pas y aller ! Je ne veux pas !
– Est-ce que tu as peur de prendre l'avion ?

Sa mère croyait avoir envisagé toutes les autres possibilités. Comment une mère aurait-elle pu deviner la véritable raison ? Elle pensait que Janet était belle !
– Non, non, dit Janet.
– Tu as fait un cauchemar ?

Les rêves de Janet intéressaient Mme Martin. Elle était certaine que l'enfant était un médium.
– Tu as eu la prémonition d'un danger ou quelque chose ?
– Non, non, non !
– Alors, qu'est-ce que c'est ?
– Ça n'a pas d'importance.
– Ça a une extrême importance.
– Je ne veux pas y aller, tout simplement, dit-elle.
– Mais tu vas venir, rugit Bruce. Je vais te forcer !
– Je voudrais bien voir ça !
– Janet, intervint sa mère d'un ton farouche. Une invitation a été lancée, tu l'as acceptée et tu vas l'honorer. Va immédiatement dans la salle de bain te laver la figure. Et après, tu vas franchir cette porte !
– Non !

– Janet, je te l'ordonne!

C'était l'expression finale chez les Martin. Cela l'avait toujours été. Aussi Janet obéit-elle en sanglotant et Bruce dit à sa mère :

– Mon Dieu, qu'est-ce qui lui prend?

– C'est son âge.

C'était le genre de généralisation désespérée qui recouvrait tout lorsque rien d'autre ne convenait.

– Je ne vois pas ce que son âge a à faire là-dedans. Elle a le même âge que moi. Qu'est-ce qu'il y a de si spécial?

– Tu ne peux pas comprendre.

– Et pourquoi donc?

– C'est une fille, pas un garçon. Ni tout à fait enfant ni tout à fait femme.

– Et moi alors? Qu'est-ce que je suis?

– Oh, je ne sais pas, je ne sais pas. Je ne m'inquiète pas pour toi. Va plutôt leur dire qu'elle arrive. Et prends les bagages! Je ne vais quand même pas les porter. Le sac de Janet aussi!

Bruce grogna, marmonna quelque chose entre ses dents, attrapa les deux sacs et sortit.

Mme Martin alla dans la salle de bain et trouva Janet sanglotant devant le lavabo.

– Que se passe-t-il, ma chérie? Allons, dis-le-moi.

– Je ne peux pas, tu serais furieuse ou bien tu rirais.
– Les mères ne se moquent pas de leurs filles. Elles ont été jeunes, elles aussi.
– Je ne peux pas te le dire, maman, je ne peux pas.
– Très bien. Alors, lave-toi la figure et dépêche-toi. Tu te conduis très mal. Tu fais attendre les autres.
– Oh, maman, dit Janet.
– C'est l'avion? Ou bien tu as fait un rêve?
– Non!

Janet se lava la figure, prit la serviette des mains de sa mère et réussit à étouffer ses sanglots. Ce n'était pas facile, parce qu'elle ne maîtrisait plus la situation, maintenant. Les problèmes avaient pris des proportions gigantesques.
– Tu es calmée?

Elle ne l'était pas, mais elle hocha la tête.
– Très bien. Nous en parlerons plus tard. Allons, viens.

Lorsque la voiture fut partie, Mme Martin rentra vite chez elle pour téléphoner à son mari.
– Len, dit-elle, je suis inquiète. Je viens

d'avoir une scène terrible avec Janet. Je suis convaincue qu'elle a encore fait un rêve.

Il soupira légèrement.

– Je suis certaine qu'elle a eu une prémonition. Sans doute à propos de l'avion.

– Voyons, dit-il, qu'est-ce que ça peut faire ? Qu'est-ce que ça prouve ? Elle est partie, n'est-ce pas ?

– Oui.

– Eh bien alors, pour l'amour du ciel, cesse de t'inquiéter.

Elle devait, plus tard, lui reprocher ces paroles.

2. Carol

Carol se montra remplie de sollicitude pour les yeux gonflés de Jan, qui en fut furieuse. (Personne ne l'appelait jamais Janet, sauf chez elle).

– Non, non, non, protesta-t-elle, ça va bien. C'est vrai, je t'assure. Ce n'était qu'un moucheron. Il est parti maintenant.

– Mais ça a dû te faire si mal.

– Oui, c'est vrai, dit Bruce. Tu aurais dû l'entendre.

– Et c'est aux deux yeux, insista Carol.

– J'ai pleuré, dit Jan, désespérée. (Elle pouvait supporter la sympathie de n'importe qui sauf celle de Carol Bancroft.) Tu sais bien ce que c'est d'avoir quelque chose dans l'œil.

Carol le savait, c'était bien là le problème, et elle trouvait que ce n'était pas une raison pour pleurer des deux yeux, pas quand on avait treize ans. C'était si difficile de parler avec Jan. De quoi que ce soit.

– N'y pense plus, dit Jan. S'il te plaît. Je me suis comportée comme un bébé, je n'ai pas pu m'en empêcher.

Carol n'avait pas l'intention de se montrer méchante, cependant elle voyait bien que c'était ce que Jan croyait. C'était honteux que Jan fasse partie de la fête. Elle allait probablement gâcher le week-end de tout le monde. Que de vrais jumeaux puissent être aussi différents était un réel mystère. Bruce était un bon compagnon. Ce n'était pas Gerald – Gerald était à part –, mais Bruce était quand même un bon compagnon et souvent le boute-en-train du groupe. Quand on voulait s'amuser, on n'oubliait jamais d'inviter Bruce.

Bert s'en mêla. Il sentait qu'il se passait quelque chose et ne voulait pas d'une dispute – ou d'une bagarre – dans son taxi.

– Je ne dirais pas que vous avez fait le bébé, mademoiselle. J'ai moi-même des problèmes avec mon œil gauche et l'autre pleure toujours en même temps. Les larmes coulent malgré moi. Et c'est très embarrassant, je peux vous l'assurer.

– Bof, fit Mark, pour qui toutes les larmes sauf les siennes étaient un signe de fai-

blesse. Moi, je ne pleurerais pas pour un moucheron dans l'œil.
– Tu es en général bien trop occupé à hurler pour penser à pleurer, dit Colin.
– Pas du tout, cria Mark.
– Tiens-toi tranquille, dit Bert. Et baisse un peu le ton. J'ai horreur des gosses qui braillent. Si tu veux monter en taxi avec des adultes, comporte-toi comme un adulte.
– Des adultes? hurla Mark. Quels adultes?
– Très bien, aboya Bert. Si tu hurles encore une fois, tu sors toute de suite. Une seule fois, tu entends?

Mark grogna, se sentit gêné et se rencogna contre la portière. Puis il vit que Carol avait tourné la tête pour le regarder d'un air sévère. Exactement comme une sacrée maîtresse d'école. Ça allait être un drôle de week-end si on ne pouvait pas ouvrir la bouche! Carol pensait à peu près la même chose, sous un angle différent. Elle était en train de se dire que Colin Kerr était parfait dans son genre et que son plus gros défaut, c'était son frère. Mark était une peste. Entre Mark et Jan, une ombre planait sur le week-end à Coonabibba avant même qu'il ait commencé. Elle ne comprenait pas pourquoi les Hennessy avaient invité ces deux-là. C'était des inadaptés. Il n'y en avait pas un pour sauver l'autre.

– Qu'est-ce que c'est ton livre, Colin? demanda Bruce pour changer de sujet.

– Hein?

– Ton livre?

– Oh, *Oliver Twist*.

– Mince alors, tu n'as quand même pas apporté tes devoirs, dis donc?

– Pas exactement. J'ai pensé que ça ne me ferait pas de mal de le lire. Il faut bien le lire un jour, non?

– Eh bien, tu as du courage.

– M. Crampton l'a bien dit pourtant. Que s'il nous permettait de sortir plus tôt, il faudrait rattraper.

– Il plaisantait, dit Gerald. Il me donne toujours une demi-journée quand je rentre à la maison. De toute façon, tu n'auras pas le temps de lire, pas avec tout ce que mère a prévu pour nous.

– Quoi? demanda Mark, intéressé. Qu'est-ce qui est prévu?

– Un tas de choses. Même quelqu'un avec qui t'amuser.

– Vrai?

– Oui, Lesley Harrington doit venir.

– Qui c'est?

– Elle habite à Vernon – c'est la propriété voisine.

– Une fille! gémit Mark.
– Ne compte pas rester dans mes jambes ce week-end, dit Colin. Oublie cette idée.

Mark allait encore une fois se mettre à hurler, lorsque son œil rencontra la casquette de Bert et Gerald dit :
– Le frère de Lesley sera là aussi, mais il est plus jeune.
– Quel âge?
– Six ans.
– Ça me tue, gémit Mark qui se renfonça dans son coin, boudeur.

Colin interrogea :
– Et qui d'autre encore?
– La foule, dit Gerald. Mais la bonne foule. Mère sait organiser ce genre de réunions, tu sais. Il y aura aussi des gens plus âgés – en tout, nous devrions être une trentaine, je crois. Ils viennent de kilomètres à la ronde. Même les Manning qui habitent à trois cents kilomètres à l'intérieur du pays.
– Ben mon vieux! s'exclama Bruce. Je ne le savais pas. Pourquoi ne nous as-tu rien dit?
– C'est formidable, dit Colin en lançant un regard de côté à Jan. (Il avait eu l'horrible soupçon que son sort allait être lié à celui de Jan pour tout le week-end mais les chances augmentaient qu'il n'en soit pas

ainsi.) C'est formidable, répéta-t-il. Mais tu aurais pu nous prévenir, Gerald.
– Pour vous gâcher le plaisir? Sûrement pas. C'est un week-end de surprises. (Gerald sourit.) Peut-être pour moi aussi. Je ne sais pas. Mère adore faire des trucs sans avertir.

Le visage de Bert se renfrognait à mesure que Gerald parlait.
– Et puis, dimanche, nous irons à Silver Creek. C'est une promenade de plus de cent kilomètres, dans le vieux buggy. Ça va être vachement amusant.
– Dans la région des mines d'opales?
– Oui, c'est ça. Peut-être qu'on pourra en ramasser quelques éclats.
– De vraies opales? demanda Jan, secouant pour la première fois son humeur chagrine.
– De vraies opales, confirma Gerald, en donnant un coup de coude à Carol, ce qui semblait dire qu'il y avait bien d'autres surprises dans l'air, qu'on ne trouverait pas seulement des éclats d'opales.

C'est dans ce sens, en tout cas, qu'elle interpréta son geste. Une opale en pendentif ou en bague, il y avait de quoi rêver.
– Tout est vraiment bien organisé, on dirait, fit Bert.
– Je crois, oui. Pourquoi pas?

– Je suis tout à fait pour, dit Bert. Je ne critique pas. Tout dépend, c'est tout.
– Dépend de quoi ?
– Si l'avion est là.
– Mince ! s'exclama Bruce. Et pourquoi ne serait-il pas là ? Il sera là, hein, Gerald ?
– Bien sûr, dit Gerald. Il est sans doute déjà arrivé.
– Et comment allez-vous tous vous entasser là-dedans ? dit Bert, se faisant l'avocat du diable. C'est pas un avion de ligne, vous savez.
– Tout le monde rentrera.

Mark se redressa, inquiet. S'il n'y avait pas assez de place pour tout le monde, il devinait qui serait laissé pour compte !

– Des gamins qui prennent l'avion comme si c'était une bicyclette ! De mon temps, on marchait ou bien on restait chez soi. Et la plupart du temps, on restait chez soi. Aujourd'hui, les gosses ont toutes les facilités. Sauf *eux*, bien sûr ! (Et il indiqua du pouce le bidonville qui se dressait sur la rive nord du lac.) Ouais, sauf si on est un gosse d'aborigène, je suppose.
– Oh, arrêtez ça, Bert ! dit Gerald qui, cette fois, en avait assez.

La colère l'avait soudain envahi. Les bidonvilles le rendaient malade. Il détournait toujours la tête quand il passait devant.

– Et vous ? Qu'est-ce que vous avez jamais fait pour les aborigènes, sauf prendre leur argent ?

– Tiens ta langue ! Je leur donne quelque chose pour leur argent. Je n'ai jamais volé personne de ma vie, Blanc ou Noir. Je les emmène et je ne triche pas. C'est plus que les gens de ton espèce n'ont jamais fait pour eux.

Bert était injuste. Il avait presque cinquante ans et aurait dû se montrer plus raisonnable. Le garçon avait sans doute été impoli; pourtant cela ne relevait pas de la simple colère mais du bon cœur.

Le silence s'établit dans la voiture.

Et Carol rougit. C'était stupide de sa part. Mais la rougeur monta à ses joues sans qu'elle parvienne à la réprimer. Elle rougit jusqu'à ce que ses yeux la piquent.

Ils le virent tous. Ils ne pouvaient pas ne pas le voir. Mais ils ne comprirent pas. Ils crurent que c'était à cause de Gerald. « Ça alors ! pensa Jan, elle est humaine ! » Ils ignoraient tout du squelette qui se cachait dans le placard des Bancroft, de l'arrière-grand-mère qui assombrissait l'arbre généalogique familial. « Elle est belle, avait dit sa mère, le jour de la naissance de Carol. Elle est blanche. » Quelle sotte ! Comme si Carol avait pu être autre chose ! Elle n'aurait jamais dû en parler à la petite fille.

3. Colin

Ils ne furent pas mécontents d'arriver au terrain d'atterrissage. Bert n'était qu'un vieux pisse-vinaigre. Bien sûr, il était connu pour ça. Toujours en train de s'en prendre aux gamins. Toujours en train de râler après quelque chose. Pour l'instant, il avait tout gâché et ils savaient que les choses n'allaient pas s'arranger tant qu'il serait avec eux.

– Quelle vieille chaussette, marmonna Mark dans un souffle. Il doit avoir un ulcère.

Ou peut-être était-ce le genre de journée où tous les adultes souffraient de l'estomac. Depuis le matin, sa mère n'avait pas fait autre chose, râler, râler, râler. Et Mme Martin avait descendu l'allée en bousculant Jan sans prendre même la peine de respirer. Peut-être que c'était pour ça que Jan avait pleuré et non pas à cause du moucheron dans son œil. Mark aimait bien Jan. Elle au moins ne se prenait pas au sérieux. Pas comme cette prétentieuse de Carol, qui vous regardait de haut et faisait des manières. Elle avait même du rouge à lèvres... et des lunettes de soleil en forme de papillon. C'était assez pour faire fuir un régiment.

L'*Aigrette* était bien là (ce qui était un bon coup pour le vieux Bert). Ils le devinèrent en voyant l'homme du dépôt de carburant qui partait dans son camion. Non pas qu'il les saluât en passant. Ni qu'il sourît ou quoi que ce soit. Il n'adressa même pas un signe de tête à Bert. Il les croisa simplement en faisant rugir son moteur dans un nuage de poussière, à 100 à l'heure au moins. Une raison de plus pour mécontenter Bert, parce que sa voiture noire était polie comme un miroir et qu'il n'y avait pas assez de vent pour chasser la poussière de la piste. Ils durent remonter les vitres. L'été avait été sec, traversé de vents puissants et fréquents suivis de périodes de calme étouffant. Les pluies n'allaient certainement pas tarder. Les plaines étaient brûlées, l'herbe desséchée, la terre dénudée même le long des berges de la rivière et, dans les marais, la boue noire, devenue grise, s'était figée comme du béton. Seuls les arbres étaient restés verts, mais leur feuillage était poussiéreux et sale. Ce n'était pas encore la véritable sécheresse, cependant si les pluies ne tombaient pas très vite, la situation risquait de devenir catastrophique.

Lorsque la voiture émergea du nuage de poussière, l'*Aigrette* s'offrit à leur vue : un petit monoplan, aux ailes hautes, avec un moteur à hélice et une cabine fermée. Il avait un fuselage jaune, un empennage blanc, les ailes et la queue noires. Les couleurs insultaient délibérément l'œil. L'avion était peint non pas pour se fondre dans le paysage mais pour être bien distinct, pour être clairement visible au sol en cas d'accident ou d'atterrissage forcé. Pourtant, l'*Aigrette* n'était pas un habitué de ce genre de situations. C'était un petit avion particulièrement stable et robuste, sur lequel on pouvait compter. Un petit avion chanceux, dont l'histoire était entièrement dépourvue d'incidents ou d'accidents.

– Le voilà, déclara inutilement Gerald.

C'était un beau spectacle. L'avion annonçait l'aventure, la fin de la présence de Bert et de son taxi. Pour une fois, Bert comprit qu'il était allé trop loin, mais l'art de s'ex-

cuser n'était pas son fort. Il tenta quand même d'arranger les choses – sans succès. Gerald paya la course et Bert dit :
– Vous serez de retour vers huit heures, lundi matin, je suppose.
– Sans doute.
– Alors, je vous attendrai.
– Attendez si vous voulez mais je préfère aller à pied.

Entre-temps, les autres étaient descendus, les garçons sortaient les bagages du coffre et le pilote de l'avion, qui se tenait jusque-là à l'ombre de l'aile, s'avança pour les accueillir. Du moins telle semblait son intention, jusqu'à ce qu'il entende le ton de voix de Gerald. Alors, il tourna les talons.

Bert n'avait plus rien à ajouter. Il empocha l'argent et partit, le front aussi noir que l'orage, laissant ses passagers groupés comme des gens abandonnés sur le quai entre deux trains. Tout le monde était désorienté, même le pilote. Un seul coup d'œil sur son visage suffisait pour s'en rendre compte.
– Prêts? dit-il, comme si cela ne l'intéressait pas.
– Oui, dit Gerald... Mais ce chauffeur de taxi!
– Qu'est-ce qu'il a?
– C'est ce qu'il *a dit*!

Jim Butler interpréta cela comme une invitation à poursuivre le sujet, or il n'en avait pas envie. Il avait eu assez d'ennuis avec l'agent du dépôt de carburant. Ils n'en étaient pas venus aux insultes, toutefois il avait régné entre eux un climat d'irritation, d'impatience et de manque de courtoisie. Peut-être la faute en revenait-elle à Jim ? Il était suffisamment honnête pour l'admettre. Il ne se sentait pas dans son assiette. C'était une de ces mauvaises journées. Et à présent, pour couronner le tout, un avion rempli de gosses. Ils avaient intérêt à bien se conduire !

– Vous avez déjà tous pris l'avion ? demanda-t-il.

Et quelque chose dans sa voix les avertit qu'ils étaient encore en présence d'un adulte d'humeur incertaine. Même s'il avait l'air assez gentil, un peu comme un père affectueux, ils voyaient bien que ce n'était pas le cas. Gerald leur avait dit que c'était une sorte d'aventurier, qui avait fait des douzaines de métiers dans autant de pays à travers le monde.

Colin répondit en montrant Mark :

– C'est la première fois.

Jim grogna :

– Et les autres ?

Il semblait qu'ils n'en étaient pas à leur

premier voyage, à en juger par leurs hochements de tête.

– Quelqu'un a-t-il le mal de l'air?

Jan parut gênée.

– Moi, quelquefois.

– Elle veut dire à chaque fois, oui, intervint Bruce.

– Le mal de l'air? s'exclama Mark. Comment l'air peut-il vous rendre malade?

– C'est l'avion, fiston, dit Jim, évaluant le garçon. (La malice personnifiée. On lui donne un doigt et il vous prend le bras. Jim se fit la remarque que c'était le genre de gamin à mener sévèrement.) C'est l'avion, pas l'air. Comme c'est le bateau, pas la mer... De toute façon, on va vite le savoir. Et toi aussi. Comment t'appelles-tu?

– Mark.

– Désolé, dit Gerald. J'aurais dû faire les présentations. Mais ce Bert m'a fait perdre la tête. Il faut toujours qu'il lance des piques.

Jim haussa les épaules.

– Ça ne fait rien, je les noterai au cours de la conversation. Et vous, mademoiselle?

– Jan Martin.

– Eh bien, je crois que vous feriez mieux de vous asseoir devant avec moi. Si vous avez quelque chose à regarder, vous oublierez peut-être d'être malade.

Gerald était déçu. C'était *son* siège? Et quelquefois même, Jim le laissait piloter.
– Il y a une chose qu'il faut absolument vous rappeler, poursuivit Jim. Ne vous agitez pas. Ce n'est pas un avion de ligne. Si vous remuez, vous risquez de perturber son équilibre. Et je veux un vol sans problème. Pas d'excitation, pas de bousculade. Vous allez être en l'air pendant trois heures. Je veux trois heures de bonne conduite. Et toi, Mark, à la moindre bêtise, je te flanque par-dessus bord.
– Mais qu'est-ce que j'ai fait, moi, monsieur? gémit Mark.
– Rien, dit Jim. Et je veux que ça continue comme ça. Et pas de chichis, tu peux m'appeler Jim. Simplement Jim.

Jan avait des doutes. Elle se demandait si elle allait pouvoir appeler par son prénom un homme assez âgé pour être son père. Curieusement, ses yeux rencontrèrent ceux de Colin dont l'expression semblait émettre les mêmes doutes. Puis Carol dit :
– J'ai apporté des sucres d'orge, Jim. Cela pourra peut-être aider ceux qui se sentent mal.
– C'est exactement ce qu'il faut. Distribuez-les. Vous êtes?
– Carol.
– Excellente idée, Carol. Bon, alors, tous à

bord. Gerald, occupe-toi des bagages, s'il te plaît, et essaie de faire en sorte que je n'ai pas besoin de les ranger à nouveau.

Jim fit rouler l'*Aigrette* au bout de la piste. Jan, dans le siège avant droit, était tendue et raide, son morceau de sucre d'orge déjà écrasé entre ses dents, le pouls accéléré, sa ceinture de sécurité un peu trop serrée.

Était-ce vraiment la raison pour laquelle elle ne voulait pas venir, après tout? Était-ce la peur de ce malaise physique, de cette terrible nausée, qui était au fond de son refus, plutôt que la présence de Gerald ou celle de Carol ou l'impression d'être toujours la pièce rapportée? C'était peut-être, depuis le début, à cause de l'avion. Peut-être que sa mère avait raison. Peut-être que tout le reste était une excuse pour cacher la véritable peur.

Le lac était à peine à une centaine de mètres. Des oiseaux, dérangés dans les roseaux, s'envolèrent par-dessus l'étendue d'eau dans un émoi de battements d'ailes – un émoi silencieux : ils n'entendaient rien, si ce n'est le grondement et les craquements de l'*Aigrette*. L'avion avait un moteur robuste, qui rugissait librement.

Jim ralentit et se mit vent en travers. Non

qu'il y eût beaucoup de vent au niveau du sol. Puis il vérifia le tableau de bord. L'altimètre, nota-t-il avec surprise, avait besoin d'un réajustement de plusieurs centaines de pieds. Cela voulait dire que le baromètre baissait. Un bulletin météorologique aurait été utile, mais il ne pouvait en obtenir un d'ici, pas sans une radio à ondes longues – et l'*Aigrette* n'en possédait pas. Les riches avaient leur côté pingre dans de curieux domaines. Hennessy avait dit : « Trop cher. Et on n'en a pas besoin. » Déclaration péremptoire que Jim avait ressentie comme une bêtise.

Il mit le moteur au ralenti et cria :

– Est-ce que quelqu'un a entendu les nouvelles, à midi ?

– Moi ! cria Colin de l'arrière.

– Qu'est-ce qu'on a annoncé comme temps ?

– Il va continuer à faire chaud, je crois.

– Quel tas d'imbéciles, dit Jim. Le baromètre est en train de baisser comme un fou.

Il augmenta les gaz, tourna l'avion de quelques degrés et remit les freins. Le ciel était maintenant plein sud avec vue sur l'ouest. Jim avait raison : des cirrus se formaient à quelque 15 000 pieds. Le bleu du ciel blanchissait.

– Vous voyez ça ! hurla-t-il. Le temps

change. J'espère que vous avez pris vos bottes en caoutchouc.
– Non, dit Jan en ouvrant de grands yeux.

Jim lui jeta un regard attentif et lui sourit d'une manière rassurante.
– C'est une blague, fillette. Tout le monde est O.K? *Décollage.*

Ce fut aussi soudain que ça. Colin s'était attendu à une sorte de préambule, l'espérait peut-être, une pause marquant le suspense ou l'anticipation, un frémissement d'ailes. Au lieu de cela, l'*Aigrette* se balança sur la piste, rugit puissamment et s'élança en traînant sa queue sur le sol telle une bûche de bois, tressautant, vibrant, hoquetant, comme si l'avion était bien déterminé à faire tomber toutes les dents de Colin. Il était assis par terre, coincé entre des chaussures et des jambes, son beau costume déjà couvert de poussière. Il n'y avait que quatre sièges à l'arrière et Colin, en bon gentleman, avait insisté pour se mettre là, alors que pendant des semaines, il avait rêvé de ce décollage, et de chérir le premier instant de ce vol.

Oh, les mouvements, sur le plancher, étaient d'une nature tout à fait particulière : le changement du dur au lisse, le brutal assaut du bruit qui vous secouait tout le corps. La poussière s'élevait en bouffées autour de lui, il avait le dos cassé au milieu, l'estomac descendu de trente centimètres, au point qu'il était certain d'être assis dessus. Il avait l'impression d'être pris de vertiges, vidé de son sang, au bord de la nausée. Il avala sa salive et ferma les yeux très fort. L'*Aigrette* pouvait être à 100 pieds en l'air ou à 100 pieds sous terre, il n'en savait rien et ça lui était bien égal.

Un moment plus tard, une main se posa sur son épaule. Il ouvrit les yeux, le souffle court. C'était Gerald. Ses lèvres esquissèrent les mots :

– Ça va?

Colin ne savait pas si ça allait ou pas. C'était trop tôt pour le dire. Oh, quelle terrible, terrible sensation! Gerald se pencha plus bas. Sa figure, toute proche, lui parut tendue.

– Prends mon siège!

Gerald essaya de se lever sans écraser Colin. Il y avait si peu de place et tant de bruit. Et l'avion montait si vite que Colin avait peur de bouger, il avait presque trop peur pour respirer. Il allait *vomir*!

Il gémit, cherchant sa respiration. Il se sentait misérable, honteux, faible, endolori. Il ne pouvait rien empêcher.

– Désolé, geignit-il, mais personne ne l'entendit.

Ils ne pouvaient pas l'entendre et ne voulaient pas, d'ailleurs.

S'il avait été malade de n'importe quelle autre façon, cela aurait été différent. Dans ces circonstances, leurs pensées n'auraient pas été centrées sur eux-mêmes.

Tout ce que Gerald put faire fut de se recaler dans son siège et de détourner la tête, furieux, consterné, désolé d'avoir invité les deux Kerr, Colin et sa peste de frère. « Qui l'eût cru ? » disait l'expression de son visage à Carol.

Même Mark était médusé. Il ne pouvait pas croire que cela arrivait à Colin – Colin, le frère qui prenait tout si au sérieux, qui faisait toujours exactement ce qu'il fallait faire. Là, il avait l'air d'un de ces horribles ivrognes qui roulaient dans les caniveaux. Mark ne comprenait pas. Colin avait tellement attendu ce moment, il s'en était tellement réjoui à l'avance.

4. Jim

Jan était parfaitement immobile. Elle transpirait comme une statue de glace en train de fondre dans une chambre surchauffée. Oh, elle aurait bien voulu que Jim ne s'élève pas aussi vite. Jim faisait grimper l'avion comme un cerf-volant.

La terre en dessous, le lac, les plaines, semblaient s'incliner vers l'arrière et glisser au fin fond du monde. Ah, l'*Aigrette* savait monter, vraiment monter. Ses constructeurs l'avaient voulu ainsi. Ils avaient vendu des avions de ce type à toutes les armées du monde plutôt qu'à des particuliers comme les Hennessy. L'*Aigrette* en langage de l'armée portait un autre nom, un nom qui exprimait bien son caractère coriace, son utilité, son désir de travail.

L'avion continuait son ascension et la

terre s'aplatissait, informe, brouillée par la chaleur. Elle devenait une vaste étendue de rouges sombres, de jaunes, de pourpres, qui ne cessaient de glisser au bout de l'horizon. Le ciel, devant eux, était strié par les vents, par de longues rayures de nuages, fragmentés comme l'écume sur la plage.

Jan tenait bon. Elle luttait contre elle-même, agrippée au sac en papier que Jim lui avait donné, les yeux clos à présent contre la luminosité, les narines dilatées, avec des picotements dans les genoux et les cuisses, tremblant intérieurement, inconsciente de l'état de Colin, coupée des autres par le rugissement du moteur et le souci incessant de l'équilibre délicat de son propre estomac. Mais Jim, lui, l'avait d'abord senti et il avait porté une main à son front dans un mouvement d'irritation, avant de jeter un coup d'œil à ses passagers. Il avait aperçu quatre enfants, assis bien droits, une expression peinée sur le visage, comme si le pauvre être à leurs pieds était un objet de dégoût plutôt que de compassion. Jim agita la main d'un geste menaçant en direction de Gerald. « Fais quelque chose, semblait dire ce bras. Ne reste pas ainsi. » Mais Gerald leva ses deux mains ouvertes en signe d'impuissance.

– Nettoie-le! hurla Jim.

Gerald ne pouvait pas l'entendre mais Jan, oui. Elle ouvrit les yeux et doucement, prudemment, tourna la tête vers Jim.

– Regarde devant toi! cria-t-il en indiquant l'avant.

Jan ne vit pas ce qui était arrivé à Colin, mais elle le comprit, et immédiatement se mit à vomir elle aussi. Son corps se convulsa et, sanglotante, elle enfouit sa figure dans le sac en papier.

– Pour l'amour du ciel, *ces gosses*! gémit Jim.

Il réduisit les gaz et stabilisa sa vitesse à 120 nœuds à une altitude de 4 000 pieds environ. Il avait eu l'intention de monter plus haut, pour chercher des vents arrière; à présent il n'en était plus question, avec des enfants malades.

– Gerald! hurla-t-il. Aide-le!

Jan était pâle, la pauvre gosse, mais au moins elle était préparée. Le garçon avait été pris par surprise. Deux en même temps! Et il y avait trois heures de vol. Jim estima que ce n'était vraiment pas son jour.

– Fais quelque chose, toi, cria Gerald à Mark. C'est ton frère!

– Faire quoi! cria Mark en retour.

Colin était couleur de papier mâché, comme aux portes de la mort. Il était complètement mou et semblait avoir tous les os cassés. Il y avait même des larmes sur ses joues. C'en était trop. D'autant plus que Mark ne se sentait pas non plus en superforme. Il n'avait que onze ans, après tout. Onze ans depuis un mois, mais avec l'impression d'en avoir encore dix. Ou même neuf. Plus il y pensait, plus il avait l'impression d'être petit. Il n'avait pas envie de toucher Colin. Il voulait profiter de la vue. Il n'avait jamais été en avion de sa vie.

– Enlève-lui son costume ! cria Gerald. Je ne vais certainement pas le faire moi-même. Et puis, flanque-le par-dessus bord. Débarrasse-toi de cet horrible truc.

– Hein ?

– Oh, va te laver les oreilles !

– J'entends rien ! Je comprends pas ce que tu dis !

– Il vaudrait mieux les jeter *eux* par-dessus bord, pas le costume ! hurla Bruce dans l'oreille de Gerald.

– Quoi ?

– Il vaudrait mieux jeter Colin et Jan pardessus bord. Ce serait plus facile.

– Oh, la ferme ! riposta Gerald qui ne trouvait pas ça drôle du tout.

Bruce n'avait pas à s'inquiéter. Il n'y était pour rien. Il n'avait aucune responsabilité. C'était à Gerald de faire quelque chose.

Carol serra le bras de Gerald. Elle ne dit

rien, c'était inutile. Gerald comprenait ce qu'elle voulait dire. Elle lui demandait d'agir. Mais il ne pouvait pas. Gerald avait horreur de la saleté, des taches, des odeurs. C'était une aversion plus forte que ses loyautés, plus forte que son amitié. Gerald n'était pas impeccable et net parce qu'il était riche, mais simplement parce qu'il était Gerald. Il n'avait aucun lien avec cette créature sur le plancher. Le Colin qu'il connaissait, il l'admirait justement pour ses bonnes manières, son calme, sa propreté. Exactement comme il admirait Carol pour les mêmes raisons. Et Bruce ? Dieu seul savait pourquoi il avait choisi Bruce comme ami. Il était complètement son contraire. Peut-être Bruce servait-il de faire-valoir ?

Bruce cria :

– Allez, Gerald ! A toi de jouer !

Et Carol qui lui serrait toujours le bras, alors qu'il essayait de faire comme si sa main n'était pas là.

Colin tenta de s'éloigner d'eux, de ramper vers la porte, loin de leurs jambes, de leurs pieds, de leurs visages qu'il avait implorés en vain. Mais il n'y avait pas de place. Ce n'était pas un bateau ou une maison. Il n'y avait pas de divan sur lequel il aurait pu s'allonger, de cabine ou de salle de bains dans lesquelles il aurait pu se réfugier. Il n'y avait aucun endroit privé. Ils étaient entassés les uns sur les autres. Impossible de se soustraire à leur vue. Impossible de s'éclipser pour se nettoyer, pour se reprendre, car, en vérité, il s'offensait plus qu'il ne les offensait. Il était profondément blessé. Sûrement, des copains ou un frère ne pouvaient pas haïr un type parce qu'il était malade! Jusqu'à présent, il n'avait encore jamais sollicité une aide sans l'obtenir. L'amour régnait, chez lui. Même chez Mark, il avait pensé rencontrer de l'amour. Il y avait le pilote qui divaguait et hurlait sans qu'on l'entende. Et il y avait ses amis, pétrifiés.

Ce n'était pas des pensées ou des sentiments ordonnés qui lui parvenaient clairement, l'un après l'autre, dans un ordre logique. Ils faisaient tous partie en vrac de son ressentiment et de sa dignité blessée.

Il voulut ôter sa veste tout seul, mais l'effort le rendit malade, et ils ne lui tendirent même pas un sac en papier ou un verre d'eau. Il savait qu'il y avait de l'eau dans une vache à eau et un gobelet en plastique. Il avait l'impression de vivre une de ces scènes rêvées au milieu de la nuit, quand on s'est couché tout excité et qu'on dort par à-coups. A ce moment-là seulement, Gerald s'approcha de lui d'un air presque méprisant, le visage à moitié détourné, un visage gris qui ne ressemblait pas du tout à celui de Gerald.

Il lui retira sa veste, la retourna d'un air dégoûté, la roula en boule et la poussa au loin avec son pied. Puis il essaya de le débarrasser de son pantalon. Mais Colin s'y refusa. Il frappa faiblement Gerald de son poing fermé et vomit encore une fois.

Tous deux se regardèrent comme jamais auparavant, s'éloignant l'un de l'autre, se repliant chacun sur soi-même, se haïssant presque. Gerald pour ce que Colin lui faisait faire et Colin pour le temps que Gerald avait mis avant de le faire. Puis Colin ne parvint même plus à rester assis et Gerald, avec une sorte de fatalisme, reprit sa place et boucla sa ceinture. Colin se laissa aller sur le flanc, à moitié tordu, à moitié couché, le souffle court, et il s'endormit presque aussitôt. C'était la seule porte de sortie à sa disposition, sa seule échappatoire.

Jim voyait bien ce qui se passait, mais il était trop impatient, trop irrité, pour en démêler les raisons. Il ressentait surtout un ennui intense, une déception profonde devant le comportement de ces enfants. Il était surpris, peut-être même un peu choqué. Comme Bert, il avait oublié ce que c'était d'être un enfant. Il avait oublié autre chose aussi : les enfants étaient en avion, en l'air. Ils n'étaient plus eux-mêmes. Une partie de leurs qualités était demeurée au sol. Et ils ne la retrouveraient qu'une fois à nouveau sur la terre ferme. Jim avait oublié ce que c'était d'être emprisonné dans une boîte vibrante de bruit, en plein ciel. Il avait oublié la calme insistance de l'homme qui lui avait appris à piloter, des années plus tôt, la répétition des gestes, incessante, la lutte pour réfléchir, déterminer le meilleur cap, la difficulté d'obéir aux ordres et de remplir les devoirs les plus simples. Jim avait oublié que même un adulte intelligent pouvait se comporter comme un imbécile en l'air, s'il n'y était pas habitué. C'était l'un des mystères de l'esprit et du corps humains. L'homme était né avec deux jambes pour marcher sur le sol et non avec des ailes pour voler.

A côté de lui, Jan s'était endormie. Elle roulait mollement dans son siège, toute force l'ayant abandonnée, retenue pas la courroie de la ceinture bouclée autour de sa taille. Heureusement qu'elle n'avait pas suivi son exemple et détaché sa ceinture après le décollage, car elle serait tombée. Elle était terriblement pâle et ses cheveux retombaient sur son front. Jim décida de grimper plus haut pour chercher des vents arrière, s'ils existaient.

Il savait qu'à cette altitude, il était dans un courant sud rafraîchissant. L'avion glissait à droite vers le nord et il dut corriger considérablement le cap pour garder la bonne direction. Il ne désirait pas prolonger le vol une minute de plus que nécessaire. Avec deux gosses déjà malades, on pouvait craindre pour les autres. Ce genre de processus une fois entamé, c'était comme la rougeole. Contagieux !

Il voulait aussi atteindre Coonabibba avant la pluie. Coonabibba était un endroit sec et poussiéreux. La terre était recouverte d'un coussin de poussière, doux au pied comme un tapis de haute laine. Les moutons seraient morts si l'herbe avait été leur principale source de nourriture, mais la richesse de Coonabibba, c'était justement le succulent *saltbush** qui persistait à pousser bien après que le dernier brin d'herbe eut disparu.

La pluie allait transformer Coonabibba en une mer de boue rouge, profonde de plu-

* *Saltbush* : végétation caractéristique de l'Australie, qui consiste en un épais fourré de buissons et d'arbustes, particulièrement propice à l'élevage des moutons.

sieurs centimètres qui, telle une mare de mélasse, était capable de retenir les chaussures d'un homme en marche, d'arrêter une voiture et de poser un grave problème d'atterrissage pour un avion. Jim n'avait jamais vu ce phénomène. Il avait toujours connu Coonabibba comme une plaine de poussière, remuant sous la brise, mais le père de Gerald lui en avait fait la description et sur ce point au moins – sur ce que signifiait la pluie à Coonabibba lorsqu'elle tombait sans prévenir –, il ne pouvait se tromper.

Mais était-ce de la pluie ou du vent qui s'annonçait? Etait-ce le vent qui se précipitait vers le nord pour remplir la dépression au-dessus du Queensland? Les vents en altitude ne posaient pas de problème. C'était les vents de surface qui étaient dangereux. Parce qu'ils soulevaient la poussière et Jim estimait qu'il y en avait déjà beaucoup comme ça. Repérer le domaine de Coonabibba dans une tempête de poussière, c'était vouloir dénicher une aiguille dans une botte de foin.

Il fit monter l'appareil à 6 000 pieds puis à 7 000, mais le vent continuait à souffler du sud, le déviant vers la droite. Jim n'avait pas besoin d'instruments pour mesurer le vent ni des calculs d'un navigateur. Son œil expérimenté jugeait de la route à suivre par rapport aux taches pourpres sur le sol, aux routes solitaires, apparemment droites et sans fin, aux lignes légères des arbres qui bordaient les lits des rivières à sec. Pour un œil inexpérimenté, la terre en dessous était uniforme, illisible. Pour Jim, c'était une carte, riche en détails, qui définissait clairement son chemin vers Coonabibba. Impossible, toutefois de rencontrer des vents arrière à l'altitude qu'il pouvait atteindre sans oxygène pour ses passagers malades. Le brassage de l'air formait un mouvement massif du sud vers le nord et portait toutes les marques d'un changement de temps important. Jim pourrait peut-être atteindre Coonabibba avant que la tempête n'éclate, avant que la poussière ou la pluie ne les enveloppent mais, en tout cas, les enfants auraient droit à un week-end de mauvais temps. Pas de tennis, ni de promenades à cheval, ni de longues balades dans le vieux buggy. La maison allait être remplie de gens désœuvrés.

Jim jeta un coup d'œil par-dessus son épaule pour regarder les enfants. Ce fut tout ce qu'il fit : il tourna légèrement le torse et la tête. Cela suffit pour qu'une douleur, aiguë comme une balle de revolver, lui traversât la poitrine.

Sur son visage se peignit l'étonnement plus que la douleur. Etonnement non parce qu'il ne comprenait pas, mais justement parce qu'il comprenait.

Le temps resta suspendu un instant. Et cet instant fut le dernier de sa vie.

Son esprit stupéfait hurla une question à Dieu. Ce n'était pas une prière, parce qu'il n'eut pas suffisamment de temps ni l'envie pour cela. Son esprit cria silencieusement : « *Pourquoi moi? Pourquoi maintenant? Je n'ai que quarante-quatre ans.* »

Et il mourut dans l'étonnement.

5. Gerald

Carol l'observait. Elle l'avait vu tourner la tête et elle avait scruté son visage. Mais la tête et les épaules de Jim étaient à contre-jour, dans l'ombre, si bien qu'au début, elle ne put apercevoir aucun détail.

Carol aimait l'allure de Jim. Elle espérait qu'un jour, l'homme qu'elle épouserait aurait une mâchoire comme la sienne, forte et carrée, masculine mais douce. Elle se demanda à cet instant si Gerald deviendrait un homme comme Jim. Ils avaient à peu près la même couleur de cheveux et même la forme de leur tête était semblable. Mais Gerald serait sans doute plus grand que Jim et probablement plus mince. Il était déjà grand pour son âge. C'était sans doute pour cette raison qu'il portait si bien ses vêtements, de beaux vêtements à la bonne taille

– les jambes de pantalon n'étaient jamais trop courtes et sa veste ne le bridait jamais sous les bras comme celle de Bruce.

C'était intéressant de se représenter quel genre d'homme chaque garçon dans l'avion allait devenir. L'adolescent et l'adulte, la même personne et pourtant différente. Un gamin au nez retroussé comme Bruce, plein de gaieté, pouvait se transformer en un homme ridé par l'inquiétude et l'amertume, à la peau marbrée, aux cheveux gris ou au crâne dégarni, ayant besoin d'un bon rasage. Elle préférait les blonds. Les bruns, à la fin de la journée, arboraient toujours une ombre sur les joues, bleue ou noire, presque des taches.

Quelque chose n'allait pas. Ou bien l'imaginait-elle ? La tête de Jim était toujours tournée vers elle, mais son corps semblait glisser vers Jan. C'était sans doute quelque jeu cruel de lumière.

Elle attrapa soudain Gerald par le bras. Au même instant, la main de Bruce s'abattit comme un marteau sur l'épaule de Gerald. L'avion virait sur une aile et tout semblait basculer artificiellement d'un côté. L'*Aigrette* prenait un virage mais pas comme il aurait dû. Les commandes ne répondaient plus. L'avion tombait.

Mark cria quelque chose. Ce n'était pas

un mot, c'était la peur qu'exprimait le petit garçon et Gerald l'entendit faiblement. Il savait que ce cri avait été poussé par un autre, mais il exprimait aussi sa propre inquiétude et son incompréhension.

– Jim ! s'égosilla-t-il, se penchant autant que sa ceinture le lui permettait.

Il n'avait jamais produit un son aussi puissant ni aussi peu efficace. C'était impossible de se parler dans l'*Aigrette*, si ce n'est bouche contre oreille.

– Jim !

Mais Gerald ne s'adressait plus à lui, en tant que personne ou pilote de l'*Aigrette*. Il hurlait son nom comme il aurait hurlé dans un grand silence ou dans la nuit noire, comme il aurait hurlé s'il était tombé du haut d'une falaise ou dans un piège, sans espoir de s'en sortir. C'était une clameur sauvage de panique.

Jim avait pris à présent une étrange attitude. Loin des commandes, la tête contre Jan, son poids pesant sur elle de telle façon qu'elle aussi glissa de côté, jusqu'à ce qu'elle soit coincée contre la paroi de l'appareil.

– Qu'est-ce qu'il a ? s'exclama Bruce. Qu'est-ce qu'il fait ?

Gerald n'aurait pu le dire. Il n'avait pas saisi les paroles de Bruce mais il se posait la même question ou du moins il essayait de se la poser, de la formuler dans son esprit malgré la volonté d'une autre partie de lui qui ne voulait pas savoir, qui avait peur de comprendre, qui voulait fuir la situation. C'était d'ailleurs ce qu'il faisait déjà : il refusait totalement la situation.

– Il est malade ! cria Carol en secouant et poussant Gerald. Lève-toi, Gerald ! Va l'aider !

Gerald ne bougea pas. Il ne voulait pas admettre que quelque chose ne tournait pas rond. Parce que s'il l'admettait, toutes sortes de désagréments auxquels il osait à peine penser, s'abattraient sur lui.

Jim ne pouvait pas être malade. Il était en pleine santé. Il avait derrière lui des milliers d'heures de vol. Il était pilote d'avion depuis plus de vingt ans. Il avait exercé ce métier en Amérique du Nord, dans l'Antarctique et en Afrique. Un homme comme Jim ne tombait pas malade en avion.

L'appareil commençait à perdre de l'altitude, il descendait en décrivant une vaste courbe étrange. Jan était en train de se réveiller, se débattant contre le poids qui pesait sur elle. Gerald vit son visage se crisper, se distendre et comprit qu'elle hurlait. Il voyait qu'elle n'arrivait pas à repousser Jim et que celui-ci semblait incapable de se redresser tout seul.

Le blocage mental de Gerald était toujours là. La panique le paralysait, à laquelle s'ajoutait la peur de traverser le centre de gravité de l'appareil : s'il allait vers l'avant, l'angle de la descente allait s'accentuer. S'il transférait son poids en avant, il ne parviendrait peut-être jamais à enlever Jim de son siège. La pente de descente serait trop raide.

Carol ignorait cela, Bruce et Mark aussi. Ils faisaient pleuvoir des coups sur lui, ils lui criaient de bouger Jim, mais ils ne comprenaient pas que son hésitation ne relevait pas de la couardise. Même au milieu de sa peur et de son indécision, Gerald réalisait que l'avion allait s'écraser si Jim ne reprenait pas ses esprits. Il allait s'écraser si Gerald ne portait pas secours à Jim et il s'écraserait tout aussi sûrement s'il le faisait. Seul Jim pouvait les sortir de là.

– Il est mort. Il est mort. Il est mort.

C'était la voix de Carol, et pourtant les mots sortaient des lèvres blanchies de Jan.

– Il est mort. Il doit être mort. Levez-vous, M. Jim. Oh, mon Dieu, que dois-je faire? Levez-vous, M. Jim!

Cela n'avait plus d'importance. Rien n'avait plus d'importance. Lorsque la mort était aussi certaine qu'à cet instant, cela avait-il de l'importance qu'elle survienne dans trois minutes, deux minutes ou moins? Gerald arracha sa ceinture et plongea dans le cockpit. Il trébucha sur Colin, tomba à genoux et entra en contact avec le dos de l'homme mort. Ce fut une terrible sensation – même si elle ne fut que fugitive. Il lui sembla qu'il était tombé sur un sac de grains.

Gerald entoura l'homme de ses bras et le tira en arrière avec une vigueur qu'il n'aurait jamais cru posséder, ayant bien conscience de n'avoir que quelques secondes avant que la chute ne s'accentue. Jan aussi se souleva de son siège dans une convulsion désespérée d'énergie, qu'elle puisa au fond de sa faiblesse et de son épuisement, telle une créature mourante rassemble ses dernières forces en un ultime effort. La position de l'avion fit le reste. Au lieu de retenir le corps, l'inclinaison l'éjecta. Jim jaillit de son siège comme un bouchon d'une bouteille, passant presque par-dessus Gerald, le bousculant, le plaquant contre la porte par son épaule et son bras droits, ce qui effraya tant le garçon, le révolta si violemment qu'il ne resta là qu'un instant. Il se recroquevilla sous le poids du mort comme s'il avait reçu une décharge électrique. Il vit alors, en une seconde précise, que sa main gauche s'était accrochée au dos du siège du pilote et que Jan se penchait vers lui, les bras tendus, ses doigts nerveux à quelques centimètres de son visage, le propre visage de Jan derrière les doigts, figé dans une expression qu'il n'avait encore vue nulle part, sur aucun visage.

Il allongea les bras vers elle et sentit des doigts s'enrouler autour de son poignet. Il se débattit, poussa, s'agrippa et atterrit dans le siège, mi-abasourdi, mi-terrifié, s'étonnant d'avoir réussi à être là et en même temps effrayé d'y être.

Il n'avait jamais tenu les commandes, sauf en droite ligne et à une altitude constante. Mais là, l'avion descendait en piqué, en se balançant d'une aile sur l'autre, en équilibre instable, les oscillations des instruments de bord et l'inquiétante pression relayée par le volant et le palonnier le jetant dans la confusion la plus totale.

Il ne savait par où commencer. Il ne voyait que le sol rouge et un horizon qui semblait être au-dessus de sa tête, un horizon qui basculait continuellement de droite et de gauche. Il ne savait même pas à quelle altitude ils étaient, il ne distinguait pas l'altimètre sur le tableau de bord, ne pouvait pas réfléchir à cause du bruit du moteur qui rugissait sur une note de plus en plus aiguë, ne pouvait raisonner à cause de la peur, sa propre peur et celle des autres. Leur horreur était une chose palpable. Elle l'enveloppait comme un nuage, qui au lieu de le pousser à maîtriser l'*Aigrette* par des mouvements calculés des pieds et des mains, le pétrifiait dans l'impuissance, transformait ses muscles en pierre et ses jambes en coton.

Il y eut une pause, non dans le mouvement ou dans le temps, pas même dans les événements mais dans le processus de pensées de Gerald, une pause où rien ne se produisit, où la seule conscience qu'il avait était la certitude insipide de l'approche de la mort. Il en était anesthésié, comme si son corps et son cerveau avaient souffert un coup fatal. Cela l'immobilisait, le clouait sur place, l'hypnotisait, nuque raide et dos de bois, bouche sèche, lèvres retroussées sur les dents, yeux exorbités. Il était devenu un bloc solide, presque sans vie déjà. Mais l'horizon oblique se redressa lentement et resta figé en haut du pare-brise, tandis que les aiguilles des instruments se stabilisaient et que, degré par degré, sans que Gerald s'en aperçoive, l'horizon baissait au point de quitter le pare-brise telle une vague se retirant et de disparaître pour laisser la place au ciel, un ciel pâle, tout à fait vide.

La note du moteur changea. Ce n'était plus un rugissement mais un cri. Elle baissa le long de la gamme, comme un soupir.

Et soudain, le garçon perçut à nouveau les battements de son sang dans ses veines et dans sa tête. Il devint conscient de sa bouche, de sa langue gonflée, de ses lèvres craquelées comme du papier passé au four, de la sueur qui coulait en ruisseaux de son front, de ses aisselles, de son dos, de son ventre et de ses cuisses.

Il voyait le ciel, rien que le ciel. Il entendit alors le moteur qui s'essoufflait comme s'il montait une pente trop raide, et sentit la tension presque insupportable libérer ses jambes.

Sa conscience sauta dans le présent. L'avion remontait beaucoup trop vite. Il luttait, s'étouffant, à quelques secondes de la panne. C'était quelque chose qu'il connaissait. Il savait comment y remédier. Son père, et Jim aussi, lui avaient déjà permis d'atteindre ce genre de situation.

Maladroitement mais correctement, il poussa le manche à balai en avant. L'*Aigrette* s'interrompit et se secoua. Il y eut un frémissement dans ses ailes et jusque dans le plancher, puis le moment passa et l'horizon revint se placer à la base du pare-brise, juste au-dessus du nez, presque exactement là où il devait être.

Gerald réalisa sa présence, non pas tant avec surprise qu'avec respect. Son père avait toujours dit que l'*Aigrette* pouvait voler tout seul si on lui en donnait la chance, qu'un avion stable était stable par lui-même et non grâce au pilote. Si les commandes étaient au point mort, maintenait-il, l'*Aigrette,* comme tout bon avion, démêlerait les problèmes. C'était ce qu'il avait dû faire ! Il avait dû mettre les commandes au point mort ou à peu près, non pas à cause de ce que son père lui avait dit mais parce que sa peur l'avait poussé à le faire.

Ou bien se montrait-il injuste avec lui-même ? De seconde en seconde, par éclairs, son esprit sautait de conclusion en conclusion. Peut-être avait-il fait ça parce que son père lui avait dit que c'était ça qu'il fallait faire. Peut-être qu'il n'avait pas eu peur du tout, pas vraiment. Peut-être que sa réaction avait démontré sa présence d'esprit. Peut-être avait-il été maître de la situation depuis le début. C'était évident, certainement. On ne pouvait pas se tromper là-dessus. Ils étaient vivants, n'est-ce pas ?

C'était une preuve suffisante pour n'importe qui.

Il se tourna alors vers Jan, s'attendant presque à un sourire, la pression d'une main chaude et reconnaissante, mais Jan était encore malade. Elle était verte. Curieux qu'il ne l'ait jamais remarqué auparavant. Son visage était aussi commun que celui de Bert.

C'était très décevant et assez écœurant.

6. En plein ciel

Carol était malade, non pas du mal de l'air ou quoi que ce soit dans ce genre, mais elle tremblait d'une manière incontrôlable et sanglotait, effrayant Bruce, stupéfiant Mark. Elle tremblait de tout son corps, les mains pressées sur ses yeux, ses lunettes de soleil, telles des ailes d'oiseau, brisées à ses pieds.

Pendant un temps, elle s'était bien comportée, pas plus terrifiée que les autres, pas plus choquée, pas plus impuissante, et puis quelque chose s'était soudain cassé en elle quand tout avait été fini.

Elle avait essayé de toutes ses forces de se maîtriser, parce qu'elle n'était plus un bébé. En fait, dans le domaine de la force de caractère, elle aurait pu en remontrer à des adultes. Mais c'était à cause de Jim. Elle n'avait jamais été confrontée à la mort jusqu'à présent, et elle sanglotait devant son indignité, devant la façon dont un homme bien, avec de beaux yeux et une belle mâchoire carrée, avait été écarté par des enfants, lorsque l'étincelle de vie s'était éteinte en lui, lorsque son utilité avait pris fin.

Bruce n'arrivait pas à la consoler, bien qu'il s'y employât, parce qu'il ne connaissait pas vraiment la raison profonde de son chagrin. Il comprenait que c'était à cause de Jim, mais il ne savait pas exactement pourquoi. Il était lui-même bouleversé, cependant les filles étaient différentes des garçons. Sa mère ne cessait de le lui répéter et il en était venu à accepter cette idée depuis des années, surtout parce que Jan était sa sœur. Elle était née le même jour que lui, c'était sa jumelle, dotée d'un cerveau qui comprenait bien et mal presque les mêmes choses; toutefois, leur cœur était différent. L'un avait le cœur d'un garçon, l'autre le cœur d'une fille.

Un mouvement attira l'œil de Bruce vers l'avant. Gerald s'était retourné. C'était difficile de voir son visage car il était indistinct, presque dans un halo. Et pourtant, il n'était qu'à un ou deux mètres de lui. Il semblait afficher un sourire qui disait : « Voyez ce que j'ai fait! Comme je suis intelligent! Si je n'avais pas été là, vous seriez tous morts, comme Jim! »

C'était vrai mais c'était étrange, aussi, que l'inclinaison de la tête de Gerald semblât le crier si fort. Oui, c'était étrange cette arrogance inutile dans un moment pareil. Bruce aimait bien Gerald. Et même, à certains moments, il le trouvait merveilleux : intelligent, riche et *différent*. Normalement, il n'aurait jamais critiqué Gerald, à moins qu'un autre ne lui ait mis cette idée dans la tête.

Bruce lui rendit son sourire, gauchement et seulement des lèvres. Il n'avait pas envie de sourire de l'intérieur. Gerald se retourna vers l'avant, avec toujours cette curieuse inclinaison de la tête. Bruce fixa sa nuque, étrangement mal à l'aise. Gerald avait toujours affirmé qu'il savait piloter et Bruce n'en avait jamais douté. Il n'avait même pas douté quand la mort semblait si proche, que Gerald pouvait maîtriser l'*Aigrette* s'il réussissait à s'installer aux commandes. Et Gerald l'avait fait, Gerald avait fait tout ce que Bruce attendait de lui, même s'il avait mis un temps fou au début. Il n'avait aucune raison de douter de Gerald, maintenant. Comment le pouvait-il, puisque Gerald venait de se montrer à la hauteur?

Pourtant, Bruce aurait préféré qu'il n'ait pas cette inclinaison de tête, ce truc prétentieux. Pas alors que Jim gisait, derrière lui, sur le plancher.

Bruce devait faire quelque chose pour Jim. Il fallait le recouvrir. Ce n'était pas décent de le laisser ainsi. Lorsqu'on était mort, on avait droit à la paix, au secret, au respect. Ce n'était pas normal non plus que Colin reste à côté de lui, par terre. Il faut dire que Colin n'était pas dans un état très décent. Pauvre vieux Colin.

Et pauvre vieux Jim. Curieux de mourir comme ça. En une seconde, telle une lumière qu'on éteint. Et pendant qu'il pilotait un avion! Quelle imprudence! Sûrement, s'il fallait mourir, mieux valait mourir dans son lit ou pendant qu'on dînait, ou pendant une promenade, ou n'importe quoi. Curieux, vraiment, de mourir dans un avion. Et si cela s'était passé en venant les prendre, ça aurait été encore pire. Si l'avion avait été vide, il se serait écrasé et on aurait raconté n'importe quoi, qu'il avait fait des acrobaties, commis des imprudences.

Quand même, c'était curieux de mourir si brusquement. Si vite. Est-ce qu'on mourait toujours de cette manière?

Bruce regarda Jim encore une fois. Il dut se pencher en avant. Il n'avait pas peur de lui, mais il était bien désolé, bien triste aussi, et Carol n'arrangeait rien. Si quelque chose l'inquiétait vraiment, c'était Carol et sa réaction. Elle paraissait prendre ça tellement à cœur. Peut-être que les filles faisaient toujours des histoires. Peut-être que les garçons ressentaient tout un petit peu moins, parce qu'ils étaient différents des filles. Mark ne pleurait pas. Du moins, semblait-il. Il était assis très droit dans son siège, le teint terreux, la bouche ouverte et la tête un peu de côté. De grosses larmes roulaient lentement le long de son nez et coulaient, salées, dans sa bouche. Il avait tellement peur. Son cœur cognait contre ses côtes, lui coupant presque le souffle. Il ne parvenait pas à croire que tout cela s'était passé. Chaque fois qu'il y pensait, l'idée le submergeait totalement. Cependant, il était déterminé à ne pas pleurer. Ces larmes-là n'étaient pas vraiment des pleurs. Elles étaient différentes. Il aurait voulu demander à Bruce : « Est-ce que Gerald sait vraiment piloter? Est-ce qu'il va nous amener là-bas? Et Jim, il n'est pas vraiment mort, n'est-ce pas? Pas vraiment *mort*? »

Gerald qui maintenait l'avion en vol, tâchait de s'y retrouver, de se rappeler à quoi servaient les différents instruments qu'il avait sous les yeux. Quel levier, par exemple, était la manette des gaz? Lequel était le démarreur? Lequel pour « mixer » les gaz? Le mieux, c'était de les toucher. On pouvait lire aussi les indications sur la manette des gaz. Mais c'était les instruments du tableau de bord qui lui posaient le plus de problèmes. La pente de montée par exemple, il n'arrivait pas à la ramener à zéro. Même lorsque l'horizon était droit et le badin* à peu près correct, l'*Aigrette* continuait à grimper à 800 pieds par minute. L'avion avait doublé son altitude en l'espace de quelques minutes. Lorsque les choses s'étaient arrangées, l'altimètre indiquait 5 000 pieds. A présent, il était à 10 000, et la seule manière de descendre qu'il connaissait était de pousser le nez en avant. Mais alors, l'*Aigrette* allait de plus en plus vite. 130 nœuds, 140 et puis 150. C'était beaucoup trop rapide. Une plaque métallique, vissée sur le tableau de bord, indiquait :

Décollage	50 nœuds
Pente de montée .	90 nœuds
Vitesse de croisière	120 nœuds
Maximum	140 nœuds

* *Badin* : appareil servant à mesurer la vitesse d'un avion par rapport à l'air ambiant.

Pente de descente	90 nœuds
Décrochage . . .	40 nœuds

Et puis, il y avait une autre liste de vitesses qui allaient par volets : quart de volet, demi-volet, trois-quarts de volet, plein volet. Des volets ? Gerald ne savait même pas à quoi ils servaient.

C'était sans aucun doute très pratique d'avoir toutes ces informations collées partout dans le cockpit, mais c'était plutôt inquiétant quand les chiffres ne correspondaient pas. Jusqu'ici, il ne s'était jamais inquiété des chiffres. Lorsqu'il volait avec son père, c'était ce dernier qui s'occupait de ça. Il criait à Gerald : « Surveille-moi ce badin. Surveille ton altimètre. Tu ne vois donc pas ton défilement ? Regarde ton horizon artificiel. Pour l'amour du ciel, mon garçon; badin, badin. Alors, quel est ton plan de vol ? Non, pas *ça* ! Aligne ton gyro sur le compas. Le badin, le badin, voyons ! Tu veux donc nous tuer tous ? Allez, sors-toi de ce siège. Ouste ! Tu ne pourrais pas faire voler un cerf-volant ! »

Et quelquefois, c'était un véritable soulagement d'abandonner ce siège, de laisser là ces instruments diaboliques mais, en ce moment, il n'était pas question de les ignorer. En ce moment, personne n'était à côté de lui pour prendre les commandes.

Les gaz!

C'était ça! C'était pour cette raison qu'il continuait à grimper. Jim avait dû mettre l'avion en montée juste avant de mourir et la manette des gaz était restée enclenchée dans la même position.

Quel sorte d'ajustement devait-il faire? Son père l'avait toujours fait pour lui, et lui n'y avait jamais prêté attention; il était bien trop occupé à maintenir l'avion droit.

C'était aussi pour ça qu'il y avait tant de bruit. Si l'*Aigrette* montait à la vitesse de 90 nœuds – ce qui était indiqué –, il filait comme une fusée. Pourquoi diable Jim s'élevait-il à cette allure?

Il fallait ajuster les gaz. Inutile de chercher quelqu'un pour le faire à sa place. Personne à bord n'y connaissait rien.

Un instant, Gerald ferma très fort les yeux. Il n'était pas idiot. Il comprenait bien que le jeu était terminé. Oui, pendant une ou deux minutes, cela avait été un jeu dans un sens. Une belle émotion. Pendant quelques minutes, il avait eu la sensation de pouvoir, de maîtrise, de contrôle absolu.

Ça n'allait pas être facile parce que ses bras étaient déjà douloureux et que ses jambes tremblaient sur le palonnier. Et puis il avait peur de toucher aux leviers, de changer quoi que ce soit, l'assiette de l'avion même. En tout cas, c'était pour ça qu'il y avait tant de pression sur le manche à balai et que ses bras lui faisaient mal. Il ne suffisait pas de manipuler les gaz. Il fallait sans aucun doute ajuster le trim* et probablement le pas de l'hélice aussi. Piloter un avion ne se réduisait pas à tenir le manche à balai. Il y avait tant d'autres choses. Le danger de monter trop haut, par exemple et que les passagers s'évanouissent. Lorsqu'on prenait de l'altitude rapidement, il fallait de l'oxygène au-dessus de 10 000 pieds – et ils étaient déjà à 12 000 !

– O Jim, gémit-il. Que dois-je faire ?

Dès qu'on bougeait une manette, il fallait ajuster les autres. Il pouvait tirer ici ou pousser là, et ne pas réussir à remettre tout en ordre. Le fait que toutes les manettes aient été réglées pour la montée était la seule raison pour laquelle l'*Aigrette* était encore en l'air au lieu de s'être écrasé dans la plaine. Dans ces conditions, l'avion allait continuer son ascension mais resterait stable. Si Gerald intervenait, la main morte de

* *Trim :* dispositif permettant de corriger l'assiette de l'avion une fois en position de montée, de descente ou de vol constant.

Jim cesserait de contrôler l'avion. Une erreur mènerait à une autre, puis à une autre et finalement, au désastre.

L'altimètre indiquait 13 000 pieds. La main de Gerald s'était avancée, indécise, vers la manette des gaz. Il l'avait posée là mais il n'était pas assez brave pour tirer dessus. Il enlevait sa main, la remettait et l'enlevait encore. Oh, comme il aurait aimé que quelqu'un puisse l'aider, qu'une voix d'homme lui dise : « O.K., fiston, tire ! Si tu as des ennuis, je suis là. » Mais aucune voix, aucune main rassurante, aucune présence ne venaient le réconforter.

Peut-être pouvait-il tirer dessus juste un tout petit peu ? Un minuscule mouvement. Ça n'allait certainement pas tout changer. Après tout, il maintenait assez bien le nez vers le bas, contre la pression du trim, même si ses bras commençaient à fatiguer. Mon Dieu ! Voilà ce qu'il ne fallait pas oublier. Il devait économiser ses forces. Il n'y avait pas de pilotage automatique sur l'*Aigrette*. Aurait-il su s'en servir, d'ailleurs ? Oh, Dieu du ciel ! Que de complications ! N'auraient-elles jamais de fin ?

L'altimètre marquait à présent 14 200 pieds, beaucoup plus haut qu'il ait jamais été dans l'*Aigrette*. Bien, bien plus haut.

S'il réduisait les gaz, le trim n'en serait pas plus ajusté. Au contraire. Et il lui faudrait maintenir le nez en l'air. Alors, il perdrait de la vitesse et plus l'*Aigrette* ralentirait, plus il serait difficile à manier. La vitesse, c'était la sécurité. Il avait commencé à se parler tout haut sans le remarquer. Et il y avait encore des heures à passer, sans radio pour envoyer un signal de détresse. Et la piste de Coonabibba à trouver !

Il regarda en bas, presque atteint de vertige. Le sol semblait être à des milliers de kilomètres – une plaine brouillée, informe, infiniment plate, infiniment monotone, sans rivières, sans routes, sans collines, sans de grosses et belles flèches indiquant : « Par ici, pour Coonabibba. »

Gerald releva la tête. Les spectacle l'effrayait et lui faisait perdre ses moyens. Sa respiration s'accélérait, une douleur sourde gagnait ses oreilles et ses yeux lui jouaient des tours. Oui, sinon il aurait été capable de distinguer quelque chose au sol et le ciel serait bleu, pas blanc. Même le soleil avait pâli.

Des nuages ! L'avion était entré dans des nuages, il les effleurait. Des nuages qui ressemblaient au brouillard sur un étang, des kilomètres de nuages, des couches de nuages comme un tapis magique, aussi loin qu'il pouvait voir.

Il gémit. Il savait qu'il ne pourrait pas piloter à l'aveuglette. Dans les nuages, il allait perdre son assiette. Il ressentit une impulsion presque irrésistible de tirer sur la manette des gaz pour sortir de tout ça, mais il avait trop peur. Et sa peur l'emporta sur son impulsion.

– Que dois-je faire? s'écria-t-il, s'adressant au pare-brise. (Et, anéanti, il se tourna brusquement vers Jan :) Que dois-je faire? Je ne sais pas quoi faire.

Mais Jan, prostrée dans son siège avait l'œil vide et complètement indifférent. Elle avait l'air presque stupide. Il avait espéré un miracle : trouver son père assis là, et, à la place, il n'y avait que cette fille stupide, à l'esprit obtus, à la paupière lourde, qui frissonnait de la tête aux pieds. Il la détestait. C'était Jim qui aurait dû être là. Oui, Jim. C'était injuste. C'était fou. C'était son boulot. On le payait pour ça.

Il n'aurait pas dû être allongé par terre, près de la porte. Et que diable Bruce fabriquait-il avec lui? Bruce n'aurait pas dû quitter son siège. Jim le leur avait bien recommandé. Que croyait-il gagner en remuant ainsi? Bruce était en chemise, il avait l'air frigorifié. Laborieusement, comme si sa veste pesait une tonne, il la posa sur la tête de Jim. Ses lèvres formèrent le mot : froid!

Ridicule! La stupidité des gens était-elle donc sans fin? Froid? Qu'est-ce que le froid venait faire là-dedans? Comment Jim pouvait-il avoir froid par une belle journée pareille?

Gerald consulta l'altimètre. Il ne l'avait pas regardé depuis combien de temps? Un intervalle interminable. 17 300 pieds et pas une montagne en vue. Gerald se pencha pour mieux voir. Peut-être était-il à l'envers? A cet instant, le soleil disparut et l'*Aigrette* fut secoué. On aurait dit qu'il venait de rouler sur une bosse.

Gerald cligna des yeux, hébété, ensommeillé. Il avait mal aux oreilles. Ses pieds et ses orteils étaient insensibles. Devant lui, il n'y avait rien. Le vide. Le néant. Il regarda en bas par la vitre de côté. Mais la terre avait disparu. Le soleil aussi. Vous vous imaginez? Il se sentit vaguement malade, meurtri et un peu essoufflé. On aurait dit qu'il se débattait dans de la boue ou qu'il s'enfonçait dans de la glace.

Il faisait froid et sombre. C'était l'hiver mais tout était faux. Son esprit s'accrocha désespérément à cette pensée. La seule chose réelle était le bouton du manche à balai qui était chaud contre sa paume. Tout le reste était froid. Même sa main était froide, mais le bouton du manche à balai, lui, était chaud comme le ventre de la pipe de son père, chaud et rassurant. Il savait qu'il fallait faire quelque chose avec ce manche à balai, quelque chose qu'il ne voulait pas faire.

Il poussa le manche. C'était un peu surprenant la résistance qu'il opposait à sa pression. Mais le moteur répondit. Il entendit son rugissement enfler et une voix lui dit : « Ce n'est pas ça. » Alors, il tira le manche vers lui et il eut l'impression qu'on enlevait son siège sous lui et qu'il était assis en l'air, suspendu. Curieux. Le bruit du moteur avait diminué, comme s'il était parti ailleurs, dans une autre pièce peut-être ou au coin de la rue.

Au bout d'un moment, il s'y habitua et le bruit lui plut. On aurait dit un orchestre, même si, quelquefois, le batteur semblait perdre le rythme et essayait de le rattraper; puis, juste au moment où Gerald croyait qu'il l'avait perdu complètement, le rythme revenait. Cela se produisit plusieurs fois. Il y avait aussi un autre bruit, comme s'il y avait deux batteurs, l'un avec des baguettes et l'autre avec une cravache. Ce dernier se fit soudain entendre plus fort. C'était un sifflement, comme de l'eau ou du vent ou comme sur le toboggan de neige par lequel il était descendu l'année dernière.

Enfin, il reconnut le bruit de l'*Aigrette* entre les mains de son père, lorsqu'il tournait dans le vent pour atterrir, lorsqu'il était en vol plané, moteur au ralenti, pour se diriger vers le sol rouge et poussiéreux, à quelques kilomètres du domaine. Mais son père n'était pas là, la ferme non plus, ni la terre rouge. Le monde entier était gris, à l'exception d'une sorte de brouillard rougeâtre, plus bas. Des nuages au-dessus, de la poussière soulevée par le vent en dessous. Et 9 400 pieds à l'altimètre.

Gerald se sentait très calme, comme si une main invisible lui avait caressé le front. L'*Aigrette* était sous contrôle. Il ne plongeait pas sauvagement vers la terre. Il descendait à la vitesse d'une centaine de nœuds et il descendait droit.

Le garçon réfléchit à ce qui venait de se passer, mais les quelques minutes qu'il venait de vivre restaient dans l'obscurité. Il avait vécu ces minutes dans un état de terreur intense. Il en avait émergé calmement. Il avait mal partout, dedans et dehors, mais il était calme.

Cela lui rappela lorsque son père l'avait battu, un jour, le visage fermé, avec une sévérité inébranlable. Après, Gerald s'était senti calme. Il savait pourquoi il avait été corrigé, cela avait un sens. Et maintenant aussi. Maintenant aussi, il avait reçu une correction. Et à présent, il était calme et suffisamment confiant pour permettre à l'*Aigrette* de continuer sa descente. Assez humble pour considérer son ancien moi avec quelque répugnance.

C'était idiot d'avoir essayé d'oublier que la manette des gaz existait. Il devait s'en servir et il ne pourrait jamais comprendre son maniement s'il ne l'utilisait pas. Son idée était de la manipuler tout doucement, et de faire la même chose avec le trim – le bouger un tout petit peu. Les différentes manettes et leviers devaient être traités de cette manière. Avec un peu de chance, il pourrait éviter de gros ennuis. Plus question de dépasser les 10 000 pieds ni de descendre en dessous de 5 000, d'ailleurs. A l'une de ces altitudes extrêmes résidait le danger de la raréfaction de l'air et à l'autre extrême, il serait trop près du sol pour corriger les erreurs. Le mieux était de rester en l'air et de s'exercer à placer les instruments dans différentes positions. Il pouvait même s'exercer à l'atterrissage, jusqu'à un certain point. Il fallait la tête froide et prendre son temps. D'ailleurs, il avait tout le temps du monde. Les réservoirs de l'*Aigrette* étaient presque pleins et devaient bien contenir deux cent quarante litres. Cela lui donnait une autonomie de six heures de vol. Non, pas six heures. Cela l'amenait à huit heures du soir et la nuit tombait entre sept heures et sept heures et demie. Il avait donc cinq heures pour se préparer à l'atterrissage.

6 000 pieds. Il était temps de travailler sur la manette des gaz.

Il l'avança d'une fraction, jugea de l'effet et l'avança un peu plus. Ce n'était pas difficile. Le temps que l'avion descende à 4 700 pieds, il avait trouvé l'équilibre entre la puissance du moteur et le niveau de vol. Très prudemment, il avança la main vers la roulette du trim. D'abord, il tourna dans le mauvais sens. Impossible de se tromper sur l'élévation de la pression dans les leviers de commande. Il tourna donc la roulette dans l'autre sens. Et peu à peu, la pression diminua. C'était une sensation *merveilleuse.* C'était un tel soulagement, une telle excitation. Rien jusque-là ne lui avait donné cette sensation de bien-être, de satisfaction. Il sourit. Il ne put s'en empêcher. Mais cette fois, il n'y avait pas d'arrogance dans son sourire. Ça, c'était terminé. L'inclinaison prétentieuse de la tête aussi. La fierté qu'il ressentait à présent ne le concernait pas lui. Elle était destinée à l'*Aigrette*. Il ressentit soudain une affection pour l'appareil, différente de tout ce qu'il avait connu jusqu'ici, une affection qui ressemblait à celle qu'on peut éprouver pour un ami, bien distincte de celle qu'on peut porter à une possession. L'*Aigrette* travaillait pour lui, comme il avait travaillé pour son père ou pour Jim; même si Gerald savait que le pas de l'hélice n'était pas en position correcte. L'*Aigrette* lui obéissait malgré tout. Il avait des égards pour lui. Il coopérait. Et les conditions météorologiques étaient loin d'être bonnes. Il y avait des turbulences, l'avion bougeait beaucoup mais il revenait toujours à l'horizontale. Même lorsque les secousses se faisaient fortes et qu'une aile basculait, Gerald essayait de ne pas trop l'aider. « Laisse-le faire tout seul. » C'était sa propre voix, sa voix intérieure, et pourtant, c'était les paroles de son père.

Bien sûr, il avait encore à trouver Coonabibba. Ça n'allait pas être facile. Cependant il avait le temps, suffisamment de temps. Et alors, il décrirait des cercles en survolant la ferme et lâcherait un message pour leur dire ce qui était arrivé. Et il leur donnerait le temps d'aller préparer la piste en vue d'un atterrissage de fortune. Il se crispa un peu en pensant à l'atterrissage, mais il fallait bien envisager l'éventualité d'un atterrissage dur, très dur. Heureusement que l'*Aigrette* était robuste, qu'il pouvait endurer cette punition. Parce qu'aujourd'hui, il allait devoir la supporter. L'atterrissage est la manœuvre la plus difficile pour un pilote. Même les bons pilotes font parfois de mauvais atterrissages. Quant aux mauvais pilotes, ils font rarement de bons atterrissages.

Gerald regarda sur le côté, puis en bas, s'attendant presque à voir la rivière Darling. En général, ils traversaient la rivière près de Louth. C'était le seul point de repère dont Gerald était certain. Il n'y avait pas grand-chose d'autre qu'il puisse identifier. Les barrières en bois se ressemblaient toutes, les fermes aussi, les hangars à moutons aussi. Mais Louth, c'était impossible de ne pas le voir.

La Darling n'était pas là. Il n'y avait aucune rivière. Il n'y avait rien.

Un déclic alarmant se produisit dans sa tête. Il avait déjà vu cette poussière; or, curieusement, il n'avait pas jusqu'ici enregistré sa signification. La poussière ne s'élevait pas en nuages, pas exactement. C'était plutôt un halo, comme un rideau opaque déroulé sur le sol. Quelques ombres s'agitaient sous le rideau, quelques formes irrégulières, sans doute dues à des changements de couleur de la terre ou de la végétation. Mais rien de reconnaissable. Et certainement pas de rivière. Nulle part.

Gerald réfléchit et peu à peu, la conscience d'un danger de la plus grave espèce se forma dans son esprit. L'avion travaillait pour lui, il ne se battait plus contre lui et c'était lui qui n'était pas à la hauteur. Il avait commis une erreur désastreuse.

Pas un seul instant, depuis le moment où il avait pris les commandes, il n'avait essayé consciemment de voler en droite ligne. Il ne connaissait pas le plan de vol qu'il aurait dû suivre.

Gerald se laissa aller contre le dossier de son siège, consterné. Il tournait en rond dans le ciel depuis une demi-heure, peut-être plus sans avoir une seule fois pensé à faire le point. Et c'était indispensable pourtant. Pourquoi, alors qu'il avait entendu dans sa tête l'écho des paroles de son père : « Aligne le gyro sur le compas », avait-il omis d'agir en conséquence? Il s'était inquiété de l'altitude, des gaz, du pas de l'hélice, du trim, de presque tout dans le cockpit, sauf du compas.

Il avait peur de les regarder – le compas ou le gyroscope. Oh, c'était terrible!

C'était stupide, vraiment stupide!

Il s'obligea à baisser les yeux sur le compas monté près de son genou gauche. L'aiguille était perpendiculaire aux lignes de la grille et non parallèle, comme elle aurait dû l'être. Il volait pratiquement dans la direction opposée à celle qu'il aurait dû prendre.

Si Jim avait ajusté le compas. Il ne l'avait peut-être pas fait. Jim n'avait peut-être pas pris cette peine. Il pilotait sans doute à vue, d'instinct, lisant son chemin de repère en repère. Il y avait une carte par terre, au pied du siège.

L'affichage du compas était de 250°. La direction actuelle de l'avion s'en écartait de 100°. Mais dans quelle direction ? Là gisait l'obstacle. Comment lisait-on le compas d'un avion ? Il n'en savait rien parce qu'il n'avait jamais eu l'occasion de s'exercer. C'était toujours son père qui s'en occupait. Mais 250° – même s'il avait suivi ce cap – ne pouvait le mener à Coonabibba. Impossible. 250°, cela signifiait en gros le sud-ouest. Coonabibba était au nord-ouest. Ses craintes étaient fondées. Jim n'avait pas programmé la route.

Ou bien l'avait-il fait quand même ? Peut-être y avait-il autre chose à laquelle il n'avait pas pensé. Du calme, voyons, du calme. Réfléchis.

Comment établissait-on un plan de vol?

Oh, il y avait tant de choses que Gerald ignorait. Tant de mystères. Tant d'éléments parfaitement ordinaires dont il ne s'était jamais soucié.

Qu'est-ce qui influençait la direction d'un avion? Le vent, bien sûr! Et aussi autre chose : la variation ou la déviation – quelque chose comme ça, mais qu'est-ce que ça voulait dire? Est-ce que le vent et la variation, quel que soit le sens du terme, pouvaient changer le cap du nord-ouest au sud-ouest? Certainement pas.

Gerald considéra encore une fois le rideau de poussière. Une vent terrible soufflait en bas, presque une tempête. S'il ne pouvait pas voir le sol, comment se repérer? Oh, zut zut! Ils étaient perdus. Et pas qu'un peu. Il n'y aurait pas d'atterrissage à Coonabibba. Sans se raconter toutes sortes d'histoires, sans espérer toutes sortes de miracles, il n'était pas question de trouver Coonabibba parce que, même s'il le survolait, le domaine serait invisible, avec toute cette poussière.

Il fallait garder la tête froide. Ils étaient peut-être perdus, mais ils n'étaient pas forcément condamnés à mourir. Il fallait atterrir aussi vite que possible avant que la tempête de poussière augmente. Inutile de paniquer. En fait, les risques n'étaient pas plus grands qu'avant. Le seul véritable danger était l'atterrissage, que l'*Aigrette* se pose à un point B plutôt qu'à un point A. Il pouvait survoler une ferme, n'importe laquelle, envoyer un message, et leur laisser le temps de préparer une piste de fortune. Les fermiers préviendraient ses parents. Les Hennessy connaissaient tout le monde, à l'ouest. Quel que soit l'endroit où il atterrirait, il y rencontrerait des amis.

Alors ? Quelle direction prendre ? Le nord-ouest, supposait-il. Au moins, cela le mènerait dans la partie du pays qu'il connaissait et le plus près possible de Coonabibba.

Gerald examina soigneusement le compas. Puis il le déverrouilla et tourna la couronne de telle sorte que l'aiguille soit sur 315°. Il n'en était pas si loin, après tout. Là, il bloqua le compas et, peu à peu, inclina l'avion pour que l'aiguille vienne se placer entre les lignes parallèles de la grille. Cela lui prit beaucoup de temps. C'était vraiment tout à fait extraordinaire. L'aiguille lui jouait les tours les plus particuliers. Elle ne bougeait pas au même rythme que l'avion. Quelquefois elle allait plus vite, quelquefois plus lentement. A plusieurs reprises il pensa avoir réussi à l'aligner et puis, quelques instants plus tard, l'aiguille repartait à nouveau d'un côté ou de l'autre à 10 ou 15° près. Il tenta de se servir du gyro directionnel, mais les chiffres ne signifiaient rien pour lui. C'est très difficile de lire un gyro.

Au bout d'un moment, il consulta la montre de bord. Il était deux heures trente-huit. Quelque chose n'allait pas. Il n'avait pas pu mettre plus d'une demi-heure pour changer de cap. L'idée même en était absurde. Il regarda sa propre montre. La montre de bord était correcte. Puis il se souvint de l'altimètre : il indiquait 8 700 pieds.

Il sentit monter en lui une bouffée de son ancienne peur, mais, résolument, il l'étouffa et réduisit doucement les gaz jusqu'à ce que l'*Aigrette*, sans erreur possible, commence à descendre. A ce moment-là, il s'était écarté de sa route de 20° et sa vitesse était tombée à 70 nœuds.

7. Destination inconnue

Gerald avait changé. Bruce l'avait remarqué depuis un bon moment. Gerald avait perdu son arrogance. Gerald était à nouveau un adolescent. Le garçon que Bruce avait toujours aimé. Peut-être « courageux » était-il le mot que Bruce cherchait.

Gerald était assis, le dos rond, devant le tableau de bord, totalement concentré, comme un pilote de voiture de course ou le conducteur d'un train express. Il n'y avait pas d'autres pensées dans sa tête que les besoins de l'*Aigrette*. Bruce le voyait bien. Personne d'autre, dans l'avion, n'existait pour Gerald. Il était seul. A côté de lui, Jan dormait ou somnolait d'épuisement – si proche que Gerald aurait pu la réveiller d'un simple regard. Mais pas une fois, il ne se tourna vers elle, ni vers les autres, derrière. Pas une fois il ne jeta un coup d'œil à Jim. (Bruce aurait souhaité qu'il se retourne parce qu'il avait une envie folle d'examiner son visage).

Gerald tendait de temps à autre la main vers une manette ou un levier, se penchant quelquefois pour mieux scruter les instruments. Parfois aussi, il regardait par la vitre sur le côté. Mais il reprenait toujours son attitude tassée, comme s'il essayait de conserver ses forces ou peut-être de se concentrer désespérément, comme s'il passait un examen extrêmement difficile.

Bruce comprenait qu'ils avaient des ennuis. De gros ennuis. Personne ne le lui avait dit; il le savait. Pour des gens pourvus d'intuition comme lui, certaines vérités étaient évidentes. Bruce devinait toujours, par exemple, quand quelqu'un mentait ou lorsqu'un professeur, à l'école, avait fait une erreur qu'il s'efforçait de camoufler, ou lorsque sa mère s'en sortait en disant que les filles étaient différentes des garçons. Jan faisait des rêves étranges et merveilleux et sa mère disait qu'elle était « psychique ». Mais Bruce savait des choses et sa mère disait qu'il était impossible.

Bruce avait donc compris que Gerald avait des ennuis. Celui-ci avait l'air de quelqu'un qui lutte sauvagement pour une cause dans laquelle il croit. C'était nouveau pour Bruce, un angle sous lequel il n'avait encore jamais envisagé la vie. Gerald était plongé jusqu'au cou dans les difficultés mais il n'abandonnait pas, il ne s'abandonnait pas. Il *se battait* de toutes ses forces, avec son cœur et sa volonté. Son attitude proclamait : « Je le veux, je le veux. »

Bruce ressentit une chaleur extraordinaire envers Gerald, un sentiment excitant, une admiration sans réserve, non égoïste, pour un autre; et le fait que Gerald ait oublié la présence de Bruce ne gâchait rien du tout. Au contraire. C'était un peu comme d'être invisible, d'observer les gens autour de soi assis sur un petit nuage sans être vu soi-même.

Gerald s'était perdu. Bruce le sentait aussi. Il y avait de la poussière en bas et des nuages au-dessus.

Où atterrir s'ils ne trouvaient pas Coonabibba? Et si les nuages descendaient et que la poussière montait, seraient-ils pris au milieu, complètement aveuglés? Peut-être allaient-ils s'écraser au sol, ou heurter une montagne? Ou encore continuer ainsi à jamais et s'évanouir dans les brouillards du temps. Ce n'était pas drôle, en vérité. La situation était vraiment très, très sérieuse.

Pourtant Bruce ne parvenait pas à s'en inquiéter. Son esprit se refusait à s'engager dans cette direction. Il imaginait très clairement tous les dangers et cependant il n'en était pas réellement troublé.

Il réalisait également que personne ne pouvait les aider. Qu'ils ne devaient compter que sur eux-mêmes. Et cela ne l'effrayait pas. Il supposait que son attitude découlait de sa foi en Gerald, en ce garçon, grand et mince, aux épaules fragiles. C'était la fête de Gerald dans plus d'un sens. Ce n'était pas celle de Bruce, ni celle de Carol, ni celle de Colin.

Colin était encore groggy, bien que Bruce ait réussi à le hisser dans le siège vide de Gerald. Colin n'était pas une compagnie, pas plus que Carol. Les yeux rouges et larmoyants, elle était toujours recroquevillée dans son fauteuil, un mouchoir sous le nez, secouée de sanglots intermittents sans aucune raison apparente. Elle le rendait furieux. Pomponnée comme si elle se rendait à l'église ou aux courses mais pleurnichant tout le temps depuis deux heures. Elle était jolie, ainsi que les filles le sont parfois, mais là, quel gâchis! On aurait dit qu'on l'avait traînée dans les buissons. Et pourquoi? Ce vieux Gerald, là-bas, luttait, parce que Jim était mort. Et Carol pleurnichait pour la même raison. Et Jan ? Il n'était pas certain de ce qu'il fallait penser de Jan. Si elle ne les avait pas aidés ils n'auraient pas pu sortir Jim de son siège, et si elle n'avait pas aidé Gerald à s'y installer il n'aurait jamais réussi à s'y asseoir. Elle prenait certainement quelque intérêt à la situation. Il était sûr qu'elle ne dormait pas. Elle gardait les yeux fermés parce qu'elle ne voulait pas *voir*. Jan faisait l'autruche.

Et Mark était une peste. En vérité, on aurait dû prendre ce gosse et le noyer. C'était des cris, des cris, et des cris. Tout le temps en train de bouger, de sauter, comme s'il avait des fourmis dans son pantalon. Je te jure, on aurait pensé qu'il serait mort d'épuisement une heure plus tôt. Avoir Jan pour sœur était déjà pas mal. Mais avoir cette petite horreur pour frère était, sans aucun doute, la fin des haricots. Cela expliquait pourquoi Colin était si calme. Le pauvre type devait être à moitié abruti par le bruit; ou alors il faisait semblant. Il gardait les oreilles et les yeux clos par pur épuisement. Pauvre vieux Colin. Il était vraiment dans un drôle d'état. Il allait avoir un choc quand il se réveillerait. Il ignorait que Jim était mort et que ce vieux Gerald était en train de se battre aux commandes. Il ignorait qu'ils étaient montés si haut qu'ils avaient tous failli mourir de froid et d'asphyxie. Il ignorait qu'ils étaient entourés de poussière.

La poussière était épaisse et ça empirait, semblait-il. Comment ce vieux Gerald allait-il pouvoir repérer Coonabibba? Trois heures pour Coonabibba, avait dit Jim. Il ne restait plus que quinze minutes. Mais partout, il n'y avait que de la poussière. Le sol n'était plus là. Il avait fondu.

Aucun repère. Pas de lit de rivière, asséché ou non, pas de puits artésien ou de réservoir, tels de petites oasis entourées d'arbres, pas de ferme. Gerald scrutait si intensément le rideau de poussière que ses yeux lui faisaient mal, que son cerveau était las, que tout son corps résonnait douloureusement du pressentiment d'un malheur. Mais il ne voyait rien.

Il durcit sa résolution et descendit l'*Aigrette* à 2 000 pieds. (Bien que fatigué, il tenait les commandes avec plus d'aisance). Mais il ne vit rien de plus. Il était fort possible qu'ils ne soient pas du tout à proximité de Coonabibba. Peut-être étaient-ils plus à l'ouest, près des chaînes de l'Australie du Sud. Ou plus au sud, vers les chaînes de Broken Hill, ou plus au nord, près de celles du Queensland ou même à l'ouest. A l'est aussi, il y avait de hautes montagnes. Impossible de deviner où ils se trouvaient. Depuis bientôt deux heures et demie, il n'avait pas aperçu un seul repère sur le sol. Et même s'il avait mis le cap à 315° environ, ce n'était pas cela qui déterminait leur direction mais le vent, à la force inconnue, qui soulevait la poussière à 2 000 pieds d'altitude. Leur position pouvait être n'importe où au-dessus de l'État de la Nouvelle-Galles du Sud, ou même au-delà de ses frontières.

Il ne pouvait pas non plus être assuré du bon fonctionnement de l'altimètre. Sa lecture variait selon le temps. Même s'il indiquait 2 000 pieds, il était possible qu'ils soient à 3 000 pieds, ou, au contraire, à seulement 1 000 pieds. Il n'y avait aucun moyen fiable de le vérifier. Et s'ils étaient dans le comté de Coonabibba, Gerald savait que des collines s'élevaient à plus de 1 000 pieds, des collines usées par les millénaires, avec des sommets plats et qui, par temps clair et de loin, ressemblaient à des tables de pique-nique pour géants. Un jour comme aujourd'hui, cependant, c'était des murs de rochers branlants et l'avion qui les heurterait, éclaterait en mille morceaux en une déchirante seconde.

Devait-il descendre encore, en espérant

tomber sur un sol plat, atterrir dans cette tempête sans personne pour l'aider, en pleine brousse et à des centaines de kilomètres de la ferme la plus proche?

Non, il n'y avait rien qu'il pût faire si ce n'est continuer à voler en attendant que le rideau de poussière s'éclaircisse. Mais il était déjà quatre heures passées et aucune tempête de poussière ne se dissipait en deux ou trois heures. Elle allait empirer avant de s'améliorer. Et dans trois heures, il ferait nuit. Il y aurait encore assez de carburant pour voler une heure de plus, mais quel intérêt d'avoir de l'essence une fois la nuit tombée? Il ne pouvait pas se poser dans l'obscurité. Même sur un vrai aérodrome, avec des lumières partout, il serait incapable d'atterrir de nuit. Il fallait qu'il voie! Pour lui, en ce moment, perdre la vue, c'était perdre la vie!

Quel cap devait-il prendre? Si les vents étaient tels que l'avion volait vraiment à 315°, ils risquaient de finir dans le désert, les vrais déserts de rocs, de sel et de sable et, s'ils échouaient là, on ne les retrouverait jamais. Personne ne pouvait y vivre, pas même des animaux ou des oiseaux. Il n'y avait pas plu depuis des années, sauf une ou deux averses à l'avant-dernier Noël.

S'il obliquait vers le sud, il était certain

d'entrer dans la région montagneuse. Il faudrait monter pour être en sécurité. Et plus il monterait, moins il aurait la chance d'apercevoir une ferme ou un terrain plat. Il faudrait se diriger à vue et descendre en piqué. C'était fort improbable à plus de 3 000 pieds.

Le problème était le même vers l'est.

Il devait voler vers le nord, ou voler en cercle. Des chaînes montagneuses s'étendaient au nord de Coonabibba, mais il avait des centaines de kilomètres devant lui avant qu'elles ne se transforment en hautes montagnes. Quelle que soit leur position actuelle, raisonnait-il, cette direction était relativement sûre jusqu'au crépuscule. En la maintenant et en supposant qu'ils étaient à plus de 2 000 pieds, ils ne rencontreraient pas de hauteurs. Mais s'il volait en cercle, il volerait continuellement dans toutes les directions, dérouté par le vent, peut-être vers de plus graves dangers.

Il devait faire route vers le nord.

Il devait s'engager vers Dieu seul savait quoi, parce qu'il n'osait pas entreprendre autre chose même pas descendre pour chercher le sol – espérant un miracle, espérant voir une ferme, n'importe laquelle, tel un port d'accueil après une mauvaise traversée.

Gerald régla le compas sur 000° et mit le cap vers le nord tout en sachant que si le vent soufflait à gauche, l'*Aigrette* pourrait être déporté vers l'est, vers les montagnes, et que s'il soufflait à droite, il serait entraîné vers l'ouest, vers le désert. C'était une chance à courir. Il n'y avait aucun autre moyen sous le soleil de l'éviter.

A cinq heures vingt et une, Colin s'agita faiblement et ouvrit les yeux. Il avait remué plusieurs fois pendant la dernière heure – et Jan aussi –, mais il s'était rendormi, le souffle court, grondant entre ses lèvres, le visage toujours exsangue. Même ses mains, mollement croisées sur ses genoux, étaient grises, comme si le soleil de ce long été ne les avait jamais touchées.

Il se sentait sale, sa gorge était desséchée, sa langue semblable à un morceau de cuir. Il ne parvenait pas à avaler. Il avait envie d'un verre d'eau, d'un bain frais. Il avait l'impression d'avoir dormi toute une journée exposé au soleil et que la chaleur avait fait s'évaporer la dernière goutte d'humidité de son corps.

Pendant un moment, il fixa ses mains brouillées sur ses genoux, incapable de rendre compte de son attitude ou du bruit qui martelait ses oreilles, incapable de se rappeler pourquoi il éprouvait pareil malaise, un si total épuisement. Puis il se souvint, et une horrible nausée le secoua. Il lutta pour la refouler et ses yeux passèrent de ses genoux à la curieuse forme qui gisait sur le sol, qui avait l'air d'un homme mais ne pouvait pas en être un.

La forme était recouverte d'une veste et avait des jambes d'homme.

Colin la contempla et entendit une voix pointue à ses oreilles.

– C'est Jim. Il est mort.

C'était Carol. Il ne la distinguait pas très bien parce qu'elle était trop près. Ou bien elle était complètement folle, ou bien il rêvait. Gerald était dans le siège avant, aux commandes. Dehors, il y avait des nuages, un océan infini de nuages, qui s'étalaient au-delà de la visibilité. Ils glissaient dessus comme on passe à skis sur la neige ou sur l'eau. *C'était* un rêve.

Mais il y avait aussi les incontournables repères de la réalité. Les vibrations du moteur, le bruit, les mouvements de l'avion et sa présence, les odeurs, la sensation d'être en l'air, le sentiment de sa propre existence et le soleil. Ce gros soleil, bas au-dessus des nuages, qui était chaud et bien réel.

Ce qui voulait dire que Jim gisait bien là,

par terre, mort et que Gerald était bien là-bas devant, aux commandes. Ce qui voulait dire qu'il avait dormi longtemps et que des choses terribles étaient arrivées entretemps.

Il aperçut la vache à eau accrochée à la paroi et s'en saisit. Lorsqu'il referma sa main dessus et qu'il sentit la toile humide et froide, il sut que tout, vraiment, était réel. Il dévissa maladroitement le bouchon, se servit dans le gobelet en plastique et le posa sur ses genoux.

– Fais attention! cria Carol. N'en renverse pas.

Il la regarda, essayant de mettre ces mots ensemble, de leur donner un sens. L'eau était importante. Ce fut le sens qui lui parvint. Il hocha la tête et lui donna la vache à eau. Puis il tendit le gobelet dans un appel silencieux. Elle le remplit à moitié seulement, secouant fermement la tête, les lèvres serrées, les yeux plissés.

Colin fit durer son eau comme s'il y en avait un litre, la retenant dans sa bouche, lui permettant à peine de couler le long de sa gorge. Personne n'avait besoin de lui dire qu'ils étaient perdus. Que, s'ils avaient dû atteindre Coonabibba, ils l'auraient fait une heure et quart plus tôt. Personne n'avait besoin de lui dire que cet océan de nuages les coupait de la terre. Cela aurait pu aussi bien être un océan de rocs. C'était imprenable. Aucun avion piloté par un adolescent ne pouvait percer cette couche.

Tout était terriblement clair pour Colin. Même le soleil. Le soleil n'était pas à sa place. Il ne ressemblait pas à celui qu'il connaissait. Il avait l'air d'un soleil d'ailleurs, brillant sur un monde inconnu.

Puis l'eau lui tourna l'estomac et il vomit à nouveau. Sa vision s'obscurcit, son cerveau s'embruma et le seul garçon à bord possédant l'esprit et l'ingéniosité suffisants pour manipuler les chiffres et les angles avec les caps et les vents, retomba dans l'inutilité.

Gerald avait rencontré les nuages peu avant cinq heures. Ils l'avaient poussé vers le bas au point qu'il n'avait plus eu d'autre choix que de remonter pour s'en dégager. Il les avait traversés en se fiant aux instruments pendant douze longues minutes terrifiantes. Et il avait émergé dans un soleil glorieux à 11 000 pieds. A ce moment-là, ses nerfs avaient été sur le point de craquer. En y repensant, il s'émerveillait encore d'avoir eu ce courage, cette résolution, cette capacité. Presque anesthésié par la peur, il avait fait monter l'*Aigrette* et l'avait laissé grimper, sentir sa route, voler tout seul. Comme il l'aimait! Il était merveilleux! Magnifique! Oh, il travaillait si bien pour lui. Ça ne serait pas sa faute s'ils finissaient mal.

Ce ne fut qu'une fois parvenu au-dessus des nuages, qu'il avait, commencé à penser au givrage. Oh! la la! s'il y avait pensé plus tôt, il ne serait jamais monté aussi haut! Il aurait fait marche arrière, car l'avion aurait pu facilement se couvrir de glace, ses commandes geler et ils auraient plongé vers la terreur, vers la mort. L'*Aigrette* avait les moyens de lutter contre le givrage, à condition de savoir quels boutons pousser, quelles manettes tirer. Gerald les avait cherchés dans tout le cockpit avant de les trouver. Comme une connaissance insuffisante pouvait se révéler dangereuse. Combien de fois les dieux avaient-ils souri devant son ignorance, alors qu'ils auraient dû le frapper. Oh, c'était vraiment un petit avion chanceux, cet *Aigrette*. Il l'avait toujours été. Jamais une panne, jamais un accroc. Pas depuis quatre ans et deux mois, depuis le jour où le père de Gerald l'avait acheté et ramené fièrement jusqu'à Coonabibba.

Mais que se passait-il en dessous?

Quels changements se produisaient dans le paysage invisible? Survolait-il des déserts, des prairies, des montagnes ou des villes?

Y régnait-il un silence rempli de poussière ou une tempête rugissante qui courbait les arbres et faisait tomber la pluie ? Des gens vaquaient-ils à leur travail, absorbés dans leurs pensées, inconscients de la situation de ces enfants sans secours à 10 000 pieds au-dessus de leurs têtes qui se dirigeaient vers une destination inconnue ? Peut-être tendaient-ils l'oreille pour écouter ?

Le travail était terminé, en ville. Les magasins devaient fermer leurs portes, il était cinq heures et demie exactement. Les employés de bureau rentraient chez eux. Garçons et filles regardaient sans doute la télévision. Les mères préparaient le repas du soir. Le poisson était en train de frire, les steaks grillaient. Les oignons rissolaient dans la poêle.

Gerald avait terriblement faim. Il était fatigué. Il avait mal partout. Ses bras lui pesaient. Il avait l'impression que ses jambes allaient se casser au niveau des cuisses. Jamais, de toute sa vie, les heures ne lui avaient paru si longues. Depuis presque quatre heures à présent, il était assis dans ce siège, oscillant entre la terreur et le calme, essayant d'additionner les kilomètres. C'était tellement difficile de piloter et de calculer en même temps. A 120 nœuds, combien de kilomètres faisait-il à l'heure ?

Environ deux cents. Multipliés par quatre heures, cela faisait 800, multipliés par cinq heures, cela donnait 1 000 et par six heures, 1 200. Mais il fallait tenir compte en outre des périodes où il était allé plus vite et des moments où il était allé moins vite. Sans oublier le temps passé à hésiter sur le cap à prendre et le début, lorsqu'il avait piloté sans direction aucune. Et le vent ! C'était l'élément primordial ! Selon la direction dans laquelle il soufflait, la vitesse du vent devait être ajoutée ou retranchée. Après six heures de vol, au bout desquelles il lui faudrait de toute façon atterrir, il pouvait aussi bien avoir parcouru 750 kilomètres ou 1 500, ou n'importe quelle distance intermédiaire. C'était *impossible* à calculer. Il se perdait dans tous les paramètres.

Disons, par exemple, 1 500 kilomètres. Où cela le menait-il ? Au cœur mort du continent ou vers la mer ?

Et s'il sortait des nuages au-dessus de la mer ?

Mais quelle mer, et dans quelle direction chercher la terre ?

Il imaginait toutes sortes de choses. Les pilotes devraient être dépourvus d'imagination. C'est une faculté dangereuse et stupide. Qui pouvait mener à une décision prise sous l'influence de la panique, comme de traverser les nuages sans rien voir, afin de repérer le sol. Il lui fallait résister à cette tentation. En vérité, il lui fallait résister à la tentation de penser à tout ce qu'il craignait. Tout ce qui affectait ses nerfs ou sa confiance représentait une menace pour la vie des six personnes à bord.

Il devenait de plus en plus conscient de la présence de ces personnes, de ces enfants, de ses amis. Ils s'étaient montrés merveilleux. Oui, vraiment. Ils devaient avoir une frousse de tous les diables, mais ils ne bougeaient pas de leur place, ils n'essayaient pas de s'approcher de lui ni d'interférer en aucune façon dans ses décisions. Il avait de la chance d'avoir des amis pareils. Ou peut-être avait-il de la chance d'avoir Bruce. Oui, c'était probablement Bruce.

Il se retourna pour la première fois depuis des heures, et immédiatement son regard croisa celui de Bruce et celui de Carol. Il leur sourit et ils agitèrent la main.

Une vague de chaleur l'envahit.

C'était vraiment des amis merveilleux. C'était formidable, comme ils avaient eu confiance en lui.

Il jeta un coup d'œil à Jan, cette drôle de petite fille recroquevillée sur le siège avant droit et, l'espace d'une seconde, rencontra son œil injecté de sang qui l'observait derrière l'arête de son nez. Au même instant, l'œil se referma. Pauvre gosse. Elle était si malade.

Il leur devait à eux tous d'écarter de son esprit toute éventualité malchanceuse. Mieux valait continuer à piloter en mettant sa foi dans l'*Aigrette*, et en se persuadant d'un atterrissage réussi, quelque part, tous sains et saufs.

La lune émergea des lèvres des nuages une minute après six heures, et le soleil se coucha à six heures huit minutes.

Le crépuscule allait durer une heure environ, estimait Gerald. C'était aussi l'avis de Bruce. Non pas que l'un ou l'autre ait jamais chronométré la tombée de la nuit. C'était une de ces choses avec lesquelles on vivait, une de ces choses qu'on savait être vraie. Vers la fin de l'été, le crépuscule semblait durer une heure. Bien sûr, ce n'était pas une période de lumière totale, c'était le moment où la lumière commençait à décliner, à mourir, et il était plutôt difficile de déterminer la fin de la lumière et le début de l'obscurité.

On ne voyait aucune trouée dans les nuages. 8/8 de visibilité, disaient les pilotes. Leur surface supérieure ressemblait à la mer dans ses mauvais jours. Comme lorsqu'elle se brisait contre les falaises d'une côte rocheuse dans une gerbe d'eau, parsemée ici et là de formes évoquant d'anciens navires voguant de toutes leurs voiles roses gonflées par le vent. Mais remarquablement horizontale, cette couche de nuages. Pas souvent en dessous de 10 000 pieds, rarement au-dessus de 12 000. Epaisse et profonde de quelques centaines de mètres. Une barrière qui empêchait Gerald de descendre.

Bruce le comprenait. Les nuages représentaient leurs ennemis, autant que la poussière, et une angoisse différente commençait à poindre dans son cœur. Les nuages allaient-ils disparaître avant la nuit? Son optimisme naturel l'inclinait à le croire, pourtant une sorte de pessimisme qui lui était étranger lui disait que non. Que se passerait-il alors? La lune était à moitié pleine, elle était claire, déjà lumineuse et blanche. Suffisamment claire et lumineuse pour permettre à Gerald de voir quelque chose?

Bruce trouvait qu'il aurait dû être assis dans le siège à côté de lui; là derrière, il se sentait inutile. Mais Jan occupait la place et il n'arriverait jamais à la sortir de là. Demandez-lui de bouger et elle serait encore malade comme un chien.

Elle s'agitait beaucoup trop pour être endormie. Elle remuait, changeant de position toutes les cinq minutes. Endolorie, comme Bruce lui-même l'était. Il lui faudrait prendre ses repas sur le manteau de la cheminée pendant au moins une semaine. (Ses repas? Zut alors, comme il avait faim!) Et l'atmosphère s'était refroidie depuis le coucher du soleil. C'était surprenant de voir à quelle rapidité on sentait la différence. Surprenant aussi, la vitesse à laquelle les rouges, les roses et les pourpres striaient le ciel, immenses taches de couleur en mouvement, rouges à l'ouest, roses et pourpres à l'est. Quel spectacle magnifique, du genre de ceux qu'on voudrait partager avec quelqu'un, mais comment pouvait-on le partager en silence avec un individu à l'air aussi endormi que Mark? On avait l'impression d'être en prison, au secret, assis à côté de lui. Coupé de tous les autres par le bruit du moteur Bruce ne se sentait pas de taille pour empêcher Mark de recommencer ses performances au cas où il sortirait de son assoupissement. A son avis, Mark assoupi ou endormi était la seule espèce de Mark qu'il était capable de supporter.

Colin remua et souleva sa tête de l'épaule de Carol. C'était elle qui l'avait placée là. Tout à fait maternelle à présent qu'elle avait cessé de pleurnicher, pensa Bruce. Cependant elle était très tendue. Son dos était tout raide. Bruce voyait bien que Carol était morte de peur, mais il était trop timide pour lui prendre la main ou essayer de la rassurer d'une manière quelconque. Maintenant qu'elle était redevenue presque elle-même, il n'était pas question de badiner avec elle, ni en pensée ni en action. Bruce s'était toujours montré circonspect envers Carol. Il trouvait qu'elle était hors de sa portée. Mais cela lui aurait fait du bien s'il avait pu parler avec elle. C'était terrible d'être ainsi coupé de tous. Ils étaient au secret, chacun d'entre eux. Et cela faisait cinq heures de ce traitement, plus un cadavre sur le plancher.

Colin semblait avoir recouvré ses esprits. Il s'était redressé, regardait autour de lui, observait les lumières du soir. Plus qu'un peu inquiet. Mais Colin était comme ça. Son comportement normalement séricux donnait aux événements vraiment sérieux un ton très grave, en vérité. Il avait le visage d'un expert-comptable, disait le père de Bruce. Ce genre de visage finement ciselé qui, un jour, porterait des lunettes sans monture pour enregistrer avec un intérêt poli mais une perception aiguë, de derrière un vaste bureau (marqué au nom de C.J. Martin, Directeur) les ruses des clients remplis d'espoir, cherchant à augmenter leur crédit bancaire. Oui, c'était ce qu'avait dit le père de Bruce. Bruce lui-même était resté quelque peu intrigué quant au sens de ces paroles.

Pour l'instant, Colin se tenait assis bien droit, d'une manière presque prudente, contemplant simplement le ciel illuminé. Les pourpres et les gris acier et les bleus glaciaires et le rouge mourant dans l'océan de nuages. Si sérieusement.

Ce fut alors que Bruce le réalisa : la nuit venait. Elle était même là. Il y avait déjà une étoile dans le ciel.

Pourtant, le soleil s'était couché à peine un quart d'heure auparavant. Il n'aurait pas dû déjà faire noir. Il s'agissait sans doute d'un phénomène atmosphérique, dû aux nuages, à l'altitude, à quelque chose. C'était une erreur.

Mark se réveilla en sursaut et cria :

– Que se passe-t-il?

Jan ne faisait plus semblant de dormir. Ou bien la lumière pâlissante l'avait obligée à faire face à cette réalité qu'elle essayait de fuir.

Gerald aussi avait compris. Et d'une manière plus pressante que les autres. Il savait que lorsque la lumière disparaîtrait, leurs vies s'éteindraient aussi.

Pourquoi la nuit tombait-elle si vite, si tôt ? Il y avait des centaines d'étoiles dans le ciel, la lune brillait et l'obscurité montait de l'est et du nord comme un orage. Il ne pouvait plus atterrir. Il n'était plus temps.

Aucune trouée ne se présentait dans les nuages qui s'étalaient à l'infini. Ce n'était pas juste. Ça ne lui donnait pas une chance. Avait-il fait tous ces efforts pour être mis en échec par un accident de la Nature ?

8. Les ailes brisées

A six heures trente-cinq, il faisait nuit et les nuages avaient l'air d'une pâle plaine argentée sous la lune.

Gerald avait encore devant lui un horizon visible pour le guider, la ligne entre les nuages et le ciel, mais les instruments distrayaient son attention. Ils brillaient, verts et lumineux et les aiguilles bougeaient au rythme des variations du vol. Maintenir une route droite et régulière était le plus difficile. Il parvenait à tenir une ligne tremblée, qui variait d'un côté à l'autre de quelque 20°. L'altitude aussi lui jouait des tours. Il aurait été plus rassuré s'il avait allumé la lumière dans le cockpit, mais les reflets sur le pare-brise l'auraient coupé de l'horizon déjà trop peu visible dont il avait tant besoin. Lorsqu'il avait essayé, il avait presque immédiatement perdu le contact. Il s'était senti ballotté, sans entraves, comme suspendu au milieu du ciel ou sur la grande roue à la foire. Il ne lui restait plus qu'à piloter dans le noir et à ses passagers qu'à rester assis dans l'obscurité, conscients les uns des autres comme autant d'ombres lunaires, conscients de Gerald semblable à une vague statue dans le siège du pilote.

Combien de temps pourrait-il continuer ainsi? Gerald le savait, les autres non. A moins que sa consommation de carburant ait grandement varié de la moyenne de quarante litres à l'heure, il pouvait encore voler pendant quatre-vingt-dix minutes. Quatre-vingt-dix minutes, cela voulait dire trois cents kilomètres. Sans aucun doute, cela devait être assez long et assez loin pour que les nuages s'écartent. Selon toutes les moyennes et lois de probabilité, ceux-ci auraient dû disparaître depuis longtemps. Puis, le moteur crachoterait, s'emballerait, tousserait et crachoterait à nouveau. Pour s'arrêter brutalement.

Et alors?

Gerald essayait de ne pas y penser, de chasser cette idée de son esprit, mais il ne pouvait pas.

La descente à travers les nuages et la

nuit, sans moteur, la descente sans fin en vol plané qu'on ne pouvait pas arrêter...

La vitesse de la pente de descente? Quelle était-elle? 90 nœuds. La même que pour monter. Vitesse d'atterrissage? Probablement la même que pour le décrochage : 40 nœuds. C'était des chiffres à ne pas oublier. Surtout la vitesse d'atterrissage. S'il arrivait à 40 nœuds trop haut au-dessus du sol, il s'écraserait. Et s'il arrivait au sol à une vitesse supérieure, il s'écraserait aussi. Et comment allait-il voir le sol? Il devait faire nuit noire en bas, sous les nuages. Et comment saurait-il d'où soufflait le vent? Parce que, s'il essayait d'atterrir contre le vent ou vent de travers, il risquait aussi l'accident.

C'était impossible. Il y avait trop d'éléments contre lui. Un apprenti pilote devait effectuer des douzaines d'atterrissages avant qu'on lui permette de voler seul et Gerald n'en avait jamais exécuté, pas même de jour, pas même un atterrissage tumultueux, rude, bruyant, raté.

Il avait commis une erreur. Il aurait dû descendre vers le sol, telle une chauve-souris hors de l'enfer, dès qu'il avait vu la lumière baisser. Nuages ou tempête, désert ou forêt, il aurait dû descendre. Qu'est-ce que ça pouvait faire s'il y avait quelques os de cassés ? Mieux valait cent fois se briser la jambe, le bras ou même le crâne plutôt que d'éclater en mille morceaux.

Toujours aucune trouée dans les nuages. L'étang d'argent pâle s'étendait jusqu'au bout du monde. La fin de l'été, la fin de la sécheresse. Voilà ce que c'était. La sécheresse était terminée. C'était toute l'histoire.

La pluie devait tomber dru à Coonabibba et transformer le domaine en une mer de boue. La maison devait être pleine d'invités – sans Gerald, ni Carol, ni Colin, ni Bruce, ni Jan, ni Mark. Ni Jim.

Une maison remplie de terreur, aux lignes téléphoniques saturées. Ils devaient tous être dehors, en moto, à cheval, en voiture. On appelait à la radio le docteur volant, les fermes alentours, les villes et les aéroports. La pluie devait résonner sur le toit et sa mère, à la fenêtre, scrutait la nuit.

Dans quelques minutes, Bert écouterait les nouvelles de sept heures. Il entendrait l'annonce de la disparition de l'*Aigrette* et il penserait aux vilaines choses qu'il avait dites. Et peut-être aurait-il des regrets.

Et demain, c'était l'anniversaire de Gerald. Il ne vivrait pas pour fêter ses quatorze ans. Ce n'était pas juste. C'était vraiment horrible.

La jauge d'essence était au plus bas, mais il restait toujours quelques litres en réserve. Gerald ne comprenait pas les complexités de l'alimentation du moteur et il ne pouvait que se préparer à la panne.

Il tendait l'oreille, à l'affût des signes annonciateurs, mais l'*Aigrette* continuait à ronronner.

Et s'il priait pour que les nuages s'écartent? Ça ne pouvait pas faire de mal. Mais si ses prières n'étaient pas entendues, il se sentirait encore plus coupé du monde, encore plus victime d'un monstrueux destin. Les autres étaient certainement en train de prier comme des fous. Jan, surtout, devait invoquer tous les saints de la chrétienté. Peut-être valait-il mieux remettre cela entre les mains de Jan. « La prière, c'est bon pour les pasteurs, avait coutume d'affirmer son père. Quant à moi, je préfère rouler mes manches et me fier à mon propre effort. » Cette maxime, applicable jusqu'à un certain point, n'était pas valable dans des situations de ce genre. Sans doute son père ne s'était-il jamais trouvé dans un cas pareil.

– Une trouée dans les nuages, dit Gerald prudemment à l'étoile la plus brillante qu'il pouvait voir. Ce serait vraiment le bon moment. Il ne s'agit pas d'une exigence de ma part, mais ce serait vraiment utile. Essaie de comprendre mon point de vue. Si tu ne nous donnes pas cette trouée, Jan, ici présente, en sera terriblement bouleversée, parce qu'elle t'a toujours pris au sérieux. Et moi aussi, j'en serai bouleversé, maintenant que je me suis décidé à te le demander, alors que je ne voulais pas. Ce n'est pas non plus comme si je te demandais ça pour moi tout seul – même si j'ai envie d'avoir quatorze ans. Ça ne devrait pas être tellement difficile pour toi. Tu dois en avoir les moyens...

Mais l'*Aigrette* poursuivait sa route et les nuages restaient compacts.

Peut-être n'aurait-il pas dû se montrer aussi familier. Peut-être aurait-il dû y mettre les formes, comme à l'église. L'ennui, c'était qu'il n'était pas très fort dans ce domaine. Il réfléchit pendant un moment et essaya de formuler ses prières dans un langage plus approprié, mais il s'embrouilla et son esprit resta silencieux, sous l'empire d'une peur froide et solitaire.

Jan *l*'aperçut avant tout le monde. Vers sept heures et demie, au moment où tout le monde guettait l'arrêt du moteur. Personne n'avait parlé de l'essence. A quoi cela aurait-il servi, de toute façon? Mais ils savaient tous, même les filles, qu'ils risquaient d'être à court de carburant et que l'*Aigrette* ne pouvait pas continuer à voler indéfiniment. Il leur semblait être emprisonnés dans cet avion depuis des jours, attendant la mort. Une fois la nuit installée – si rapidement – ils avaient compris que Gerald ne pouvait plus faire grand-chose. Ils ne le blâmaient pas, mais il y avait quand même quelque chose de curieux dans son attitude. Gerald pilotait comme s'il voulait s'envoler vers un autre monde, presque comme s'il ne voulait pas redescendre, comme s'il ignorait comment redescendre.

On aurait dit qu'ils s'éloignaient de tout ce qu'ils avaient toujours connu – l'école, la maison, les parents, les amis, tout ce qui, jusqu'à présent, formait leur vie – et qu'ils avaient fermé la porte derrière eux pour entrer dans le vide.

Jan *la* vit par sa fenêtre, assez loin, près de la lune. Une tache d'obscurité, telle l'ombre portée de quelque chose bien plus haut qu'eux. Elle observa le phénomène pendant un moment, surtout parce que c'était une chose qui attirait l'œil, une sorte d'énorme bouche béante prête à vous avaler. Cette ombre possédait une force d'attraction qui l'effrayait et ajoutait à sa peur, déjà considérable, une sourde angoisse.

Puis Jan commença à se poser des questions, car cette chose paraissait posséder une vie propre, elle s'élargissait de plus en plus et sa croissance non seulement gardait le même rythme que l'*Aigrette,* mais semblait gagner l'avion de vitesse, courant devant lui dans une gigantesque courbe, comme si elle tentait de lui couper la route, ou de l'encercler et l'engloutir d'un seul coup.

Jan ne voulait pas troubler Gerald, il paraissait si distant, si inaccessible. Il fallait pourtant qu'elle le prévienne. Au moment où elle tendait la main vers lui, Gerald *l'*aperçut à son tour.

Sa bouche s'ouvrit toute grande, son cœur bondit. Il voulait à peine y croire. Cependant, c'était vrai. Les nuages se terminaient, au moins dans cette portion du ciel où se trouvait la lune. Il allait voir le sol!

Gerald se mit à trembler sans pouvoir se maîtriser. Car, immédiatement, il se rendit compte que c'était une demi-bénédiction. Il avait une chance à présent, même fragile, mais la responsabilité d'en profiter pesa soudain lourdement sur lui. Si les nuages n'avaient pas eu de fin, il aurait été pour toujours irréprochable. Etre emporté vers l'inconnu sans pouvoir rien faire n'avait pas que des mauvais côtés, après tout.

Mais que disait-il là ? Que lui arrivait-il ?

A quelle distance était l'ombre ? Un ou deux kilomètres, à peu près. Dans une minute il l'aurait atteinte, et le vaste monde s'étalerait sous ses yeux. Poussière, forêt, montagnes ou plaine.

– Oh, mon Dieu ! fit-il, et il se retourna vers les autres.

Il ne pouvait pas les distinguer nettement, mais il eut l'impression que toutes les têtes regardaient du même côté. Ils avaient vu. Et compris. Ils s'en réjouissaient sans doute. Les veinards ! C'était facile, pour eux ; ils ignoraient la moitié de la situation. Ils ne savaient pas ce que ça signifiait de se sentir aussi terriblement fatigué. Ils ne savaient pas ce que c'était de souhaiter le sol avec tant d'impatience et en même temps d'en avoir peur. Ils devaient penser que l'*Aigrette* allait descendre en toute sécurité. Ils ne sauraient jamais ce qui les frapperait. Lui, si. Il verrait venir la catastrophe.

Soudain, il n'y eut plus de nuages, seulement le vide, un puits sombre, 3 000 mètres de néant vertigineux.

Gerald fit piquer l'appareil et fut presque

malade d'incrédulité. Le monde brillait à la lumière de la lune.

– La mer ! cria-t-il.

Quelle mer ?

Ou bien était-ce un lac ?

Oh, mon Dieu ! le cap de 250° indiqué au début par le compas était peut-être le bon !

Existait-il une étendue d'eau aussi grande que celle-là ? Non, uniquement des lacs salés asséchés. Il n'y avait aucun lac avec de l'eau qui ait cette dimension dans toute l'Australie. Le rayon de lune semblait infini. Il s'étirait jusqu'au bout du monde.

Oh, quelle sale plaisanterie ! Quelle abominable plaisanterie ! Comment cela pouvait-il être la mer ? La mer, ouverte largement sur le nord, ouverte largement sur l'est ? De laquelle s'agissait-il ? De la mer de Tasmanie ? de Corail ? d'Arafura ? de Timor ?

Comment pouvait-il être stupide à ce point ? Ça ne pouvait être aucune de ces mers-là. Il était plutôt au-dessus d'un lac en crue. Le lac Eyre, peut-être. Les pluies étaient arrivées, n'est-ce pas ? Il était sans doute tombé trente centimètres d'eau au cours des six dernières heures, transformant le désert de sel du lac Eyre en une immense mer intérieure, profonde de quelques dizaines de centimètres (mais on ne pouvait pas s'en rendre compte de si haut).

Gerald prit brusquement conscience du bruit du moteur qui s'emballait. L'appareil continuait à descendre et la vitesse était de 150 nœuds.

Oh, Dieu du ciel, il y avait tant de choses à ne pas oublier !

Il réduisit les gaz et la vitesse diminua. Il ne sut plus quelle manœuvre il convenait de faire ensuite. Garder l'*Aigrette* en l'air jusqu'à ce que le moteur s'arrête et que l'avion n'ait plus d'autre alternative que de planer jusqu'au sol ?

Peut-être valait-il mieux le mettre en vol plané dès maintenant, pour conserver le peu d'essence qui lui restait ? A cette altitude, avec juste un peu de puissance pour faire tourner le moteur, il pouvait tenir l'air pendant plusieurs kilomètres. Oui, peut-être était-ce la chose à faire !

Il ramena la vitesse à 90 nœuds et le moteur retrouva son ronronnement rassurant. L'horizon était encore visible, une légère ligne plombée entre ciel et eau. Gerald avait conscience des cinq paires d'yeux, des cinq esprits concentrés sur lui. La réalité de leur présence lui mettait les nerfs à vif. Il avait l'impression d'être seul au banc des accusés, tandis que les regards et les interrogations muettes le transperçaient comme des flèches. Il avait envie de leur montrer le poing. De quel droit se permettaient-ils de le juger? Sans lui, ils seraient tous morts. Pour qui se prenaient-ils?

Bon sang, il devenait cinglé! Ils ne pensaient certainement pas ces choses-là. Ils s'étaient merveilleusement comportés tout le temps.

Une ligne apparut, là-bas à droite, qui n'avait pas l'air d'être de l'eau. Le littoral? Une île? Ou le bord du lac?

C'était la terre. Par-delà la ligne, il y avait une grande ombre, une immensité noire, informe. Ce devait donc être le lac en crue. Ils étaient au centre de l'Australie!

Sans raison particulière, Gerald se sentit intensément soulagé. Mieux valait, lui semblait-il, être là que n'importe où ailleurs. S'ils avaient dépassé le continent et gagné l'océan, ils se seraient évanouis et on n'aurait plus jamais entendu parler d'eux. Qui aurait fouillé l'océan à la recherche d'un petit avion disparu dans un orage de poussière au nord-ouest de la Nouvelle-Galles du Sud?

Le lac Eyre. Oh, c'était merveilleux! Car là, on les chercherait, c'était certain. Une fois calculés la vitesse du vent et tous les autres éléments qui auraient pu influer sur la route de l'*Aigrette,* les avions de secours s'éparpilleraient en un grand arc de cercle qui comprendrait le lac Eyre, et ils ne manqueraient pas d'apercevoir l'appareil. Impossible de le rater. Une tache de couleurs vives dans le désert gris, une tache noire, jaune et blanche. Il avait souvent jugé l'*Aigrette* horrible, trop voyant. Et c'est bien ce qu'il allait être, visible à des kilomètres. On le repérerait forcément.

Gerald dirigea l'avion droit sur la terre en s'écartant du lac. Ils étaient à présent à 6 000 pieds, moteur au ralenti, avec un vent toujours très fort.

Ce serait facile d'atterrir dans le désert. Un vaste espace ouvert et plat. Lorsqu'il serait assez bas pour voir le sol, il réduirait doucement la vitesse à 40 nœuds. Puis, dès que l'appareil toucherait le sol, il couperait les gaz. Si ça se passait mal, s'il cassait le train d'atterrissage ou se retournait, l'appareil ne prendrait pas feu. Le moteur coupé, l'avion ne pouvait pas prendre feu; on avait dû lui dire ça, une fois. A la rigueur ils auraient quelques fractures et des contusions, mais ils ne se tueraient pas, car dans le désert, il n'y avait rien contre quoi s'écraser. Pas d'arbres, pas de collines, pas de gros rochers ni de barrières, ni de lignes à haute tension. Tout ce qu'il avait à faire, c'était de poser l'*Aigrette* d'une façon ou d'une autre et de laisser Madame la Chance faire le reste.

Il purgea le moteur de son huile, comme son père faisait lorsqu'il était en vol plané, puis réduisit les gaz. Cependant le rayon de lune, ce puits de lumière frissonnante qui barrait l'eau, attira son attention, et une certaine inquiétude monta en lui. C'était curieux. Il aurait cru que la surface du lac était plus lisse. On voyait dessus des ombres et du mouvement... Des vagues, il en était sûr, de grosses vagues qui ne pouvaient appartenir qu'à une mer.

Il passa au-dessus de la masse sombre de la terre et perdit le rayon de lune. Il entama alors un long mouvement tournant pour revenir au-dessus de l'eau.

Ils étaient à 5 000 pieds.

Lorsqu'il survola à nouveau le rivage, il regarda vers le sud et scruta la ligne qui divisait la terre et l'eau. Non pas qu'on pût distinguer grand-chose, mais le paysage évoquait un peu les berges d'un grand lac en crue, à l'exception de ce qui semblait être une étroite bande de sable. Et immédiatement attenante à la terre, une courbe distincte mais irrégulière. Un changement de couleur. Trois couleurs. L'eau, la bande et la terre.

C'était la mer qui déferlait sur une plage!

Gerald frissonna, comme s'il venait d'entrer dans une pièce glacée. Est-ce que les autres avaient vu? A moins d'être aveugles, ils avaient dû comprendre. L'avion était parvenu au-dessus de la mer, l'avait traversée et avait rencontré la terre, une terre. Quelle incroyable plaisanterie! Ou bien il avait survolé le grand océan et était tombé par hasard sur une île?

O Seigneur! de quelle mer s'agissait-il? Il en revenait toujours à cette question à laquelle il ne pouvait répondre. Si c'était vraiment la mer, l'appareil avait dû être porté par des vents extrêmement puissants, des vents de 100, 130 ou 160 kilomètres à l'heure, qui l'avaient poussé si loin de Coonabibba qu'il était peut-être perdu à jamais.

Il était à présent à 3 000 pieds et décrivait un vaste cercle au-dessus de la mer.

Presque sans réfléchir, Gerald purgea à nouveau le moteur et il se produisit une pétarade et une pluie d'étincelles. Il en fut à moitié mort de peur, mais l'*Aigrette* reprit son ronronnement régulier.

Sept heures cinquante-six. Depuis combien de temps étaient-ils en l'air ? Les chiffres recommencèrent à se battre dans sa tête. Cela devait faire environ sept heures. Limite extrême de l'autonomie de l'*Aigrette.*

Il fallait descendre. Cette fois, il ne pouvait plus faire l'autruche et remettre l'atterrissage.

Il volait à 2 300 pieds maintenant, parallèlement à la plage, en direction du sud-ouest, pensait-il, à quelque 800 mètres du rivage.

Dans quelle direction soufflaient les vents de surface ? Quelle était leur force ? Devait-il se poser sur la plage vers le nord ou vers le sud ? Difficile de décider. Peut-être valait-il mieux choisir le sud parce qu'il était presque certain que les vents, plus haut, venaient de cette direction.

Il se rappela quelque chose et hurla à Jan :

– Les ceintures de sécurité ! Bien serrées !

Celle de Jan l'était déjà, mais Jan agita le bras en direction des autres. Bruce avait veillé depuis plus d'une heure à ce qu'ils prennent cette précaution. Ils étaient tassés dans leurs sièges, leur ceinture si étroitement ajustée qu'ils en étaient meurtris et raidis de peur.

1 600 pieds à quatre cents mètres de la plage. Elle paraissait étroite et ses courbes

trompeuses. En outre, on n'y voyait pas grand-chose. Et comment utiliser les volets? Mieux valait ne pas essayer. Il pouvait tout faire rater. Il aurait dû s'entraîner lorsqu'il était en plein ciel, au-dessus des nuages. Il y avait bien pensé, et puis l'idée s'était évanouie.

1 200 pieds à l'altimètre. Ce n'était pas possible! L'avion était plus bas que ça! L'eau paraissait toute proche. On distinguait très bien les vagues. Une frayeur soudaine le transperça.

L'altimètre était certainement déréglé et ils n'étaient qu'à deux cents mètres de la plage.

Au bord de la panique, Gerald toucha le palonnier de son pied gauche, fit virer l'*Aigrette* sur l'aile, en priant pour que la terre apparaisse sous ses yeux. La courbe du rivage se présenta devant lui mais les déferlantes, à présent sur sa droite, ne semblaient pas plus proches. Il avait perdu 200 pieds et elles gardaient la même apparence.

90 nœuds. Il allait beaucoup trop vite. 80 nœuds. A présent les commandes réagissaient bizarrement. Trop de gaz! Ils étaient secoués comme sur des montagnes russes.

Il fallait à tout prix réduire les gaz. C'est ce qu'il fit, terrifié. Aussitôt le bruit du moteur changea. Gerald sentit le siège se dérober sous lui, et il eut l'impression qu'il allait sombrer au milieu... d'*arbres*!

Il avait perdu la plage! 60 nœuds. Mais où était-elle? 50 nœuds. Toujours des arbres. L'avion allait tomber, tomber carrément du ciel.

– Oh, mon Dieu! cria-t-il, s'il te plaît mon Dieu, je ne sais pas où je suis. Je ne vois rien!

La vitesse était encore de 50 nœuds et l'avion flottait comme une feuille morte, tourbillonnant dans le vide, un vide sans fin.

– On va se tuer! hurla-t-il.

Puis l'*Aigrette* heurta le sol et tout devint noir et violent. Gerald sentit un choc dans le dos et un rugissement dans sa tête. Soudain, il se retrouva à nouveau en l'air. Comment et où, il l'ignorait, sauf que le nez de l'avion s'était redressé, que le ciel clignotait d'étoiles.

L'idée s'imposa qu'ils avaient en réalité touché la plage à la limite de l'eau, et non les arbres, et que l'*Aigrette* avait rebondi comme une balle de caoutchouc. Il devait couper l'allumage mais ne trouvait pas la manette, pas assez vite. Il tâtonna fiévreusement mais l'appareil toucha à nouveau le sol dans une gerbe d'écume.

Le moteur expira dans une explosion de bruit d'eau et d'étincelles, et l'*Aigrette* tournoya sur lui-même, s'enfonçant dans le sable tel un énorme animal dont les pattes se seraient soudain dérobées sous lui.

Puis le calme régna. Tout fut silence, si ce n'est les sanglots d'enfants qui pleuraient.

9. Terre!

Ils étaient à l'endroit. Au moins, ils h'étaient pas la tête en bas, retenus par leur ceinture. Les vagues se brisaient par-dessus la queue de l'avion et cognaient contre le fuselage. L'eau était partout, dedans et dehors. Gerald ne pouvait pas bouger. Il ignorait s'il était blessé, seulement il avait envie de pleurer. Les autres pleuraient. Peut-être que c'était eux qui lui en avaient donné envie. Un sanglot gonfla sa poitrine et le secoua, puis un autre, et il n'éprouvait aucun sentiment de honte. Seulement un épuisement total, une énorme envie de dormir.

Quelqu'un s'approcha de lui au bout d'un moment et posa la main sur son épaule. Qui? Ça lui était bien égal. Puis la main se retira.

C'était Colin. Etourdi et faible, il avait cependant conscience de la nécessité de s'échapper rapidement de l'*Aigrette*. Autant qu'il pouvait voir, ils étaient échoués à une quinzaine de mètres du rivage. Il y avait une lune pâle, une plage et des arbres sombres. Il savait vaguement qu'il était très important de sortir d'un avion accidenté, et que la mer tout autour n'allait pas leur faciliter la tâche. Peut-être que s'il ouvrait la porte, la mer s'y engouffrerait et les noierait aussitôt avant qu'ils puissent quitter l'appareil. Indécis, il se tenait là, vacillant, perdu, pensant même à des choses qui n'avaient aucun rapport avec la situation. Il aurait voulu poser une question à Gerald, mais ne se rappelait plus laquelle.

L'eau lui arrivait aux genoux. Mais elle n'était pas froide. Fraîche au début, puis apaisante, presque chaude. Il lui sembla qu'elle calmait un peu la douleur.

Puis une voix dit :

– Colin n'est pas là. Son siège est vide.

C'était Carol.

– Je suis ici, répondit Colin.

– Où?

– Ici.

Bruce demanda, plutôt tendu :

– Est-ce que tout le monde va bien?

Il y eut une ou deux réponses décousues et l'un d'eux dit :
– Si on ne sort pas d'ici, on va se noyer.
– Je crois que je me suis cassé quelque chose, dit Bruce. Ma jambe me fait terriblement souffrir.

Jan gémit mais ne prononça aucune parole. C'était si dur de réfléchir avec Gerald assis à côté d'elle, secoué de sanglots presque silencieux. Il était dans un terrible état. Elle aurait préféré qu'il hurle.
– Tu t'es probablement cogné, dit Carol. Ta jambe ne peut pas être cassée sinon, tu aurais horriblement mal.
– Mais c'est exactement le cas.
Colin déclara :
– Je pense qu'on peut atteindre le rivage. Ce n'est pas trop profond. A hauteur de taille, je crois.
– Les vagues sont fortes.
– C'est parce qu'on se trouve à l'endroit où elles déferlent.
– Et ma jambe ?
– Elle n'est pas cassée. Personne d'autre n'est blessé.
– Qui va aller tâter le terrain ? demanda Colin. Moi, je suis incapable de nager tout habillé.
– J'y vais, dit Jan.

– Il me semble que ce devrait être un garçon et non pas une fille.
– Je suis la meilleure nageuse. Il vaut mieux que ce soit moi, même si je suis une fille. Ou Bruce. Bruce nage très bien, mais pas avec une jambe blessée.
– Je voudrais bien savoir où on est et qu'est-ce qu'on fait ici? dit Mark d'une voix inquiète.
– Oh, tais-toi! On verra ça plus tard.
– Ouais, mais qu'est-ce qu'on fait dans la mer? je veux dire...
– Je crois que je ferais mieux d'y aller le premier, Jan, interrompit Colin.
– Mais tu viens de dire que tu ne pouvais pas nager avec tes vêtements.
– Je vais les enlever.
– Eh ben! fit Mark.
– Il fait nuit, non? Ça n'a pas d'importance.
– Je le dirai!
– A qui?

Aucun son ne franchit ses lèvres. Il n'y avait personne à qui le raconter. Même Mark s'en rendait compte.

Colin se déshabilla, ne gardant que son slip, et dit :
– Très bien. Je vais ouvrir la porte. Peut-être que vous feriez mieux de vous lever tous, au cas où l'eau monterait. Tu devrais

aider Gerald, Jan. Je crois qu'il n'est pas très bien.

Colin contourna le corps de Jim pour ouvrir la porte. Il ne put la bouger. Il était encore faible, mais pas à ce point-là. Il poussa de toutes ses forces avec son épaule; elle ne bougea pas d'un millimètre.

– Mince, alors! dit-il.

– Que se passe-t-il?

– Cette sacrée porte ne veut pas céder. Elle doit être faussée ou quelque chose.

– Tu l'ouvres vers l'intérieur ou vers l'extérieur?

– Vers l'extérieur, bien sûr. Je ne suis pas idiot.

– Alors, ça doit être le poids de la mer qui la bloque.

– Je crois que tu as raison, approuva Colin. Il va falloir qu'on s'y mette tous. Et fort!

– Est-ce qu'on ne peut pas sortir par le haut, dans ce type d'appareil? suggéra Bruce. Essaie de réveiller Gerald. Après tout, c'est son avion. Il doit le savoir.

– Il est malade, dit Colin.

– C'est bien le moment! La barbe, j'ai une jambe cassée, moi, et je ne me plains pas.

– C'est sûr que tu ne te plains pas.

– Tais-toi, Mark.

Carol contourna Colin en pataugeant et s'approcha de Gerald. Gerald comptait beaucoup pour elle et s'il n'était pas bien, c'était normal qu'elle l'assiste. Lorsque ses mains se refermèrent sur ses épaules, elle fut étonnée. Il tremblait violemment. Il n'arrivait pas à contrôler sa langue, mais il émit un bruit et leva les yeux pour indiquer le panneau transparent de plexiglas au-dessus de sa tête.

– Par ici, dit Carol. Ça doit être une porte.

Puis elle se mit à caresser le front et les cheveux de Gerald et murmura à son oreille :

– Tout va bien. Tout va bien, maintenant. Je suis si fière de toi. Ne te retiens pas. Vas-y.

Mais Gerald avait honte, à présent. Il savait que s'il s'abandonnait, il se mettrait à crier sans pouvoir s'arrêter. Seul avec Carol, cela aurait été différent; pas avec les autres. Eux n'oublieraient pas. Ils lui en tiendraient toujours rigueur et ne se souviendraient que du moment où il avait craqué. C'était un Hennessy. Et les Hennessy ne se comportaient pas ainsi.

Colin se hissa par le panneau et se laissa glisser le long de l'appareil jusque dans l'eau, qui lui monta immédiatement à hauteur de poitrine. Il leur faudrait nager, surtout les plus petits. Et il fallait tenir compte du ressac, qui le plaqua contre la carlingue et faillit l'emporter lorsque les vagues se retirèrent. Colin n'était pas habitué à la mer. Il avait toujours nagé en piscine, dans des étangs ou des rivières.

Jan apparut au-dessus de lui, accroupie sur l'aile.

– Alors? demanda-t-elle.

– C'est assez dangereux.

– Il faut bien sortir de là, ça commence à pencher. Il vient juste de s'incliner.

– Tu veux dire l'avion?

– Exact.

– Ah zut, Mark va se noyer, c'est sûr. Il ne sait pas nager. Et je ne crois pas que je pourrai le soutenir. Il panique dans l'eau.

– Il n'a pas l'air de paniquer, en tout cas. Il a plus de ressort que tout le monde.

– C'est parce qu'il ne voit rien à l'extérieur... S'il y avait une corde, on pourrait l'attacher à l'avion et je pourrais l'emporter jusqu'à la plage. Parce qu'il y a Bruce, aussi. S'il a vraiment une jambe cassée...

– Bruce est un grand bébé.

– Ouais, mais tout de même... Il a mal à la jambe.

– Je vais voir si je trouve une corde.

Jan disparut et Colin s'accrocha fermement à la traverse de l'aile, se balançant au gré des vagues. Il entendait les lames se briser sur la plage et l'énorme murmure continu que faisait la mer elle-même. D'après l'inclinaison de l'*Aigrette*, il comprenait que le train d'atterrissage était cassé, la queue aussi, et l'hélice retombait telle une bougie ramollie. Il pouvait distinguer de gros rochers le long de la plage, que par miracle l'*Aigrette*, dans sa plongée, avait évités. Et au-delà de la plage, des arbres maigres et torturés, que le vent pliait. Et dans le ciel des signes d'orage vers le sud, sans erreur possible. Mais pas de lumières. Nulle part de lumière, nulle part une étincelle trahissant la présence d'êtres humains. Il était pourtant beaucoup trop tôt pour que les gens soient déjà couchés. La côte était inhabitée. Où Gerald les avait-il amenés? Le savait-il? Était-il dans cet état parce qu'il le savait ou parce qu'il l'ignorait?

– Voilà une corde!

C'était Jan.

– Oh, formidable!

– Il y a aussi une hachette et une petite pelle. Bruce dit que ça fait partie de l'équipement de secours. Tu les veux?

– Donne-moi seulement la corde pour l'instant, mais ne perds surtout pas les autres choses.

– T'inquiète pas!

– J'espère qu'elle est assez longue. A ton avis?
– Je n'en sais rien.

Jan la lui passa, encore enroulée. Quelle idiote! Elle aurait pu la dénouer. Il se débattit avec la corde et dit à Jan :
– Rassemble nos affaires et tout ce que tu pourras dénicher. Et s'il y a une carte, pour l'amour du ciel, prends-la.

Le nœud se défit et la corde se déroula entre ses mains. Il eut peur qu'elle ne s'emmêle.
– C'est tout? dit Jan.
– Sors ce que tu auras réuni et fais monter les quatre autres sur l'aile. Vas-y. Dépêche-toi. On n'est pas là pour rigoler.
– D'accord. Ne t'énerve pas. Qu'est-ce qu'on fait avec M. Jim?
– Qu'est-ce que tu veux qu'on fasse, grands dieux! Allez, Jan, fais ce que je te dis.

Il attacha une extrémité de la corde à l'entretoise de l'aile, mais ce n'était guère facile de manipuler la corde dans l'eau. Puis il se dirigea vers le rivage, parfois en marchant, parfois en nageant, ou même sous l'eau, emporté par le courant. La corde était un terrible handicap. Il n'arrêtait pas de s'empêtrer dedans et il avait peur de perdre le bout. Si seulement il n'éprouvait pas une telle impression de faiblesse. Il savait que s'il lâchait la corde, elle irait s'entortiller autour de l'avion et qu'il ne pourrait plus rien faire. Mais soudain, il sentit le sable monter sous ses pieds et la mer se retirer derrière lui. Il lui restait encore des mètres de corde, suffisamment pour l'enrouler deux fois autour d'un gros rocher et faire un nœud bien serré. Oh, pour une fois, les choses s'arrangeraient bien. Était-ce suffisant ? Oui, la corde aurait pu retenir un cheval sauvage.

Colin revint en courant vers l'eau. Deux ou trois silhouettes étaient visibles sur l'aile et une autre était en train de se hisser hors du cockpit. Un, deux, trois, quatre. Qui était resté en bas ? Bruce avec sa jambe cassée ou Gerald trop hébété pour s'extraire de là ?

– Allez-y ! cria Colin. Vous pouvez venir !

Il entra dans la mer en se tenant à la corde. Deux personnes glissèrent dans l'eau, et l'une s'égosillait à pleins poumons. C'était Mark qui faisait son cirque habituel. Visiblement, il n'avait pas sauté; on l'avait poussé.

– Flanque-lui une baffe ! ordonna Colin. Assomme-le !

Il y eut une lutte sauvage dans l'eau. Mark glougloutant et rouspétant et Jan criant. Mais Colin arriva et saisit son frère par les cheveux.

– Tais-toi donc, espèce d'idiot! Tout va bien. Tu ne vas pas te noyer, rugit-il.

Mark était loin de pouvoir raisonner parce que, lorsque la vague arrivait, non seulement il n'avait plus pied mais l'eau lui remplissait les yeux, le nez et la bouche. Sa seule réaction instinctive était de se débattre. En désespoir de cause, Colin lui cogna la tête contre l'entretoise aussi fort qu'il put, quitte à perdre l'équilibre lui aussi. Ils coulèrent tous les deux et le temps que Colin refasse surface, il avait avalé deux grandes gorgées d'eau. Il cracha, dégagea ses cheveux de devant ses yeux, et Jan fut là pour le rattraper et lui placer sa main libre sur la corde.

– Tu le tiens? cria Jan.

– Ouais, ouais, ça va. Je m'en occupe. Quel crétin!

Depuis l'aile, Bruce se laissa aller dans l'eau, pendu par une main au bras de Carol. Ses doigts étaient crispés autour de son poignet comme un étau, complètement dépendant d'elle. Sa jambe droite lui faisait tellement mal que cela gênait tous ses mouvements. Sans Carol et Mark, il n'aurait jamais pu grimper par le panneau. Il en avait presque hurlé de douleur, car ils ne l'avaient pas ménagé. Il représentait un poids énorme pour la jeune fille.

– Lâche-moi, suppliait-elle. Lâche, Bruce. Tu es trop lourd !

Mais il ne voulait rien entendre et il l'entraîna avec lui en braillant. L'incident aurait pu se terminer en tragédie; heureusement, Carol nageait suffisamment bien pour se tirer d'affaire et l'eau donna à Bruce une mobilité qu'il n'avait pas sur terre. Il n'y avait donc plus personne pour s'occuper de Gerald ou pour passer les valises et le matériel qu'ils avaient sauvés de l'avion. Tous trois, Jan, Carol et Bruce, accrochés à la corde, s'abreuvèrent des pires injures. Pour la première fois de sa vie, Carol n'avait pas l'air d'une « lady ».

Colin, pendant ce temps, avait réussi à atteindre le rivage avec Mark. Il le traîna sur le sable et l'y abandonna, face contre terre. Il était si furieux qu'il l'aurait volontiers frappé, mais il n'eut que la force de s'affaler sur le sol, à bout de souffle. Combien de fois avait-il essayé d'apprendre à nager à Mark ? Mais Mark ne voulait pas. Il se montrait si têtu là-dessus sans raison aucune, si ce n'est que l'eau lui donnait froid !

Mark allait bien. Il avait ingurgité pas mal

d'eau de mer mais il grognait, marmonnait, se plaignait de sa tête douloureuse. Mark survivrait. Mais les autres – que le diable les emporte! – mettaient un temps fou à arriver.

Colin s'avança en chancelant dans l'eau et aperçut Jan qui remorquait Bruce derrière elle le long de la corde comme un petit bateau au bout d'une ficelle. Carol, à moins qu'il ne se trompe, était toujours à côté de l'*Aigrette,* tapant du poing contre le fuselage et appelant Gerald.

– Viens m'aider, gémit Jan. Sa jambe est vraiment blessée. En tout cas, si ce n'est pas vrai, je vais le tuer.

– Que se passe-t-il là-bas? demanda Colin.

– Oh, ce gros imbécile a fait tomber Carol. C'est de sa faute. Aide-moi, Colin. Il ne peut pas marcher.

– Et Gerald est toujours dedans?

– D'après le bruit que fait Carol, certainement... Hé, hé, reviens, Colin, donne-moi un coup de main!

– Il marchera s'il le faut.

– Allons, Colin, dit Bruce. Aide-la. Je ne peux pas poser mon pied par terre. Vrai de vrai, je ne peux pas.

Mais Colin les planta là. Il était déjà à mi-chemin de l'*Aigrette* et interpellait Carol :

– Que se passe-t-il? Où est Gerald? Pourquoi ne sort-il pas?

Il parvint au niveau de Carol. Elle frappait toujours contre la paroi de l'avion en criant le nom de Gerald. Seule sa tête était hors de l'eau et Colin comprit qu'elle avait déjà bu la tasse une ou deux fois. Il ne faisait aucun doute que la marée montait. L'*Aigrette* risquait de sombrer à la première grosse vague.

– Je vais m'occuper de Gerald, dit-il. Toi, rejoins les autres.

– Gerald, gémit-elle.

– Ça va aller. Il rassemble sans doute le matériel.

– Le matériel est déjà sur l'aile. Ce stupide Bruce m'a entraînée avec lui. Pourquoi est-ce que Gerald ne répond pas?

– Cesse de t'occuper de Gerald et nage jusqu'à la plage!

– Ne me parle pas sur ce ton!

– Je te parlerai comme j'en ai envie! Tu veux donc te noyer, pauvre idiote! La marée monte! Allez, grouille-toi!

Elle siffla comme un serpent dans la figure de Colin. Soudain, la colère le prit et la maudissant, il nagea jusqu'à la queue de l'*Aigrette,* se hissa sur l'appareil, toujours furieux et avança à quatre pattes vers l'ouverture du cockpit. Les valises étaient là et un sacré bric-à-brac mais pas de Gerald.

Il se laissa tomber à l'intérieur de l'avion presque avant de réaliser ce qu'il avait fait. Il n'était pas brave, c'était un pur mouvement de colère qui l'animait encore après sa dispute avec Carol. Il n'était pas content de l'avoir bousculée. Jamais il ne faisait ça. Il y pensait encore lorsqu'il réalisa à quel point l'*Aigrette* avait bougé – ou bien c'était la marée. L'eau clapotait autour de sa poitrine et une foule de choses flottaient autour de lui.

– Gerald! hurla-t-il soudain effrayé. Où es-tu?

Gerald était là, dans son siège, la tête appuyée contre la vitre, de l'eau jusqu'au menton. Colin le trouva en tâtonnant avec ses mains et recula, horrifié. Il était certain que Gerald était mort, car il avait tout d'un pauvre animal noyé.

– Gerald! cria à nouveau Colin.

Puis il sentit l'*Aigrette* basculer, glisser sur le fond sablonneux. Il sentit une pluie d'embruns venue de l'ouverture en haut et eut un spasme de sauvage inquiétude pour sa propre sécurité. Il était pris au piège. Il ne pouvait plus sortir. C'était de la folie. Que diable faisait-il ici? Dans cet instant, il n'avait qu'une hâte, grimper par le panneau et nager vers la plage. Mais un sens du devoir, complètement involontaire, le poussa vers Gerald. Et là, il eut un coup au cœur. On aurait dit que le mort reprenait vie ou que le sommeil faisait place à une conscience violente. Gerald était sous l'eau, à présent, mais il se débattait et ses doigts agrippèrent le bras de Colin qu'il faillit emporter avec lui. C'était un cauchemar.

Colin tira, poussa, força Gerald afin de rompre le curieux lien qui semblait le retenir à son siège. C'était le même combat. La vie de Gerald, la sienne, leurs deux vies ensemble. Ils luttaient de concert, mais Gerald ne parvenait pas à se dégager. Sa ceinture était encore attachée !

Colin fut envahi par la panique et un flot de mauvaises pensées le submergea. Il aurait mieux valu que Gerald soit mort. Ainsi, lui pourrait se sauver. Il n'y aurait rien pour l'arrêter. « Il était mort, Carol, je ne pouvais rien faire. » Mais elle ne le croirait pas. Elle aussi avait senti l'*Aigrette* basculer. Elle tapait sur la paroi extérieure. Elle devinerait que le mouvement de l'*Aigrette* l'avait effrayé. Elle le raconterait. Et alors, tout le monde apprendrait que Colin avait abandonné son ami à la mort.

Oh, ce fut un terrible instant, rempli d'horreur et de violence lorsque, d'un effort sauvage et désespéré, il réussit à briser la blesse. Moi, je ne pleurerais pas pour un moucheron dans l'œil.

– Tu es en général bien trop occupé à hurler pour penser à pleurer, dit Colin.

– Pas du tout, cria Mark.

– Tiens-toi tranquille, dit Bert. Et baisse un peu le ton. J'ai horreur des gosses qui braillent. Si tu veux monter en taxi avec des adultes, comporte-toi comme un adulte.

– Des adultes? hurla Mark. Quels adultes?

– Très bien, aboya Bert. Si tu hurles encore une fois, tu sors toute de suite. Une seule fois, tu entends?

Mark grogna, se sentit gêné et se rencogna contre la portière. Puis il vit que Carol avait tourné la tête pour le regarder d'un air sévère. Exactement comme une sacrée maîtresse d'école. Ça allait être un drôle de week-end si on ne pouvait pas ouvrir la bouche! Carol pensait à peu près la même chose, sous un angle différent. Elle était en train de se dire que Colin Kerr était parfait dans son genre et que son plus gros défaut, c'était son frère. Mark était une peste. Entre Mark et Jan, une ombre planait sur le week-end à Coonabibba avant même qu'il ait commencé. Elle ne comprenait pas pourquoi les Hennessy avaient invité ces

deux-là. C'était des inadaptés. Il n'y en avait pas un pour sauver l'autre.
– Qu'est-ce que c'est ton livre, Colin? demanda Bruce pour changer de sujet.
– Hein?
– Ton livre?
– Oh, *Oliver Twist*.
– Mince alors, tu n'as quand même pas apporté tes devoirs, dis donc?
– Pas exactement. J'ai pensé que ça ne me ferait pas de mal de le lire. Il faut bien le lire un jour, non?
– Eh bien, tu as du courage.
– M. Crampton l'a bien dit pourtant. Que s'il nous permettait de sortir plus tôt, il faudrait rattraper.
– Il plaisantait, dit Gerald. Il me donne toujours une demi-journée quand je rentre à la maison. De toute façon, tu n'auras pas le temps de lire, pas avec tout ce que mère a prévu pour nous.
– Quoi? demanda Mark, intéressé. Qu'est-ce qui est prévu?
– Un tas de choses. Même quelqu'un avec qui t'amuser.
– Vrai?
– Oui, Lesley Harrington doit venir.
– Qui c'est?
– Elle habite à Vernon – c'est la propriété voisine.

– Une fille! gémit Mark.
– Ne compte pas rester dans mes jambes ce week-end, dit Colin. Oublie cette idée.

Mark allait encore une fois se mettre à hurler, lorsque son œil rencontra la casquette de Bert et Gerald dit :
– Le frère de Lesley sera là aussi, mais il est plus jeune.
– Quel âge?
– Six ans.
– Ça me tue, gémit Mark qui se renfonça dans son coin, boudeur.

Colin interrogea :
– Et qui d'autre encore?
– La foule, dit Gerald. Mais la bonne foule. Mère sait organiser ce genre de réunions, tu sais. Il y aura aussi des gens plus âgés – en tout, nous devrions être une trentaine, je crois. Ils viennent de kilomètres à la ronde. Même les Manning qui habitent à trois cents kilomètres à l'intérieur du pays.
– Ben mon vieux! s'exclama Bruce. Je ne le savais pas. Pourquoi ne nous as-tu rien dit?
– C'est formidable, dit Colin en lançant un regard de côté à Jan. (Il avait eu l'horrible soupçon que son sort allait être lié à celui de Jan pour tout le week-end mais les chances augmentaient qu'il n'en soit pas

ainsi.) C'est formidable, répéta-t-il. Mais tu aurais pu nous prévenir, Gerald.
– Pour vous gâcher le plaisir? Sûrement pas. C'est un week-end de surprises. (Gerald sourit.) Peut-être pour moi aussi. Je ne sais pas. Mère adore faire des trucs sans avertir.

Le visage de Bert se renfrognait à mesure que Gerald parlait.
– Et puis, dimanche, nous irons à Silver Creek. C'est une promenade de plus de cent kilomètres, dans le vieux buggy. Ça va être vachement amusant.
– Dans la région des mines d'opales?
– Oui, c'est ça. Peut-être qu'on pourra en ramasser quelques éclats.
– De vraies opales? demanda Jan, secouant pour la première fois son humeur chagrine.
– De vraies opales, confirma Gerald, en donnant un coup de coude à Carol, ce qui semblait dire qu'il y avait bien d'autres surprises dans l'air, qu'on ne trouverait pas seulement des éclats d'opales.

C'est dans ce sens, en tout cas, qu'elle interpréta son geste. Une opale en pendentif ou en bague, il y avait de quoi rêver.
– Tout est vraiment bien organisé, on dirait, fit Bert.
– Je crois, oui. Pourquoi pas?

– Je suis tout à fait pour, dit Bert. Je ne critique pas. Tout dépend, c'est tout.
– Dépend de quoi ?
– Si l'avion est là.
– Mince ! s'exclama Bruce. Et pourquoi ne serait-il pas là ? Il sera là, hein, Gerald ?
– Bien sûr, dit Gerald. Il est sans doute déjà arrivé.
– Et comment allez-vous tous vous entasser là-dedans ? dit Bert, se faisant l'avocat du diable. C'est pas un avion de ligne, vous savez.
– Tout le monde rentrera.

Mark se redressa, inquiet. S'il n'y avait pas assez de place pour tout le monde, il devinait qui serait laissé pour compte !

– Des gamins qui prennent l'avion comme si c'était une bicyclette ! De mon temps, on marchait ou bien on restait chez soi. Et la plupart du temps, on restait chez soi. Aujourd'hui, les gosses ont toutes les facilités. Sauf *eux*, bien sûr ! (Et il indiqua du pouce le bidonville qui se dressait sur la rive nord du lac.) Ouais, sauf si on est un gosse d'aborigène, je suppose.
– Oh, arrêtez ça, Bert ! dit Gerald qui, cette fois, en avait assez.

La colère l'avait soudain envahi. Les bidonvilles le rendaient malade. Il détournait toujours la tête quand il passait devant.

– Et vous? Qu'est-ce que vous avez jamais fait pour les aborigènes, sauf prendre leur argent?

– Tiens ta langue! Je leur donne quelque chose pour leur argent. Je n'ai jamais volé personne de ma vie, Blanc ou Noir. Je les emmène et je ne triche pas. C'est plus que les gens de ton espèce n'ont jamais fait pour eux.

Bert était injuste. Il avait presque cinquante ans et aurait dû se montrer plus raisonnable. Le garçon avait sans doute été impoli; pourtant cela ne relevait pas de la simple colère mais du bon cœur.

Le silence s'établit dans la voiture.

Et Carol rougit. C'était stupide de sa part. Mais la rougeur monta à ses joues sans qu'elle parvienne à la réprimer. Elle rougit jusqu'à ce que ses yeux la piquent.

Ils le virent tous. Ils ne pouvaient pas ne pas le voir. Mais ils ne comprirent pas. Ils crurent que c'était à cause de Gerald. « Ça alors! pensa Jan, elle est humaine! » Ils ignoraient tout du squelette qui se cachait dans le placard des Bancroft, de l'arrière-grand-mère qui assombrissait l'arbre généalogique familial. « Elle est belle, avait dit sa mère, le jour de la naissance de Carol. Elle est blanche. » Quelle sotte! Comme si Carol avait pu être autre chose! Elle n'aurait jamais dû en parler à la petite fille.

3. Colin

Ils ne furent pas mécontents d'arriver au terrain d'atterrissage. Bert n'était qu'un vieux pisse-vinaigre. Bien sûr, il était connu pour ça. Toujours en train de s'en prendre aux gamins. Toujours en train de râler après quelque chose. Pour l'instant, il avait tout gâché et ils savaient que les choses n'allaient pas s'arranger tant qu'il serait avec eux.

– Quelle vieille chaussette, marmonna Mark dans un souffle. Il doit avoir un ulcère.

Ou peut-être était-ce le genre de journée où tous les adultes souffraient de l'estomac. Depuis le matin, sa mère n'avait pas fait autre chose, râler, râler, râler. Et Mme Martin avait descendu l'allée en bousculant Jan sans prendre même la peine de respirer. Peut-être que c'était pour ça que Jan avait pleuré et non pas à cause du moucheron dans son œil. Mark aimait bien Jan. Elle au moins ne se prenait pas au sérieux. Pas comme cette prétentieuse de Carol, qui vous regardait de haut et faisait des manières. Elle avait même du rouge à lèvres... et des lunettes de soleil en forme de papillon. C'était assez pour faire fuir un régiment.

L'*Aigrette* était bien là (ce qui était un bon coup pour le vieux Bert). Ils le devinèrent en voyant l'homme du dépôt de carburant qui partait dans son camion. Non pas qu'il les saluât en passant. Ni qu'il sourît ou quoi que ce soit. Il n'adressa même pas un signe de tête à Bert. Il les croisa simplement en faisant rugir son moteur dans un nuage de poussière, à 100 à l'heure au moins. Une raison de plus pour mécontenter Bert, parce que sa voiture noire était polie comme un miroir et qu'il n'y avait pas assez de vent pour chasser la poussière de la piste. Ils durent remonter les vitres. L'été avait été sec, traversé de vents puissants et fréquents suivis de périodes de calme étouffant. Les pluies n'allaient certainement pas tarder. Les plaines étaient brûlées, l'herbe desséchée, la terre dénudée même le long des berges de la rivière et, dans les marais, la boue noire, devenue grise, s'était figée comme du béton. Seuls les arbres étaient restés verts, mais leur feuillage était poussiéreux et sale. Ce n'était pas encore la véritable sécheresse, cependant si les pluies ne tombaient pas très vite, la situation risquait de devenir catastrophique.

Lorsque la voiture émergea du nuage de poussière, l'*Aigrette* s'offrit à leur vue : un petit monoplan, aux ailes hautes, avec un moteur à hélice et une cabine fermée. Il avait un fuselage jaune, un empennage blanc, les ailes et la queue noires. Les couleurs insultaient délibérément l'œil. L'avion était peint non pas pour se fondre dans le paysage mais pour être bien distinct, pour être clairement visible au sol en cas d'accident ou d'atterrissage forcé. Pourtant, l'*Aigrette* n'était pas un habitué de ce genre de situations. C'était un petit avion particulièrement stable et robuste, sur lequel on pouvait compter. Un petit avion chanceux, dont l'histoire était entièrement dépourvue d'incidents ou d'accidents.

– Le voilà, déclara inutilement Gerald.

C'était un beau spectacle. L'avion annonçait l'aventure, la fin de la présence de Bert et de son taxi. Pour une fois, Bert comprit qu'il était allé trop loin, mais l'art de s'ex-

cuser n'était pas son fort. Il tenta quand même d'arranger les choses – sans succès. Gerald paya la course et Bert dit :
– Vous serez de retour vers huit heures, lundi matin, je suppose.
– Sans doute.
– Alors, je vous attendrai.
– Attendez si vous voulez mais je préfère aller à pied.

Entre-temps, les autres étaient descendus, les garçons sortaient les bagages du coffre et le pilote de l'avion, qui se tenait jusque-là à l'ombre de l'aile, s'avança pour les accueillir. Du moins telle semblait son intention, jusqu'à ce qu'il entende le ton de voix de Gerald. Alors, il tourna les talons.

Bert n'avait plus rien à ajouter. Il empocha l'argent et partit, le front aussi noir que l'orage, laissant ses passagers groupés comme des gens abandonnés sur le quai entre deux trains. Tout le monde était désorienté, même le pilote. Un seul coup d'œil sur son visage suffisait pour s'en rendre compte.
– Prêts ? dit-il, comme si cela ne l'intéressait pas.
– Oui, dit Gerald... Mais ce chauffeur de taxi !
– Qu'est-ce qu'il a ?
– C'est ce qu'il *a dit* !

Jim Butler interpréta cela comme une invitation à poursuivre le sujet, or il n'en avait pas envie. Il avait eu assez d'ennuis avec l'agent du dépôt de carburant. Ils n'en étaient pas venus aux insultes, toutefois il avait régné entre eux un climat d'irritation, d'impatience et de manque de courtoisie. Peut-être la faute en revenait-elle à Jim? Il était suffisamment honnête pour l'admettre. Il ne se sentait pas dans son assiette. C'était une de ces mauvaises journées. Et à présent, pour couronner le tout, un avion rempli de gosses. Ils avaient intérêt à bien se conduire!

– Vous avez déjà tous pris l'avion? demanda-t-il.

Et quelque chose dans sa voix les avertit qu'ils étaicnt cncorc cn présence d'un adulte d'humeur incertaine. Même s'il avait l'air assez gentil, un peu comme un père affectueux, ils voyaient bien que ce n'était pas le cas. Gerald leur avait dit que c'était une sorte d'aventurier, qui avait fait des douzaines de métiers dans autant de pays à travers le monde.

Colin répondit en montrant Mark :

– C'est la première fois.

Jim grogna :

– Et les autres?

Il semblait qu'ils n'en étaient pas à leur

premier voyage, à en juger par leurs hochements de tête.

– Quelqu'un a-t-il le mal de l'air?

Jan parut gênée.

– Moi, quelquefois.

– Elle veut dire à chaque fois, oui, intervint Bruce.

– Le mal de l'air? s'exclama Mark. Comment l'air peut-il vous rendre malade?

– C'est l'avion, fiston, dit Jim, évaluant le garçon. (La malice personnifiée. On lui donne un doigt et il vous prend le bras. Jim se fit la remarque que c'était le genre de gamin à mener sévèrement.) C'est l'avion, pas l'air. Comme c'est le bateau, pas la mer... De toute façon, on va vite le savoir. Et toi aussi. Comment t'appelles-tu?

– Mark.

– Désolé, dit Gerald. J'aurais dû faire les présentations. Mais ce Bert m'a fait perdre la tête. Il faut toujours qu'il lance des piques.

Jim haussa les épaules.

– Ça ne fait rien, je les noterai au cours de la conversation. Et vous, mademoiselle?

– Jan Martin.

– Eh bien, je crois que vous feriez mieux de vous asseoir devant avec moi. Si vous avez quelque chose à regarder, vous oublierez peut-être d'être malade.

Gerald était déçu. C'était *son* siège? Et quelquefois même, Jim le laissait piloter.
– Il y a une chose qu'il faut absolument vous rappeler, poursuivit Jim. Ne vous agitez pas. Ce n'est pas un avion de ligne. Si vous remuez, vous risquez de perturber son équilibre. Et je veux un vol sans problème. Pas d'excitation, pas de bousculade. Vous allez être en l'air pendant trois heures. Je veux trois heures de bonne conduite. Et toi, Mark, à la moindre bêtise, je te flanque par-dessus bord.
– Mais qu'est-ce que j'ai fait, moi, monsieur? gémit Mark.
– Rien, dit Jim. Et je veux que ça continue comme ça. Et pas de chichis, tu peux m'appeler Jim. Simplement Jim.

Jan avait des doutes. Elle se demandait si elle allait pouvoir appeler par son prénom un homme assez âgé pour être son père. Curieusement, ses yeux rencontrèrent ceux de Colin dont l'expression semblait émettre les mêmes doutes. Puis Carol dit :
– J'ai apporté des sucres d'orge, Jim. Cela pourra peut-être aider ceux qui se sentent mal.
– C'est exactement ce qu'il faut. Distribuez-les. Vous êtes?
– Carol.
– Excellente idée, Carol. Bon, alors, tous à

bord. Gerald, occupe-toi des bagages, s'il te plaît, et essaie de faire en sorte que je n'ai pas besoin de les ranger à nouveau.

Jim fit rouler l'*Aigrette* au bout de la piste. Jan, dans le siège avant droit, était tendue et raide, son morceau de sucre d'orge déjà écrasé entre ses dents, le pouls accéléré, sa ceinture de sécurité un peu trop serrée.

Était-ce vraiment la raison pour laquelle elle ne voulait pas venir, après tout ? Était-ce la peur de ce malaise physique, de cette terrible nausée, qui était au fond de son refus, plutôt que la présence de Gerald ou celle de Carol ou l'impression d'être toujours la pièce rapportée ? C'était peut-être, depuis le début, à cause de l'avion. Peut-être que sa mère avait raison. Peut-être que tout le reste était une excuse pour cacher la véritable peur.

Le lac était à peine à une centaine de mètres. Des oiseaux, dérangés dans les roseaux, s'envolèrent par-dessus l'étendue d'eau dans un émoi de battements d'ailes – un émoi silencieux : ils n'entendaient rien, si ce n'est le grondement et les craquements de l'*Aigrette*. L'avion avait un moteur robuste, qui rugissait librement.

Jim ralentit et se mit vent en travers. Non

qu'il y eût beaucoup de vent au niveau du sol. Puis il vérifia le tableau de bord. L'altimètre, nota-t-il avec surprise, avait besoin d'un réajustement de plusieurs centaines de pieds. Cela voulait dire que le baromètre baissait. Un bulletin météorologique aurait été utile, mais il ne pouvait en obtenir un d'ici, pas sans une radio à ondes longues – et l'*Aigrette* n'en possédait pas. Les riches avaient leur côté pingre dans de curieux domaines. Hennessy avait dit : « Trop cher. Et on n'en a pas besoin. » Déclaration péremptoire que Jim avait ressentie comme une bêtise.

Il mit le moteur au ralenti et cria :

– Est-ce que quelqu'un a entendu les nouvelles, à midi ?

– Moi ! cria Colin de l'arrière.

– Qu'est-ce qu'on a annoncé comme temps ?

– Il va continuer à faire chaud, je crois.

– Quel tas d'imbéciles, dit Jim. Le baromètre est en train de baisser comme un fou.

Il augmenta les gaz, tourna l'avion de quelques degrés et remit les freins. Le ciel était maintenant plein sud avec vue sur l'ouest. Jim avait raison : des cirrus se formaient à quelque 15 000 pieds. Le bleu du ciel blanchissait.

– Vous voyez ça ! hurla-t-il. Le temps

change. J'espère que vous avez pris vos bottes en caoutchouc.
– Non, dit Jan en ouvrant de grands yeux.
Jim lui jeta un regard attentif et lui sourit d'une manière rassurante.
– C'est une blague, fillette. Tout le monde est O.K? *Décollage.*

Ce fut aussi soudain que ça. Colin s'était attendu à une sorte de préambule, l'espérait peut-être, une pause marquant le suspense ou l'anticipation, un frémissement d'ailes. Au lieu de cela, l'*Aigrette* se balança sur la piste, rugit puissamment et s'élança en traînant sa queue sur le sol telle une bûche de bois, tressautant, vibrant, hoquetant, comme si l'avion était bien déterminé à faire tomber toutes les dents de Colin. Il était assis par terre, coincé entre des chaussures et des jambes, son beau costume déjà couvert de poussière. Il n'y avait que quatre sièges à l'arrière et Colin, en bon gentleman, avait insisté pour se mettre là, alors que pendant des semaines, il avait rêvé de ce décollage, et de chérir le premier instant de ce vol.
Oh, les mouvements, sur le plancher, étaient d'une nature tout à fait particulière : le changement du dur au lisse, le brutal

assaut du bruit qui vous secouait tout le corps. La poussière s'élevait en bouffées autour de lui, il avait le dos cassé au milieu, l'estomac descendu de trente centimètres, au point qu'il était certain d'être assis dessus. Il avait l'impression d'être pris de vertiges, vidé de son sang, au bord de la nausée. Il avala sa salive et ferma les yeux très fort. L'*Aigrette* pouvait être à 100 pieds en l'air ou à 100 pieds sous terre, il n'en savait rien et ça lui était bien égal.

Un moment plus tard, une main se posa sur son épaule. Il ouvrit les yeux, le souffle court. C'était Gerald. Ses lèvres esquissèrent les mots :

– Ça va?

Colin ne savait pas si ça allait ou pas. C'était trop tôt pour le dire. Oh, quelle terrible, terrible sensation! Gerald se pencha plus bas. Sa figure, toute proche, lui parut tendue.

– Prends mon siège!

Gerald essaya de se lever sans écraser Colin. Il y avait si peu de place et tant de bruit. Et l'avion montait si vite que Colin avait peur de bouger, il avait presque trop peur pour respirer. Il allait *vomir*!

Il gémit, cherchant sa respiration. Il se sentait misérable, honteux, faible, endolori. Il ne pouvait rien empêcher.

– Désolé, geignit-il, mais personne ne l'entendit.

Ils ne pouvaient pas l'entendre et ne voulaient pas, d'ailleurs.

S'il avait été malade de n'importe quelle autre façon, cela aurait été différent. Dans ces circonstances, leurs pensées n'auraient pas été centrées sur eux-mêmes.

Tout ce que Gerald put faire fut de se recaler dans son siège et de détourner la tête, furieux, consterné, désolé d'avoir invité les deux Kerr, Colin et sa peste de frère. « Qui l'eût cru ? » disait l'expression de son visage à Carol.

Même Mark était médusé. Il ne pouvait pas croire que cela arrivait à Colin – Colin, le frère qui prenait tout si au sérieux, qui faisait toujours exactement ce qu'il fallait faire. Là, il avait l'air d'un de ces horribles ivrognes qui roulaient dans les caniveaux. Mark ne comprenait pas. Colin avait tellement attendu ce moment, il s'en était tellement réjoui à l'avance.

4. Jim

Jan était parfaitement immobile. Elle transpirait comme une statue de glace en train de fondre dans une chambre surchauffée. Oh, elle aurait bien voulu que Jim ne s'élève pas aussi vite. Jim faisait grimper l'avion comme un cerf-volant.

La terre en dessous, le lac, les plaines, semblaient s'incliner vers l'arrière et glisser au fin fond du monde. Ah, l'*Aigrette* savait monter, vraiment monter. Ses constructeurs l'avaient voulu ainsi. Ils avaient vendu des avions de ce type à toutes les armées du monde plutôt qu'à des particuliers comme les Hennessy. L'*Aigrette* en langage de l'armée portait un autre nom, un nom qui exprimait bien son caractère coriace, son utilité, son désir de travail.

L'avion continuait son ascension et la

terre s'aplatissait, informe, brouillée par la chaleur. Elle devenait une vaste étendue de rouges sombres, de jaunes, de pourpres, qui ne cessaient de glisser au bout de l'horizon. Le ciel, devant eux, était strié par les vents, par de longues rayures de nuages, fragmentés comme l'écume sur la plage.

Jan tenait bon. Elle luttait contre elle-même, agrippée au sac en papier que Jim lui avait donné, les yeux clos à présent contre la luminosité, les narines dilatées, avec des picotements dans les genoux et les cuisses, tremblant intérieurement, inconsciente de l'état de Colin, coupée des autres par le rugissement du moteur et le souci incessant de l'équilibre délicat de son propre estomac. Mais Jim, lui, l'avait d'abord senti et il avait porté une main à son front dans un mouvement d'irritation, avant de jeter un coup d'œil à ses passagers. Il avait aperçu quatre enfants, assis bien droits, une expression peinée sur le visage, comme si le pauvre être à leurs pieds était un objet de dégoût plutôt que de compassion. Jim agita la main d'un geste menaçant en direction de Gerald. « Fais quelque chose, semblait dire ce bras. Ne reste pas ainsi. » Mais Gerald leva ses deux mains ouvertes en signe d'impuissance.

– Nettoie-le! hurla Jim.

Gerald ne pouvait pas l'entendre mais Jan, oui. Elle ouvrit les yeux et doucement, prudemment, tourna la tête vers Jim.

– Regarde devant toi! cria-t-il en indiquant l'avant.

Jan ne vit pas ce qui était arrivé à Colin, mais elle le comprit, et immédiatement se mit à vomir elle aussi. Son corps se convulsa et, sanglotante, elle enfouit sa figure dans le sac en papier.

– Pour l'amour du ciel, *ces gosses*! gémit Jim.

Il réduisit les gaz et stabilisa sa vitesse à 120 nœuds à une altitude de 4 000 pieds environ. Il avait eu l'intention de monter plus haut, pour chercher des vents arrière; à présent il n'en était plus question, avec des enfants malades.

– Gerald! hurla-t-il. Aide-le!

Jan était pâle, la pauvre gosse, mais au moins elle était préparée. Le garçon avait été pris par surprise. Deux en même temps! Et il y avait trois heures de vol. Jim estima que ce n'était vraiment pas son jour.

– Fais quelque chose, toi, cria Gerald à Mark. C'est ton frère!

– Faire quoi! cria Mark en retour.

Colin était couleur de papier mâché, comme aux portes de la mort. Il était complètement mou et semblait avoir tous les os cassés. Il y avait même des larmes sur ses joues. C'en était trop. D'autant plus que Mark ne se sentait pas non plus en superforme. Il n'avait que onze ans, après tout. Onze ans depuis un mois, mais avec l'impression d'en avoir encore dix. Ou même neuf. Plus il y pensait, plus il avait l'impression d'être petit. Il n'avait pas envie de toucher Colin. Il voulait profiter de la vue. Il n'avait jamais été en avion de sa vie.

– Enlève-lui son costume! cria Gerald. Je ne vais certainement pas le faire moi-même. Et puis, flanque-le par-dessus bord. Débarrasse-toi de cet horrible truc.

– Hein?

– Oh, va te laver les oreilles!

– J'entends rien! Je comprends pas ce que tu dis!

– Il vaudrait mieux les jeter *eux* par-dessus bord, pas le costume! hurla Bruce dans l'oreille de Gerald.

– Quoi?

– Il vaudrait mieux jeter Colin et Jan par-dessus bord. Ce serait plus facile.

– Oh, la ferme! riposta Gerald qui ne trouvait pas ça drôle du tout.

Bruce n'avait pas à s'inquiéter. Il n'y était pour rien. Il n'avait aucune responsabilité. C'était à Gerald de faire quelque chose.

Carol serra le bras de Gerald. Elle ne dit

rien, c'était inutile. Gerald comprenait ce qu'elle voulait dire. Elle lui demandait d'agir. Mais il ne pouvait pas. Gerald avait horreur de la saleté, des taches, des odeurs. C'était une aversion plus forte que ses loyautés, plus forte que son amitié. Gerald n'était pas impeccable et net parce qu'il était riche, mais simplement parce qu'il était Gerald. Il n'avait aucun lien avec cette créature sur le plancher. Le Colin qu'il connaissait, il l'admirait justement pour ses bonnes manières, son calme, sa propreté. Exactement comme il admirait Carol pour les mêmes raisons. Et Bruce? Dieu seul savait pourquoi il avait choisi Bruce comme ami. Il était complètement son contraire. Peut-être Bruce servait-il de faire-valoir?

Bruce cria :

– Allez, Gerald! A toi de jouer!

Et Carol qui lui serrait toujours le bras, alors qu'il essayait de faire comme si sa main n'était pas là.

Colin tenta de s'éloigner d'eux, de ramper vers la porte, loin de leurs jambes, de leurs pieds, de leurs visages qu'il avait implorés en vain. Mais il n'y avait pas de place. Ce n'était pas un bateau ou une maison. Il n'y avait pas de divan sur lequel il aurait pu s'allonger, de cabine ou de salle de bains dans lesquelles il aurait pu se réfugier. Il n'y avait aucun endroit privé. Ils étaient entassés les uns sur les autres. Impossible de se soustraire à leur vue. Impossible de s'éclipser pour se nettoyer, pour se reprendre, car, en vérité, il s'offensait plus qu'il ne les offensait. Il était profondément blessé. Sûrement, des copains ou un frère ne pouvaient pas haïr un type parce qu'il était malade ! Jusqu'à présent, il n'avait encore jamais sollicité une aide sans l'obtenir. L'amour régnait, chez lui. Même chez Mark, il avait pensé rencontrer de l'amour. Il y avait le pilote qui divaguait et hurlait sans qu'on l'entende. Et il y avait ses amis, pétrifiés.

Ce n'était pas des pensées ou des sentiments ordonnés qui lui parvenaient clairement, l'un après l'autre, dans un ordre logique. Ils faisaient tous partie en vrac de son ressentiment et de sa dignité blessée.

Il voulut ôter sa veste tout seul, mais l'effort le rendit malade, et ils ne lui tendirent même pas un sac en papier ou un verre d'eau. Il savait qu'il y avait de l'eau dans une vache à eau et un gobelet en plastique. Il avait l'impression de vivre une de ces scènes rêvées au milieu de la nuit, quand on s'est couché tout excité et qu'on dort par à-coups. A ce moment-là seulement, Gerald s'approcha de lui d'un air presque méprisant, le visage à moitié détourné, un visage gris qui ne ressemblait pas du tout à celui de Gerald.

Il lui retira sa veste, la retourna d'un air dégoûté, la roula en boule et la poussa au loin avec son pied. Puis il essaya de le débarrasser de son pantalon. Mais Colin s'y refusa. Il frappa faiblement Gerald de son poing fermé et vomit encore une fois.

Tous deux se regardèrent comme jamais auparavant, s'éloignant l'un de l'autre, se repliant chacun sur soi-même, se haïssant presque. Gerald pour ce que Colin lui faisait faire et Colin pour le temps que Gerald avait mis avant de le faire. Puis Colin ne parvint même plus à rester assis et Gerald, avec une sorte de fatalisme, reprit sa place et boucla sa ceinture. Colin se laissa aller sur le flanc, à moitié tordu, à moitié couché, le souffle court, et il s'endormit presque aussitôt. C'était la seule porte de sortie à sa disposition, sa seule échappatoire.

Jim voyait bien ce qui se passait, mais il était trop impatient, trop irrité, pour en démêler les raisons. Il ressentait surtout un ennui intense, une déception profonde devant le comportement de ces enfants. Il était surpris, peut-être même un peu choqué. Comme Bert, il avait oublié ce que c'était d'être un enfant. Il avait oublié autre chose aussi : les enfants étaient en avion, en l'air. Ils n'étaient plus eux-mêmes. Une partie de leurs qualités était demeurée au sol. Et ils ne la retrouveraient qu'une fois à nouveau sur la terre ferme. Jim avait oublié ce que c'était d'être emprisonné dans une boîte vibrante de bruit, en plein ciel. Il avait oublié la calme insistance de l'homme qui lui avait appris à piloter, des années plus tôt, la répétition des gestes, incessante, la lutte pour réfléchir, déterminer le meilleur cap, la difficulté d'obéir aux ordres et de remplir les devoirs les plus simples. Jim avait oublié que même un adulte intelligent pouvait se comporter comme un imbécile en l'air, s'il n'y était pas habitué. C'était l'un des mystères de l'esprit et du corps humains. L'homme était né avec deux jambes pour marcher sur le sol et non avec des ailes pour voler.

A côté de lui, Jan s'était endormie. Elle roulait mollement dans son siège, toute force l'ayant abandonnée, retenue pas la courroie de la ceinture bouclée autour de sa taille. Heureusement qu'elle n'avait pas suivi son exemple et détaché sa ceinture après le décollage, car elle serait tombée. Elle était terriblement pâle et ses cheveux retombaient sur son front. Jim décida de grimper plus haut pour chercher des vents arrière, s'ils existaient.

Il savait qu'à cette altitude, il était dans un courant sud rafraîchissant. L'avion glissait à droite vers le nord et il dut corriger considérablement le cap pour garder la bonne direction. Il ne désirait pas prolonger le vol une minute de plus que nécessaire. Avec deux gosses déjà malades, on pouvait craindre pour les autres. Ce genre de processus une fois entamé, c'était comme la rougeole. Contagieux !

Il voulait aussi atteindre Coonabibba avant la pluie. Coonabibba était un endroit sec et poussiéreux. La terre était recouverte d'un coussin de poussière, doux au pied comme un tapis de haute laine. Les moutons seraient morts si l'herbe avait été leur principale source de nourriture, mais la richesse de Coonabibba, c'était justement le succulent *saltbush** qui persistait à pousser bien après que le dernier brin d'herbe eut disparu.

La pluie allait transformer Coonabibba en une mer de boue rouge, profonde de plu-

* *Saltbush* : végétation caractéristique de l'Australie, qui consiste en un épais fourré de buissons et d'arbustes, particulièrement propice à l'élevage des moutons.

sieurs centimètres qui, telle une mare de mélasse, était capable de retenir les chaussures d'un homme en marche, d'arrêter une voiture et de poser un grave problème d'atterrissage pour un avion. Jim n'avait jamais vu ce phénomène. Il avait toujours connu Coonabibba comme une plaine de poussière, remuant sous la brise, mais le père de Gerald lui en avait fait la description et sur ce point au moins – sur ce que signifiait la pluie à Coonabibba lorsqu'elle tombait sans prévenir –, il ne pouvait se tromper.

Mais était-ce de la pluie ou du vent qui s'annonçait? Etait-ce le vent qui se précipitait vers le nord pour remplir la dépression au-dessus du Queensland? Les vents en altitude ne posaient pas de problème. C'était les vents de surface qui étaient dangereux. Parce qu'ils soulevaient la poussière et Jim estimait qu'il y en avait déjà beaucoup comme ça. Repérer le domaine de Coonabibba dans une tempête de poussière, c'était vouloir dénicher une aiguille dans une botte de foin.

Il fit monter l'appareil à 6 000 pieds puis à 7 000, mais le vent continuait à souffler du sud, le déviant vers la droite. Jim n'avait pas besoin d'instruments pour mesurer le vent ni des calculs d'un navigateur. Son œil expérimenté jugeait de la route à suivre par rapport aux taches pourpres sur le sol, aux routes solitaires, apparemment droites et sans fin, aux lignes légères des arbres qui bordaient les lits des rivières à sec. Pour un œil inexpérimenté, la terre en dessous était uniforme, illisible. Pour Jim, c'était une carte, riche en détails, qui définissait clairement son chemin vers Coonabibba. Impossible, toutefois de rencontrer des vents arrière à l'altitude qu'il pouvait atteindre sans oxygène pour ses passagers malades. Le brassage de l'air formait un mouvement massif du sud vers le nord et portait toutes les marques d'un changement de temps important. Jim pourrait peut-être atteindre Coonabibba avant que la tempête n'éclate, avant que la poussière ou la pluie ne les enveloppent mais, en tout cas, les enfants auraient droit à un week-end de mauvais temps. Pas de tennis, ni de promenades à cheval, ni de longues balades dans le vieux buggy. La maison allait être remplie de gens désœuvrés.

Jim jeta un coup d'œil par-dessus son épaule pour regarder les enfants. Ce fut tout ce qu'il fit : il tourna légèrement le torse et la tête. Cela suffit pour qu'une douleur, aiguë comme une balle de revolver, lui traversât la poitrine.

Sur son visage se peignit l'étonnement plus que la douleur. Etonnement non parce qu'il ne comprenait pas, mais justement parce qu'il comprenait.

Le temps resta suspendu un instant. Et cet instant fut le dernier de sa vie.

Son esprit stupéfait hurla une question à Dieu. Ce n'était pas une prière, parce qu'il n'eut pas suffisamment de temps ni l'envie pour cela. Son esprit cria silencieusement : « *Pourquoi moi ? Pourquoi maintenant ? Je n'ai que quarante-quatre ans.* »

Et il mourut dans l'étonnement.

pas l'admettre devant Carol. Puis elle dit :
– Où veux-tu en venir?
Carol soupira.
– Il me semble, alors que personne n'a l'air de s'en soucier, qu'il faudrait faire quelque chose.
– Quoi, par exemple?
– Quoi?... Oh, je ne sais pas. Chercher du secours, à manger et à boire. Même si on tombe sur Jim... On ne peut demeurer là sans rien tenter.
Jan continuait à se montrer peu coopérative. Elle n'avait pourtant aucune raison de l'être. Ce que Carol disait n'avait rien de déraisonnable. C'était plus ou moins ce qu'elle pensait elle-même.
– Il faudrait aussi qu'on sache où on est, poursuivit Carol. Gerald ne le sait pas.
– Dans ce cas, je ne vois pas comment nous, on peut le découvrir.
– Tu peux me dire ce que je t'ai fait?
– Rien.
– Alors, pourquoi ne pas s'entendre?
Ce fut à ce moment-là que Bruce cria :
– Hé, vous deux! Venez ici!
S'il n'avait pas été aussi irrité, jamais il n'aurait parlé à Carol si brutalement (Jan ne comptait pas) et après, quand il y réfléchit, il fut surpris que Carol n'ait pas protesté.
– Gerald est cinglé ou quoi? demanda-t-il.

– Bien sûr que non, répliqua Carol d'un ton sec.
– Alors, qu'est-ce qu'il fait assis là-bas, comme un nigaud, dans son coin?
– Il est malheureux, c'est tout. Comme nous tous. Comme toi aussi. Toi non plus tu ne cesses de te plaindre.
– Bruce est blessé, intervint Jan. Si tu avais une cheville comme la sienne, toi aussi tu te plaindrais.
– Qu'est-ce qu'elle a, cette cheville? Elle est cassée ou pas? Est-ce qu'il va nous laisser regarder?
– Je ne veux pas que vous me tripatouilliez.
Carol lui jeta un coup d'œil hostile.
– Je croyais que tu étais scout?
– Qu'est-ce que ça a à voir?
– Tout! En principe, c'est toi qui dois aider les autres, au lieu d'être un fardeau. Et Jan est guide!
– Et alors?
– Elle connaît sûrement les premiers soins. Elle a bien réussi à ranimer Gerald, la nuit dernière. Si Jan n'avait pas été là, Gerald serait mort.
Jan ne savait pas comment réagir. Carol de son côté! Puis Carol dit :
– Tu t'y connais en os cassés?
– Un peu. J'ai ma première étoile.

– Alors, tu vois, Bruce ce n'est pas une idiote!

Carol était brusquement trop autoritaire pour lui, pas du tout comme la fille d'hier dans l'avion. Il murmura presque faiblement :

– Bon d'accord.

Mais Jan n'avait pas vraiment envie de regarder. Pas maintenant que Bruce était prêt à se soumettre, et pas en présence de Carol. C'était une chose de s'exercer sur des gens qui étaient indemnes. C'en était une autre de soigner de vrais blessés. Pourtant elle ne pouvait plus reculer, comme elle n'avait pas pu reculer pour Gerald la nuit dernière.

Elle s'agenouilla et posa délicatement ses doigts sur la cheville de Bruce. Elle le sentit tressaillir et, sans savoir pourquoi, elle lui lança, furieuse :

– Arrête! Je n'ai pas pu te faire mal, quand même!

Elle ne lui avait pas fait mal mais Bruce soupira, frissonna et fit un tas d'histoires :

– Vas-y, sœurette. Tue-moi si tu veux. Ça m'est égal.

Jan sentit l'horrible tentation de serrer très fort la cheville de son frère pour le faire hurler et bondir vraiment, mais elle

résista et compara soigneusement la cheville blessée avec l'autre, puis avec les siennes.
– Je n'y comprends rien, elle a l'air normale. C'est un sacré coup, elle est enflée et tout ça, mais franchement, Bruce, elle n'est pas cassée.
– Je sais qu'elle est cassée.
– Tu en as décidé ainsi, c'est tout.
– Oui!
– Et rien ne te fera changer d'avis!

La colère montait entre eux et ils se foudroyèrent du regard jusqu'à ce qu'ils réalisent, embarrassés, que Carol était toujours là et que Mark aussi se tenait non loin, l'air malheureux, telle une statue de bois.
– Qu'est-ce que tu veux, toi? gronda Bruce.
Mark baissa les yeux sur ses pieds.
– C'est à cause du pantalon de Colin, dit-il.
– Son *quoi*?
– Colin n'a plus de pantalon.
– Pour l'amour du ciel! cria Bruce, et pourquoi n'a-t-il plus de pantalon?
Carol dit :
– Oh, mon Dieu...
– Il l'a enlevé la nuit dernière, non? Ah, Colin n'a plus de pantalon, dit Jan. Et elle pouffa de rire.

– Il est là-bas? demanda Bruce en indiquant du menton la lisière des arbres.
– Ouais.

Bruce éclata bruyamment de rire. C'était la première fois qu'il riait depuis hier.
– Colin a dit que tu rirais.
– Ah oui?
– Ouais... Toi, tu peux rire mais Colin, qu'est-ce qu'il va faire? Où est-ce qu'il peut se procurer un autre pantalon?
– Il n'aura pas le mien, fit Bruce, si c'est ça que tu veux dire. Et pourquoi ne lui donnerais-tu pas le tien?

Mark eut l'air gêné, lorgna du côté de Carol et inspecta à nouveau ses pieds.
– Ne sois pas bête...
– Pourquoi bête?
– Il ne lui irait pas... Il veut savoir ce qu'il peut faire.
– Aller sans, je suppose. Je ne vois rien d'autre à lui conseiller.
– Il dit que Carol et Jan pourraient peut-être lui confectionner un lap-lap.
– Un quoi? s'exclama Jan.
– Tu sais, une sorte de paréo, comme une jupe fendue sur les côtés. Il dit que vous pourriez peut-être lui en confectionner un avec... Mark avala sa salive – un de vos jupons .
– Il a dit *quoi*? hurla Bruce.

– Il faut bien qu'il mette quelque chose, non? Il ne peut pas se balader en slip, pas devant les filles.
– Pourquoi?
– Il ne peut pas, Bruce, dit Jan, tu le sais bien.
– J'ai jamais rien entendu d'aussi bête de ma vie. Tu vas lui dire qu'il n'aura pas le jupon de ma sœur, ni mon pantalon. Tu lui dira aussi d'aller se flanquer dans la mer.
– Dis donc, Bruce, fit Jan. Ça n'aide pas beaucoup Colin, non?
– On n'a rien à voir avec ça. Ce sont les funérailles de Colin. Il n'aurait jamais dû enlever son pantalon.
– Mais il l'a fait, et tu sais pourquoi.

Bruce ouvrit la bouche, et la referma résolument. Puis il se gratta le cou et dit :
– Oh, quelle histoire!
– Est-ce qu'il ne vaudrait pas mieux, remarqua Carol, effrayée de sa propre audace, aller voir le long de la plage si son pantalon n'a pas été rejeté par les vagues?

Jan tressaillit. Oh, pourquoi Carol avait-elle dit ça! Pourquoi reparler de ça si vite?

Carol insista :
– Prenons les choses en main, Jan. Finissons-en. C'est à nous d'agir.

Jan en était malade, mais Carol avait

raison. Mieux valait affronter la réalité du cadavre de Jim et en terminer une bonne fois. En plus, il ne serait pas forcément là et puis elles pourraient ratisser la plage et peut-être récupérer des objets utiles, outre le pantalon de Colin.

– En finir avec quoi? s'enquit Bruce. Faire quoi?

– Très bien, dit Jan à Carol. Tu as raison, en effet. Bon, toi, tu vas d'un côté et moi de l'autre.

Carol était sur le point de suggérer qu'elles restent ensemble mais renonça aussitôt à cette idée. Elle ne voulait pas, en discutant, rendre ses peurs plus évidentes.

– Mais de quoi diable parlez-vous, les filles? dit Bruce.

— Oh de rien... (Jan fait quelques pas, puis s'adressa à Mark :) Tu viens?

– Ouais.

– Tu peux venir avec moi si tu veux, dit Carol.

Mark cligna les yeux de surprise et Bruce murmura doucement :

– Oh... Jim!

Pas assez doucement toutefois, et Jan le fusilla du regard tandis que les yeux de Mark s'agrandissaient lentement.

– Jim? dit Mark. Je viens avec toi.

Et il se plaça rapidement à côté de Jan au

cas où l'autre, cette Carol, insisterait. Le seul ennui, c'était que Jan se dirigeait dans la bonne direction!

Carol eut l'air malheureux en les voyant partir et dévisagea Bruce.

– Je regrette, dit-il. Je viendrais bien avec toi si je le pouvais.

Carol se mit à arpenter la courbe de la plage qui s'étendait vers le sud. Gerald était toujours là, assis sur le sable. Elle s'approcha de lui, mais il ne bougea pas la tête. Il la laissa passer, puis l'observa du coin de l'œil, son adorable Carol, maintenant affublée d'une robe rétrécie, qui allait de débris en débris, se penchant sur eux avec une étrange et visible réticence. Soudain, il la vit courir et s'agenouiller.

Intrigué, Gerald se redressa, s'oubliant pour quelques secondes. Mais presque aussitôt, il bascula à nouveau dans le désintérêt et le découragement. Il ne comprenait pas bien ce qui se passait en lui, si ce n'est que se sentir malheureux était facile et que tout autre sentiment lui demandait trop d'effort.

Jan, à quelque deux cents mètres dans l'autre direction, ramassa un paquet détrempé.

– Le livre de Colin!

– Quel livre?

– Tu sais, *Oliver Twist*.
– Montre.
– Bats les pattes, tu vas l'abîmer !
– T'es marrante toi, dit Mark.
– Non, je ne suis pas marrante. Si on fait attention, on peut le faire sécher.
– Pour quoi faire ? piailla Mark.
– Ne sois pas stupide. Pour le lire, bien sûr. On va peut-être rester ici très longtemps.

Mark eut un rire nerveux.
– Tu racontes des bêtises.
– Très, très longtemps. Et alors, on sera bien content d'avoir quelque chose à lire.

Le visage de Mark se tordit en une extraordinaire expression.
– Très, très longtemps ? Qu'est-ce que tu veux dire ?
– Je veux dire ce que je veux dire, c'est tout.

Jan reprit sa marche et Mark la suivit à contrecœur en pleurnichant :
– Mais ils vont venir nous chercher ! Ils vont faire des recherches ! Ils nous trouveront !

Il voulait la retarder, il voulait désespérément la retenir. Elle commençait à se rapprocher dangereusement de M. Jim.
– Non, dit Jan sans méchanceté, tu comprends bien qu'ils ne sauront pas par où commencer. On est juste au beau milieu de

nulle part, sur une île sans doute. Tout à fait au nord ou tout à fait au sud. Gerald ignore où nous sommes. Personne ne le sait. Et il vaut mieux que tu t'habitues à cette idée, Mark. Il faut qu'on s'organise, qu'on découvre les moyens de survivre...

Sa voix s'éteignit.

Elle recula et courut quelques pas. Mark pivota sur ses talons.

– Pas par là, Mark... Oh, Mark... C'est le pauvre M. Jim, bégaya Jan.

Mark se sentit l'âme d'un véritable serpent à sonnette, mais ne soupçonna pas un instant la véritable signification de ce qu'il avait fait. S'il les avait prévenus tout de suite, il aurait sans doute évité bien des chamailleries.

Carol revint sur ses pas et se planta derrière Gerald. Bruce lui cria de loin :

– Qu'est-ce que tu rapportes?

Mais Carol n'avait pas envie d'expliquer l'évidence à Bruce. Si des explications étaient nécessaires pour Gerald, ce serait différent. En fait, elle attendait fiévreusement qu'il lui pose des questions, qu'il tienne compte de sa présence. Et qu'il ne le fasse pas la blessait plus que ça ne l'ennuyait. Ce garçon renfrogné et maussade ne pouvait pas être ce même Gerald qui était venu la prendre hier chez elle, ni celui qui s'était battu avec tant de courage aux commandes de l'*Aigrette*? Ou bien si? Parce qu'il y avait aussi le Gerald qui s'était détourné d'un air si dégoûté de Colin et qui avait été si lent à réagir lorsque Jim était mort. En remontant plus loin, peut-être pouvait-on relever d'autres exemples – quand on l'avait renvoyé de l'équipe de football, quand il avait raté son examen d'histoire à cause d'un total manque d'intérêt, ou lorsqu'il avait abandonné, épuisé, pendant un cross-country. Pas tout à fait le même, mais pas non plus si dissemblable.

– J'ai retrouvé ma valise, dit-elle.

– Ah bon?

Mais il ne la regarda pas.

– Il y avait quelque chose pour toi, dedans.

Elle laissa tomber un paquet sur le sable à côté de lui, puis se pencha pour l'embrasser légèrement sur les cheveux. Elle n'avait jamais fait ça auparavant, elle n'aurait jamais osé, mais elle voulait lui délivrer un message qu'elle n'arrivait pas à traduire en paroles : « Gerald, je suis ton amie. Même lorsqu'il ne fait pas beau. » Alors elle s'éloigna rapidement parce que Bruce les observait et qu'il risquait de se moquer d'elle; et même Gerald pouvait se formaliser et lui crier après. Elle marcha jusqu'à l'endroit où devait se tenir Colin.

– Colin ? appela-t-elle.

– Ouais.

Elle ne le voyait pas, mais la voix était étonnamment proche.

– Est-ce que tu porterais un des mes pantalons ?

– Un jean, tu veux dire ?

– Pas exactement. Il est rose. Mais c'est un pantalon, tu sais.

– Mon Dieu... (Un gémissement sortit des arbres.) Une culotte bouffante !

– Non, non ! C'est soyeux mais il a des jambes longues et une fermeture éclair derrière.

Il y eut un lourd silence, pendant lequel Carol en profita pour jeter un coup d'œil en direction de Gerald. Elle était certaine qu'il avait le paquet à la main simplement d'après l'inclinaison de sa tête. Cela lui avait coûté trois semaines d'argent de poche. Elle ne s'était même pas acheté un Coca-Cola. C'était difficile de choisir un cadeau pour Gerald, il avait déjà tant de choses ! Puis la tête de Colin émergea de derrière un tronc d'arbre.

– Montre, dit-il.

Carol exhiba le pantalon et le visage de

Colin s'allongea. On aurait dit un personnage de film comique.
– Eh bien ! dit-il.
– Tu en veux ou pas ?
– Il est mouillé !
– Désolée... Tu as déjà de la chance qu'il existe.
– Tu crois qu'il va m'aller ?
– On a à peu près la même taille, non ?
– J'ai l'impression.
– Il va même être plutôt trop grand que trop petit. Ne t'en fais pas. (Curieux. Elle était capable de lui parler sans être gênée. Lui qui paraissait toujours si guindé.)
– Quand même... rose.
– Tu étais bien prêt à porter une combinaison, non ?

Le visage de Colin rougit et s'allongea encore. Il soupira :
– Je vais le mettre...

Carol, entre-temps, avait aperçu Jan en conversation avec Bruce, et Mark tout au bout de la plage. Dieu seul savait ce que faisait Mark. Pourquoi n'était-il pas revenu avec Jan ? Carol lança le pantalon vers l'arbre de Colin, puis referma sa valise. Elle aurait bien voulu rejoindre Gerald mais elle y renonça. Il y avait des limites à ce genre de choses.

– Merci pour le pantalon, dit Colin.
– Je t'en prie.
– Je suis terriblement désolé de t'avoir bousculée, hier soir.
– Tu ne le pensais pas vraiment.
– Non, c'est vrai. Je vais faire attention à ton pantalon, Carol. Il est neuf, hein?
– Il l'était, avant d'avoir séjourné dans la mer. De toute façon, tu vas peut-être le porter pendant des années.

Il sortit de derrière son arbre et ne remarqua pas l'objet qu'elle tenait à la main.
– Il n'est pas si mal, après tout, dit-il. (Il s'examina.) J'imagine qu'il fera l'affaire, si Bruce ne s'en mêle pas.
– Ne t'occupe pas de Bruce.
– Oui, qu'il aille au diable. Je me doutais qu'il rirait à cause du lap-lap. Pourtant, des hommes le portent bien. Les Polynésiens, les Indiens et des gens comme ça. (Il se tortilla.) Qu'est-ce qu'il est mouillé... Que voulais-tu dire – que je vais peut-être le porter pendant des années?

Elle haussa les épaules.
– Ça dépend où on est, non?

Il fit la grimace.
– C'est ce qu'il faut que l'on découvre. Ne t'inquiète pas, on réussira.

Le visage de Colin, moins mobile que celui de Mark, était néanmoins très expressif et plus fin. Elle commença à s'en vouloir d'avoir mésestimé ce garçon. Peut-être allait-il se révéler leur véritable force. Après tout, il en avait déjà donné la preuve. Il était ridicule d'accord; n'empêche, il y avait en lui un courage que même ses côtes saillantes et le pantalon de satin rose ne parvenaient pas à détruire.

– Mais tu as du sang partout!

– Ouais. Ce n'est rien. Quand j'ai vu ça, j'ai cru que je perdais mes intestins... Je ne me souviens même pas comment c'est arrivé. Ce n'est pas grave.

Étonnant ce qu'un pantalon, même rose, pouvait faire pour le moral d'un gars!

Colin empoigna la valise et fut surpris par son poids.

– Qu'est-ce que tu as là-dedans? Des briques?

– Tout est mouillé, Colin, et sans aucune utilité, en réalité.

– Rien à manger?

– Non.

Puis il vit le poste de radio dans sa main.

– Ton transistor! s'étrangla-t-il.

– Oui, dit-elle avec un sourire qu'elle ne put retenir. Elle était merveilleuse quand elle souriait comme ça.

– Oh, c'est formidable, Carol! cria-t-il.

Il lâcha la valise et, impulsivement, la prit dans ses bras. Puis il réalisa qu'il avait mis ses bras autour d'elle et recula, embarrassé.

– Est-ce qu'il marche, demanda-t-il presque timidement.

– Non. Il est encore mouillé. Il faut attendre qu'il ait séché.

Elle le lui tendit.

– C'est un beau poste, dit-il.

– Je sais.

– On peut attraper aussi les ondes courtes.

– C'est un appareil japonais. Quoiqu'il n'ait pas coûté cher, c'est un bon appareil.

– Ça veut dire qu'on va pouvoir capter Radio Australie et entendre parler de nous aux nouvelles. Puisqu'on peut prendre les ondes courtes, on va sûrement tomber sur une station. Comment le met-on en marche ?

Elle lui montra et il le porta à son oreille en tournant le bouton des stations.

– Ça ne marche pas encore, dit-il, un peu plus calmement. Il a quand même été dans l'eau, et certaines pièces peuvent être abîmées. Ce serait vraiment pas de chance... Est-ce que quelqu'un s'y connaît, en radio ?

– Gerald, tu veux dire, ou Bruce ?

– Gerald surtout. Bruce sûrement pas. Bruce ne doit pas en savoir plus que moi. Oh, j'espère qu'il va marcher!

Il la fixa dans les yeux, le visage grave, et lui rendit le transistor.

– Si on parvient à capter une station, on saura où on est. Mais ce serait terrible si l'on n'entendait rien. Vraiment terrible.

Il en était presque oppressé. Puis ils revinrent vers les autres.

Carol infléchit sa route pour passer plus près de Gerald au lieu de rejoindre directement Bruce et Jan. Gerald n'avait pas ouvert son cadeau. Le paquet était sur le sable, à côté de lui. Colin sentit qu'elle s'éloignait de ce côté et dit :

– Qu'est-ce qui lui prend à Gerald? (Puis, voyant qu'elle était au bord des larmes, il ajouta :) Oh, ne t'inquiète pas, Carol. Ça s'arrangera. Il a vécu des moments terribles.

– Comme tout le monde.

Jusqu'à présent, elle ne se l'était avoué qu'à elle-même.

– Pas de la même façon.

– Si, tout à fait. Tu as fait preuve d'autant de courage que lui.

Elle fut vaguement surprise de réaliser qu'elle le pensait vraiment.

Colin secoua la tête. Tout cela était brumeux et il y avait des choses qu'il ne voulait pas examiner de trop près. Leur simple souvenir le troublait suffisamment. L'instant d'après, il était en train de regarder Bruce dans les yeux. Bruce lui rendit son regard, l'inspecta des pieds à la tête, mais pas avec l'insolence bon enfant qui lui était habituelle.

– Carol m'a habillé, expliqua Colin gauchement, se référant au pantalon rose. Pas mal, hein? Et elle a trouvé son transistor, aussi!

– Il ne marche pas encore, dit Carol, mais je suis certaine qu'il va marcher quand il sera sec.

Colin prit soudain conscience de Jan. Visiblement, elle avait pleuré.

– Qu'y a-t-il? demanda-t-il.

Elle soupira.

– Colin.. Il semble que tu vas devoir enterrer M. Jim.

A ce moment-là, Carol fut tout acquise à Colin, car il se crispa et déposa sa valise d'un geste saccadé, comme si ses membres étaient des mécaniques.

– Je vois, dit-il.

C'était ce que disait son père dans des situations désagréables. Puis il suggéra, pas trop convaincu mais espérant frénétiquement une réponse :

– Et pourquoi ne le ferions-nous pas ensemble ? (Il répondit à sa propre question quand il vit que personne ne le faisait :) Ouais, c'est pas un travail pour les filles. Ni pour toi, Bruce.

Bruce fléchit la jambe et prit l'air abattu.

– Et encore moins pour lui. (Colin voulait parler du Gerald qui l'avait haï quand il gisait, malade, sur le plancher de l'*Aigrette*.) Il n'est bon à rien. (L'inspiration bruyante de Carol à côté de lui le poussa à préciser :) Oh, pas pour tout. Seulement pour certaines choses. Où est M. Jim ?

Jan indiqua du doigt la direction.

– Par là.

– Qu'est-ce que *Mark* est en train de faire ?

– Il creuse dans le sable.

– Avec quoi ?

– Avec ses mains.

– Où est la pelle ?

– On l'a perdue.

– Eh bien, il faudrait la chercher. Elle doit être quelque part. Une pelle ne peut pas flotter à la dérive.

– Écoute, si la mer a réussi à réduire l'*Aigrette* en mille morceaux, dit Bruce, elle peut bien emporter une pelle à des kilomètres de là.

– Je ne crois pas. C'est différent avec une pelle. Elle a pu s'enfoncer.
– Je vais aller voir, dit Carol.

Et elle partit vers les débris de l'*Aigrette.*

Colin tremblait mais essayait de le cacher.
– Vous savez, dit-il, on ne peut pas simplement creuser un trou dans le sable. On doit le faire dans le sol.

Bruce détourna les yeux.
– C'est ce que je ne cesse de répéter à Jan.
– Et on ne peut pas enterrer les gens sans un pasteur. Ce ne sont pas des objets ou des chiens. Les gens, ce sont des *gens*!
– Il faut absolument l'enterrer, dit Jan. Des bêtes peuvent venir le dévorer. Ce serait horrible. On peut toujours fabriquer une croix, en attachant deux bouts de bois ensemble avec les fils électriques de l'*Aigrette*... On ne peut pas le laisser là!
– Qui est-ce qui a déjà été à un enterrement? demanda Colin.

Ni Colin ni Bruce ni Jan n'avaient jamais assisté à un enterrement.
– Jan, toi, tu connais bien les prières...
– Je ne pourrai pas...

Une sorte de panique la saisit.
– Est-ce que tu connais les paroles?

– Oh, seulement des bribes... Je ne me rappelle pas ce genre de trucs... Je ne pourrai pas – conduire un service.

Elle avait l'air fiévreux, presque hors d'elle.

– Quand je l'aurai mis en terre, dit Colin . Il faudra tous nous assembler pour réciter une prière. Il faut faire ça dans les règles.

– Écoute, déclara Jan, presque désespérée, Bruce dit qu'il y a sans doute une ville là-bas derrière... Tu ne crois pas que je devrais aller voir ?

– Il n'y a pas de ville, répondit Colin. Vous le savez bien.

– Il peut y en avoir une, retorqua Bruce. Si personne ne va voir, on ne le saura jamais. Mince alors, on est peut-être seulement à quelques kilomètres des secours. Il y aura un pasteur, là-bas, et un docteur – et de l'eau – et à manger. Après tout, Jim ne craint plus les dangers. C'est nous qui sommes en danger.

– Écoute, dit Colin, surpris lui-même de sa propre véhémence. S'il y avait une ville, il y aurait des maisons au bord de la mer, et des bateaux, et des ordures sur la plage et... il y aurait des gosses, ici, à cette heure. C'est samedi. Et puis ne me raconte pas qu'ils ne nous auraient pas entendus la nuit dernière. Ils auraient entendu le bruit du moteur et quand on s'est écrasés. Il n'y a même pas une ferme. Il n'y a rien.

Il s'interrompit, hors d'haleine. Sa voix s'était élevée jusqu'à l'aigu. Il avait soudain aperçu son pantalon rose et s'était senti ridicule, malheureux et impuissant.

– Oh zut! gémit-il, et il s'enfuit sur la plage en direction de Mark.

Mark était assis au bord du trou.

– Ben alors, tu es rudement mignonne, dit-il à son frère.

– La ferme!

– En tout cas, les pirates portaient des pantalons comme ça.

Il abandonna le sujet parce qu'il avait décidé que Colin n'avait pas l'air amusé et lorsque son frère n'était pas d'humeur à rire, il pouvait devenir brutal.

– Où est M. Jim?

– Là-bas. Derrière ce gros rocher... Ça va nous prendre toute la journée pour creuser ce trou, tu sais. A six pieds sous terre, c'est ce qu'on dit, non?

– Quelque chose comme ça. Mais ici, ça ne colle pas.

– Qu'est-ce qui ne colle pas?

– Le trou.

Mark s'indigna aussitôt.

– Bien sûr que si! C'est un sacré beau trou.

– Tu es à peine au-dessus de la marée, espèce d'idiot.
– Je suis largement au-dessus !
– Ce n'est pas bien, sur la plage. Il faut l'enterrer plus en arrière. Loin de la mer.
– Ouais ? Et qui va l'emmener là-bas ? Qui va le traîner ?

Colin n'y avait pas songé et il considéra son petit frère avec un peu plus de respect. Mark s'était servi de sa tête, ou de Jan, ou de qui que ce soit.

– Et comment tu vas creuser, là-bas ? poursuivit Mark. Le sol doit être dur. Il doit y avoir des racines d'arbres et d'autres trucs. Je connais. J'aime bien creuser des trous.
– Ouais, dit Colin.

C'était vrai. Le dos de Mark était tout bronzé à force de creuser des douzaines de trous dans le jardin et même une fois, avec une pioche, en plein dans le tuyau d'évacuation de la cuisine.

– En outre, dit Mark, j'ai mal à l'estomac. J'ai faim. (Il n'avait plus de haut-le-cœur à cause de M. Jim, maintenant que tout avait été dit.) J'ai terriblement faim, Colin. Pas toi ?

Colin hocha la tête.

– Alors, on continue ici ?
– Non.

– Eh ben flûte, alors ! Avec tout ce travail que j'ai fait.
– Il faut le faire convenablement. Dans le sol et avec des prières. Et une croix et du.. du respect. Tu voudrais qu'on le fasse dans les règles si c'était toi, non ?
– Je ne suis pas mort. Et je ne vais pas mourir !

Alors il s'effondra, à l'intérieur comme à l'extérieur. Une grande ombre noire et informe sembla l'envelopper. Au bout d'un moment, une moue sur les lèvres, il leva les yeux sur son frère.
– Bon, Colin... Essayons. Il faut d'abord trouver un endroit pas trop dur, hein ? Ça ne me dit rien de creuser avec des bâtons.

12. Quelque part

La pelle s'était fichée dans le sable, exactement comme Colin l'avait prédit. Ce fut Carol qui la découvrit, profondément enfoncée de biais, le bout du manche dépassant à peine. Et quand elle l'eut libérée, elle aperçut, par pur hasard, la hachette, à quelques pas de là, dans la tache d'huile du moteur de l'*Aigrette*. Elle appela Jan.

– Il y a peut-être d'autres trucs enfouis ici. On devrait fouiller et retourner le sable pied par pied avant que la marée remonte.

– Mais Colin veut la pelle tout de suite.

– Je sais, je sais. Mais qu'est-ce qui est le plus important?

Jan n'en était pas certaine.

– Ecoute, même Bruce estime que nous devrions nous préoccuper de nous d'abord. A la vitesse à laquelle la marée monte, elle sera ici dans une demi-heure. Je devine ce que Colin va dire. Et je pense que Jim dirait la même chose. Jim, surtout. Nous avons à peine une heure pour sauver ce qui peut être sauvé. Sinon, tout sera perdu. A mon avis, chacun devrait s'y mettre. Même Colin. Tu ne crois pas? Honnêtement, Jan?

– Pour quoi faire? Tout est cassé, inutilisable.

Carol prit une profonde inspiration.

– On peut construire une hutte, par exemple, avec tous ces trucs. Et on ne sait pas ce qu'on va dénicher d'autre... Nos vêtements, peut-être – et on en aura besoin, tu sais. Il n'y a pas grand-chose dans ma valise. Seulement des affaires de fille. On peut aussi récupérer des objets qui nous permettront de cuisiner.

– Cuisiner quoi?

– S'il te plaît, Jan, ne discutons pas. Nous perdons du temps.

C'était vrai. Jan mettait une sorte d'entêtement à ne pas suivre l'avis de Carol ni de n'importe qui, d'ailleurs. C'était un tel effort de *parler*, d'*agir*, de marcher, de réfléchir, même de se disputer. Et pourtant, elle se disputait.

– Je trouve qu'il vaudrait mieux tâcher de remettre Gerald sur pied avant tout. C'est

un grand fainéant. Il a peur de se salir les mains ou quoi ?
– Laisse Gerald en dehors de ça.
– Pourquoi ?
– Parce qu'il est malade.
– Des clous ! S'il est malade, moi aussi.
Carol lui lança un regard enflammé.
– Mais tu es complètement malade ! Tu veux donc mourir ? Tu ne veux pas essayer de t'en sortir ? Tu es une vraie imbécile, Jan Martin !
Jan se voyait et haïssait chacune de ses réactions, mais elle siffla :
– Ah ouais ?
– Ouais !
– Hé, cria Bruce d'où il était assis. Vous êtes encore en train de vous chamailler ? Changez de disque, un peu !
Carol, d'un geste impulsif, jeta soudain la pelle aux pieds de Jan, si près que Jan dut faire un bond en arrière pour l'éviter.
– Vas-y ! hurla Carol d'une voix aiguë. Va donner la pelle à Colin ! Je m'en fiche si tu veux ta propre mort !
Et en même temps, elle s'éloigna pour ne plus les voir. Jan, Bruce, Gerald, elle en avait par-dessus la tête, d'eux.
Ils n'étaient que des enfants turbulents. Elle se sentait tellement plus âgée – alors que, sauf avec Mark, quelques mois à peine

les séparaient. Elle n'avait plus la patience ni la volonté de se préoccuper de leur sort. Qu'est-ce qu'il leur prenait ? Qu'est-ce qu'ils avaient donc tous !

Elle se dirigea vers le sud, seule et déterminée à le rester, ignorant délibérément les débris éparpillés. Elle ne prit même pas la peine de récupérer au passage un vêtement de forme indéfinie, à moitié caché dans le sable. Plongée dans la condamnation irrévocable de ses amis, qui la poussait à murmurer et marmonner, elle avait oublié qu'elle tenait toujours la hachette. Elle fut tentée de la lancer au loin d'un geste furieux, mais se retint et, pendant quelques minutes, elle resta immobile, les mains sur les hanches, consciente du sable qui s'était amassé dans ses chaussures, des mouettes qui couraient devant elle et de la surprenante proximité du promontoire qui, depuis l'endroit où gisaient les restes de l'*Aigrette*, avait semblé si lointain.

Elle se retourna et ne vit plus les autres. Enfin elle les repéra, trois silhouettes bien plus éloignées qu'elle le ne croyait. Trois points noirs presque indiscernables des rochers.

Carol retira ses chaussures, vida le sable qu'elles contenaient, les glissa sous son bras et continua à marcher sur ses bas. Puis les bas la gênèrent aussi. De toute façon, ils étaient très abîmés – elle n'y avait pas prêté attention jusque-là, mais soudain, ses vêtements lui semblèrent rétrécis, gênants. Ils étaient froissés et collants. Elle ressentit une terrible envie d'être totalement libre, complètement hors de la vue des autres, peut-être d'aller au-delà du promontoire et là, de se tremper dans la mer pour se laver.

Un nouvelle lumière, un soleil diffus balayait la mer, et les nuances plombées faisaient rapidement place à des verts et des bleus plus vifs. Les nuages disparaissaient peu à peu. Les plus gros s'étaient éloignés et les plus légers étaient en train de se dissoudre sous la chaleur de la journée. Parce qu'il y avait un peu de chaleur dans l'air, à présent. De la vraie chaleur que dispensait le soleil.

Elle avait faim, elle avait soif. On était samedi, il devait être huit heures, c'était le moment du petit déjeuner, à la maison. Mais peut-être n'y avait-il pas de petit déjeuner à cet instant, chez elle. Elle songea à sa mère et à son père, et son pas perdit de son élan. Oh, mon Dieu? dans quel état pouvaient-ils être? Comment réagissait sa mère? Elle devait être hystérique probablement, inconsolable. Une femme sans colonne vertébrale, voilà ce qu'était sa mère.

Une petite femme sans cervelle, étourdie, un peu tapageuse, qui commençait à prendre du poids, dont le monde se limitait aux magazines de mode, aux coiffeurs, aux régimes et à la conviction aveugle qu'elle était encore belle. Elle avait du cœur, malgré tout. Nombre de femmes n'étaient pas aussi bonne mère. La pauvre ! Elle était sûrement désespérée. Tous ses œufs étaient dans le même panier. Carol était son premier et dernier enfant. Son enfant unique. Son père lui, devait être débordé, ne pas avoir le temps de réfléchir pour lui-même.

Carol, pensive, ralentit l'allure.

Il faisait très chaud, tout à coup. Étouffant. Il ne fallait peut-être pas rester au soleil. Cela risquait d'être dangereux d'avoir encore plus soif. Elle avait déjà réfléchi à la question, mais cette fois, elle poussa plus avant. Il n'y avait pas d'eau, pas de lait, pas de Coca-Cola, pas de thé, pas de café, pas de chocolat chaud. Aucun des liquides que, jusqu'à présent, elle avait toujours trouvés à sa portée, que ce soit dans la cuisine ou au robinet du jardin.

Carol s'arrêta et dit tout haut :

– Ça ne peut pas être vrai. C'est impossible.

Elle avait tant de mal à saisir la réalité de la situation. C'était peut-être ça, le problème des autres. Ils ne parvenaient pas à *réaliser*. Ils en parlaient, mais n'en comprenaient pas réellement toutes les implications.

Elle avait lu quelque part qu'on pouvait, sans danger, boire un peu d'eau de mer dans des cas d'urgence. Ou bien au contraire, on ne devait en boire sous aucun prétexte? Oh, les choses que l'on oubliait! Les choses qu'on *devrait* savoir! Par exemple, comment faire du feu sans allumettes. Quels étaient les coquillages consommables sans danger et lesquels il convenait d'éviter. Quelles baies sauvages étaient comestibles et quelles autres étaient un poison. Comment attraper des oiseaux. Comment chasser des animaux. Comment pêcher du poisson sans ligne, hameçon ou filet.

Les premiers explorateurs recueillaient la rosée sur l'herbe. Ils mangeaient des racines et des rats. Les racines et les graines.

« Mon arrière-grand-mère était aborigène. Elle savait comment se nourrir. Elle savait où trouver de quoi manger. Peut-être est-ce encore en moi. Peut-être cet instinct va-t-il se réveiller? Ne serait-ce pas étrange, si c'était le cas? »

Elle contempla le dos de ses mains, ses ongles, ses bras, ses pieds, ses orteils. Elle avait le corps d'une Blanche, la peau d'une

Blanche, l'esprit d'une Blanche et l'instinct d'une Blanche. Rien de l'aborigène ne subsistait en elle. Ce côté-là avait été expulsé. Perdu au cours de quelques générations blanches. Quelle honte!

Un héritage pareil aurait pu les sauver. Mais qu'aurait dit sa mère? Alors quoi? Elle aurait peut-être enfin pardonné à son mari le sang étranger qui coulait dans ses veines.

Devait-elle s'aventurer dans la brousse pour tâcher de se souvenir, de remuer le passé? Devait-elle s'allonger, le cœur contre le sol nu, et attendre que l'instinct se réveille, cet instinct qui la mènerait aux racines, aux graines et aux plantes qui avaient nourri ces générations lointaines de primitifs; au miel et aux fourmis et aux abeilles sauvages, aux petits animaux et aux grosses larves blanches, aux nappes d'eau souterraine?

Cela valait peut-être la peine d'essayer. Sinon, elle ne le saurait jamais. Mais si cet instinct se réveillait vraiment, comment l'expliquerait-elle à Gerald, à Jan, à Colin? En particulier à Gerald. Ses sentiments dans ce domaine étaient si férocement formulés, et en même temps, si contradictoires. Ce n'était pas tellement les convictions d'un jeune garçon que les certitudes d'un homme déjà formé. Celles de son père, probablement. Les Hennessy, se disait-elle, ne pensaient pas tant en individu qu'en clan.

Peut-être valait-il mieux ne rien tenter.

Tout en hésitant, elle continua à marcher vers le promontoire. Des rochers s'avançaient dans la mer, contre lesquels de grosses vagues venaient se briser. Côté terre, le sol était voilé par des arbres noueux. Elle ignorait à quelle espèce ils appartenaient. De même que l'herbe qui se dressait en touffes drues. Et puis la sécheresse, la fragilité du paysage. Pas exactement désolé mais donnant une impression d'immensité, de profondeur, de silences chantants sur une vaste terre inhabitée. Une terre plate, semblait-il, une plaine côtière trop inhospitalière pour les hommes.

Elle escalada les rochers du promontoire veillant à ne pas s'approcher trop près de la mer. Il fallait se méfier des remous, de l'écume et des embruns dus au ressac. Elle arriva sur une éminence herbeuse presque aussi dure sous son pied que le roc. Elle traversa le promontoire jusqu'à ce que la côte qui se poursuivait au-delà s'offre à sa vue.

Tout était aussi vaste, monotone et déprimant que la grève derrière elle. En tout cas, à première vue. Mais soudain, elle aperçut une ligne de pierres qui s'étirait dans la mer. Une ligne si droite, si bien dessinée que seule, la main de l'homme avait pu la construire. C'était une digue, un port pour des bateaux !

Carol resta pétrifiée. Une douleur la frappa au creux de l'estomac comme un coup de poing. Son esprit, frénétiquement confus, la poussa à retraverser le promontoire pour faire signe aux autres, pour crier dans le vent et faire fuir les mouettes au-dessus de sa tête. Mais personne n'était là pour l'entendre. La plage était vide, tout à fait vide, aussi loin que son œil portait.

Elle revint de l'autre côté, excitée, bouleversée, riant. Elle descendit à travers les rochers et le sable glissant, lâchant deux fois ses bas et ses chaussures et, lorsqu'elle parvint sur le plat, elle courut si fort qu'elle attrapa un point de côté qui la laissa hors d'haleine, partagée entre la douleur et la joie. Elle dut s'arrêter, le corps courbé d'un côté, tirant une espèce de plaisir particulier de l'impatience qu'elle ressentait envers elle-même.

« Oh, Carol, gémit-elle, un point de côté, à un moment pareil ! » Puis elle continua en claudiquant vers la digue, vers le chenal qui, sans erreur possible, trahissait un courant marin ou peut-être même un ruisseau se jetant dans la mer.

Un ruisseau d'eau fraîche? Une rivière? Un grand courant sur lequel voguaient bateaux et barques? Auprès duquel des gens, en ce chaud samedi matin, se promenaient, joyeux, dans de petites embarcations, en traînant derrière eux des lignes pour pêcher dans les fonds sablonneux? Un port pour l'expédition de viande de bœuf? Ou pour décharger le matériel d'une expédition scientifique? Des hommes qui cherchaient du pétrole peut-être ou des minéraux? Bruce avait-il eu raison depuis le début? Y avait-il une ville, plus haut, en amont? Mais elle ne poursuivit aucune de ces possibilités. La seule chose qui lui importait, c'était qu'ils n'étaient plus perdus. Plus perdus du tout. Des gens habitaient là. Qui pourraient les aider à enterrer Jim dans un endroit correct. Qui pourraient soigner Bruce. Cela voulait dire à boire et à manger pour eux tous. Un télégraphe ou une radio pour envoyer un message à leurs parents. L'excitation fragmentait ses pensées, les faisait éclater dans toutes les directions, l'empêchait de réfléchir. C'était son imagination qui travaillait. Ses yeux ne voyaient qu'une partie des choses.

Elle atteignit, haletante, le bord du cours

d'eau, large de neuf ou dix mètres et déjà, la houle marine pénétrait à l'intérieur, au milieu d'une végétation étonnamment dense, un enchevêtrement de rameaux, de racines et de feuillages qui, par endroits, retombaient jusque dans l'eau. A première vue, c'était la jungle, un choc, une sauvagerie brumeuse, un marais fourmillant d'oiseaux, bourdonnant d'insectes, cachant des reptiles, comme éclairé brusquement sur un écran dans une salle obscure. Mais le bruit était une illusion. Le bruit n'existait pas, sauf dans sa tête.

Carol en fut abasourdie et son souffle saccadé prit immédiatement la profondeur d'un gémissement de désespoir. C'était bien une digue. C'était bien un port. Ses yeux suivirent la ligne des rochers, des milliers de pierres entassées pour faire un mur. Il y avait des brèches dedans, dues aux tempêtes, des brèches que personne n'avait réparées. Mais il n'y avait pas de bouées pour attacher les bateaux, pas de barques amarrées. La jetée elle-même était en bien mauvais état. Elle se résumait en fait à quelques piliers, depuis longtemps abandonnés, incrustés de coquillages, drapés d'algues, qui se dressaient telles des colonnes brisées, des monuments disloqués, érodés par le temps, mystérieusement raccourcis lorsque la marée se lançait à l'assaut. Le spectacle exprimait une finalité, un isolement et une désespérance dont elle n'avait encore jamais été témoin. C'était un endroit mort, un endroit où des hommes s'étaient efforcés de s'installer sans succès et avaient péri. Non pas un port d'où partaient des pêcheurs, mais que les pêcheurs avaient fui.

Elle se sentit trahie, abandonnée, rejetée. Un fardeau s'abattit sur ses épaules, un énorme poids. « Papa... » Le mot s'étrangla dans sa gorge.

Quelque chose, en amont, accrocha son regard, semblant lui parler, vouloir capter son attention. Finalement, elle comprit ce que c'était : un arrangement de rochers, peut-être un mur.

Presque aussitôt, elle se sentit légèrement mal à l'aise, comme si le mur était un être vivant ou une personnalité qu'elle devait à tout prix éviter. Mais il l'attirait, éveillant d'abord sa curiosité, puis conduisant ses pas. Des fleurs y poussaient, les premières fleurs qu'elle voyait d'une manière consciente. Des feuilles aussi, de différentes sortes, des espèces qui n'avaient pu être placées là que par la main de l'homme. Mais tout avait poussé avec démesure, une démesure maladive, sauvage, et paraissait négligé, comme la brousse sauvage ne l'était jamais. C'était un endroit mort peut-être depuis un siècle, hanté seulement par des fantômes.

Il s'agissait bien d'un mur – quatre murs en fait, en partie effondrés, composés de rochers de la plage cimentés par de l'argile, qui renfermaient un enchevêtrement de bois pourri et de mauvaises herbes. Des poutres tombées? Un toit qui avait abrité des hommes inconnus? Des marchands? Des pionniers? Des vachers?

Sur le linteau de pierre, au-dessus du seuil, était sculptée une date : 1874.

Carol contempla les chiffres, aussi gênée que si on lui avait interdit de le faire.

1874.

Oh, c'était très vieux. Cela datait de bien avant sa naissance, bien avant la naissance de ses parents, de ces temps reculés où son arrière-grand-mère avait été jeune. Un temps qui s'était écoulé en dehors de Carol. Avant Carol. Un univers complètement autre, mais qui parvenait jusqu'à elle, à travers les années.

Des hommes effrayés? Ou bien sans peur, durs, vêtus de flanelle rude aussi épaisse que du carton, coiffés de larges chapeaux, des foulards écarlates noués autour du cou. Des voix rugueuses. Des éclats de rire, écho de cet étrange et rauque rire d'homme auquel elle n'avait jamais pu s'habituer. Ou bien régnait-il alors la même immobilité flasque que maintenant? Le même battement, comme un cœur sur le point de mourir, de l'océan sur la grève?

Carol baissa la tête et ferma très fort ses yeux qui piquaient.

13. Le cadeau d'anniversaire

Les trois enfants ne pleuraient plus. Même leurs larmes intérieures – celles qu'on ne voyait pas – étaient taries. Dans un sens, ils s'étaient endurcis. Et dans un autre, ils s'étaient affaiblis. Colin, en particulier, avait les traits tirés et le visage extrêmement pâle. Cela avait été une humiliation pour lui de découvrir, finalement, que Jan était physiquement plus résistante. Son corps à elle était plus solide, il ne craquait pas ni ne renaclait sous l'effort; il n'avait pas l'air de souffrir lorsqu'elle creusait ou tirait de lourdes charges.

– Mark, haleta Colin, tu ferais peut-être bien d'aller voir Gerald.

– C'est pas un boulot pour un gosse. C'est pas juste.

– S'il te plaît, Mark.

Mark savait ce qui se passait avec son frère. Il l'avait déjà vu comme ça. Gris, desséché. A certains moments, Colin inquiétait toute la famille.

– Vas-y, Mark, dit Jan. Je trouve aussi que c'est à toi de le faire.

Elle croyait, à tort, deviner ce que Colin avait dans l'idée. Colin se montrait parfois très profond. Perspicace. Il voyait à l'avance.

– Oh zut! fit Mark, mais il y alla.

En chemin, il s'arrêta pour parler à Bruce. (Mark aussi était capable de se montrer malin). Peut-être pouvait-il utiliser Bruce pour résoudre son problème.

– Comment va le livre? s'enquit-il.

– Il est en train de sécher, mais toute la colle est partie. On ne pourra pas le lire par grand vent.

– Et le transistor? Colin a demandé.

– Sec. Mais il ne marche pas.

Mark gratta sa tête qui le démangeait, avec une affectation manifestement nerveuse.

– Tu viens au service?

Bruce se raidit, parut chercher quelque chose.

– Il fait chaud. Je suis en train de fondre. On pourrait me verser dans une boîte de

conserve. Pur extrait de Bruce. Garanti. Dis-leur de venir me changer de place avant que j'attrape une insolation ou quelque chose.
– Tu viens au service? répéta Mark, obstiné.

Pendant un moment Bruce parut furieux, puis il détourna les yeux et considéra les deux mètres de sable qu'il avait égalisés afin de dessiner une carte de l'Australie à l'aide d'une brindille. Il avait marqué les frontières des Etats, les grands lacs intérieurs et le découpage des côtes dont il se souvenait. Il ne répondit pas à la question de Mark et déclara à la place :
– Ça pourrait être une base pour découvrir où on est. A mon avis, on est quelque part sous les tropiques. Ouais. Mais tout est à l'envers. La mer ne devrait pas être à l'ouest, et où sont les palmiers et tous ces trucs-là? Après tout, on n'a pas pu traverser le pays jusqu'en Australie occidentale. A moins que ce ne soit pour ça que la radio ne marche pas. Peut-être que nous sommes trop loin pour entendre quoi que ce soit. Ou alors, on est peut-être ici. (Il posa un doigt sur le golfe de Carpentarie.) Mais je ne vois pas comment on serait arrivés si loin. En tout cas, nous sommes sous les tropiques.

C'est pour cette raison que la nuit est tombée si vite, hier soir.
– Sois chic, réponds-moi, dit Mark.
– Comment *pourrais-je* me rendre au service ?
– Gerald nous donnera un coup de main et tu t'appuyeras sur nous deux. Et puis comme ça, tu seras à l'abri du soleil.

Bruce étendit la jambe. Elle ne lui faisait pas si mal, pas réellement. Sa cheville allait mieux qu'une heure ou deux auparavant. Il avait pensé à se mettre à l'ombre en rampant et l'aurait fait si un relent de perversité ne l'en avait empêché. Il voulait, avant tout, persuader Jan qu'il souffrait. Il avait l'impression qu'elle ne le croyait toujours pas. Peut-être que s'il se déplaçait à cloche-pied en grognant et en gémissant, elle aurait mauvaise conscience.
– D'accord, dit-il. Va chercher Gerald.

Mark alla s'asseoir à quelques pas de Gerald, juste au-dessus de la ligne que les vagues atteignaient. Au bout d'un moment, il dit :
– Salut !
– Salut, dit Gerald d'un ton normal, presque amical.
– Bruce veut aller au service, et j'ai besoin de toi pour l'aider à marcher.

Gerald ne bougea pas, mais même de profil, il avait l'air bien.

– Le service? Qu'est-ce que c'est?

– Nous allons faire un service et Jan va réciter des prières. Elle est rudement bonne dans ce genre de trucs.

Gerald tourna la tête et ses épaules semblèrent s'affaisser. Au loin, sur la courbe de la plage, il apercevait une minuscule silhouette. Ce devait être Carol qui revenait.

– Pour Jim, je suppose?

– Et comme dit Colin, si c'était pour nous, on aimerait que ce soit bien fait.

– Je ne vois pas la relation.

– En tout cas, on a creusé une tombe, et tout. C'était rudement dur, Gerald. Pas le sol, mais tu sais, creuser une tombe...

– Ouais, mais pour quoi faire?

Mark s'étrangla.

– Pour le mettre dedans, bien sûr! C'est sa tombe!

Gerald avait bien pensé qu'ils avaient découvert le corps. Il n'était pas surpris, quoiqu'il essayât de le faire croire. Il regarda Mark dans les yeux.

– Vous auriez dû me prévenir. Vous auriez dû m'avertir que vous l'aviez trouvé.

Et c'était vrai. Il aurait bien voulu qu'ils viennent lui demander de l'aide. Mais ils ne l'avaient pas fait. Il aurait bien voulu que quelqu'un d'autre que Carol manifeste de l'intérêt à son égard. Il n'aimait pas être tout seul, à l'écart, mais il voulait que les autres fassent le premier geste. Après tout, c'était son anniversaire et il leur avait sauvé la vie. S'il n'avait pas été là, ils seraient tous morts, comme Jim.

Mark dit :

– C'était terrible de le transporter jusque là-bas, tu sais, Gerald. Mais on l'a fait, avec Jan et Colin.

Ils lui avaient donc envoyé Mark. Ils n'étaient pas venus eux-mêmes. Peut-être lui avaient-ils envoyé Mark pour lui faire honte ?

– Tu vas m'aider, hein ? Pour emmener Bruce jusque là-bas ?

Gerald se leva en vacillant, et ce n'était pas du cinéma. Il était faible, il avait mal partout, il était terriblement malheureux et brûlant de honte.

– Oui, dit-il, je vais t'aider.

– Qu'est-ce qu'il y a, là par terre ? demanda Mark.

C'était le paquet. Mark le ramassa.

– Il ne faut pas le laisser là. C'est enveloppé dans du papier cadeau. C'est pour toi, hein ?

Gerald haussa les épaules.

– Et tu ne l'as pas ouvert... Moi aussi,

j'avais un cadeau pour toi. Mais je l'ai perdu. C'était une beauté de cravate, une vraie merveille. Vas-y, ouvre-le, Gerald. Regarde ce que c'est.

C'était encore quelque chose que Gerald avait voulu faire : ouvrir ce paquet. Mais il n'en avait pas eu le courage.

Mark le lui mit dans les mains.

Gerald était gêné, pourtant il l'ouvrit quand même. Le papier était complètement détrempé lorsque Carol avait déposé le paquet à côté de lui; à présent, il était sec et cassant et se déchira dans un craquement.

– Il est abîmé? interrogea Mark.

– Je ne sais pas encore ce que c'est.

C'était une petite boîte de bijoutier en plastique blanc, pas plus grande qu'une boîte d'allumettes, et dedans, il y avait une épingle de cravate en argent en forme d'ailes, comme les insignes de pilote.

– Eh ben dis donc, c'est super! admira Mark.

– Oui, n'est-ce pas? dit Gerald.

Il était mal à l'aise parce qu'il avait aperçu le bijou dans la vitrine et savait ce qu'il avait coûté.

– Elle t'aime bien, hein? dit Mark.

Gerald serra les lèvres et glissa la petite boîte dans sa poche.

– Ça aurait été parfaitement avec ma cra-

vate. Une vraie merveille, Gerald, tu sais. C'est Maman qui l'a choisie. On a dû rapporter la première au magasin parce que c'est moi qui l'avais choisie. Maman a dit qu'on pouvait faire confiance à ce vieux rapiat pour refiler de la mauvaise qualité à un gamin. Maman a dit qu'elle n'était pas digne d'un Hennessy. (Mark continuait à bavarder parce qu'il ne savait pas comment s'arrêter.) Maman dit qu'on peut juger quelqu'un à la cravate qu'il porte, même si c'est un autre qui l'a achetée. Tu crois ça, toi, Gerald?
– Oui, c'est vrai.
– Pourquoi, Gerald?
Gerald était en train d'observer Carol qui s'avançait sur la plage et il n'avait rien entendu, rien entendu du tout. Mark se sentit ridicule et il partit tout seul rejoindre Bruce.
– Comment as-tu fait pour décider Gerald? s'enquit Bruce.
– Je lui ai demandé.
– C'est tout?
– Carol lui a offert une super épingle de cravate.
– Mince alors! j'avais oublié son cadeau! s'exclama Bruce. J'avais déniché une série de timbres indonésiens. De vraies beautés. Avec des oiseaux. Une première émission et

tout. On les récupérera jamais maintenant, avec la marée qui remonte.

Gerald survint, visiblement désorienté. Il ne parvenait pas à regarder Bruce dans les yeux et pourtant il n'était jamais embarrassé en sa présence. On se sentait toujours naturel et libre en compagnie de Bruce.

– Bon anniversaire! dit Bruce.

– Merci, répondit Gerald avec un sourire mince comme un fil.

– J'ai perdu ton cadeau.

– Ça ne fait rien. Ce n'est pas ta faute.

– Une première émission, c'était. Des beautés de timbres. Je vais voir si je peux t'en retrouver quand nous rentrerons. Peut-être que la boutique en a d'autres.

– Merci, répéta Gerald. A qui est cette radio?

– A Carol.

– Elle marche?

– Elle est morte et bien morte.

– L'eau de mer, sans doute. Ça doit être les piles.

– Je les ai fait sécher. Tout est sec. Peut-être que nous sommes trop loin d'un émetteur.

– Ça doit plutôt être les piles.

– Tu le sais ou tu supposes?

Gerald haussa les épaules.

– Je suppose, mais je crois que j'ai raison.

Et toi? Tu peux te déplacer, avec cette cheville?
– Je pense que je peux, à cloche-pied.
– C'est loin, fit remarquer Mark.
– Carol nous rattrapera, déclara Gerald. On n'a pas besoin de l'attendre.
Ils aidèrent Bruce à se mettre debout en prenant le plus possible de son poids sur eux, mais la petite taille de Mark les gêna considérablement.
Jan rejoignit Colin qui, assis à l'ombre, était en train patiemment de façonner une croix.
– Les voilà, dit-elle. Tous.
Colin marmonna :
– J'aurais préféré qu'ils s'amènent un peu plus tôt... Gerald aussi?
– Ouais.
– Il a fini de bouder.
– Ou bien tu as réussi à lui faire honte.
Ils se dévisagèrent avec franchise et presque respect.
– Jan... tu es une fille très bien. (Il le dit d'une façon qui lui plut, qui, pour la première fois de sa vie, la hissait au niveau de Carol.) Tu te souviens de ces prières?
Jan soupira. En même temps son assurance diminua et elle éprouva un certain trouble. Colin pouvait se montrer si entêté. Il lui avait déjà posé la question à plusieurs

reprises et elle lui avait chaque fois donné la même réponse : « Faut-il vraiment que je le fasse ? »

– Je pense, oui.

Colin revint à la croix, se débattant avec les deux bouts de bois et le fil électrique. Le fil était raide et résistant, difficile à manier. Jan avait livré une véritable bataille pour le couper avec la pelle.

– On ne sait pas de quelle religion il était, remarqua Jan.

– Est-ce que c'est important ?

– Bien sûr que oui.

– Je ne crois pas.

– Il était peut-être catholique, ou protestant, ou je ne sais quoi.

Jan tremblait.

– Je ne vois pas l'importance que ça peut avoir.

– Eh bien, ça en a.

Colin haussa les épaules.

– Il faudrait qu'on déniche un morceau de métal du fuselage pour graver une inscription sur la croix. Bruce est bon en calligraphie, hein ?

– Quand il est d'humeur.

– Eh bien, voilà quelque chose qu'il pourrait faire, s'il ne peut pas bouger.

– Oui, peut-être.

Jan était une curieuse fille. Ce n'était pas

facile de lui parler. Lorsqu'elle avait les mains occupées, c'était différent. Il suffisait de l'avoir vu sauter dans ce trou et creuser comme un vrai terrassier.

Carol rattrapa enfin les autres pendant qu'ils faisaient une pause. Gerald et Mark surtout avaient besoin de se reposer, pas tellement Bruce. En fait, Bruce était en train de se demander – simplement à partir d'un sentiment naissant de ce qui était juste et de ce qui ne l'était pas – s'il ne devrait pas essayer de se débrouiller tout seul. Il avait l'impression qu'il pourrait y arriver avec moins d'effort en boitillant qu'en sautant à cloche-pied.

– Merci pour cette très jolie épingle de cravate, dit Gerald à Carol.

Le visage fatigué de Carol s'illumina aussitôt.

– Ce n'est rien.

– Elle est belle, vraiment belle, Carol.

Elle sourit à nouveau.

– Mais tu n'aurais pas dû dépenser tout cet argent.

– Ça me faisait plaisir.

– Où étais-tu? interrogea Bruce.

– J'ai fait le tour du promontoire.

Bruce devina à son ton, qu'elle avait découvert de drôles de choses.

– Nous allons tous au service, dit-il avec une inflexion dans la voix qui semblait ordonner à Carol : « Tu nous parleras du promontoire plus tard. »
– Le service pour Jim ?
– Ouais.
– Alors, vous n'avez rien ramassé, rien sauvé ?
– Des trucs et des machins, mais il y avait plus important à faire.
– Ce n'est pas mon avis.
– Eh ben, on ne l'aurait pas dit, à voir la manière dont tu as filé.

Carol se mordit la lèvre. Comme Bruce pouvait ressembler à Jan, parfois.
– J'avais mes raisons, répliqua-t-elle, et ta sœur les connaît mieux que personne.
– Heureusement que tu ne l'as pas blessée quand tu lui as jeté cette pelle sur les pieds. C'était vraiment idiot.
– Je ne la lui ai pas jetée sur les pieds.

Bruce dit alors :
– Ta radio est fichue.

Carol se tassa un peu.
– Dites donc, les relança Mark, on ferait bien d'y aller.
– Je vais essayer de marcher, annonça Bruce.
– Quoi ! s'exclama Mark.
– Il faudra bien un jour que je me

débrouille tout seul, non? Alors, autant maintenant.

Ils l'aidèrent à se lever – ça, il pouvait le leur permettre –, puis il les repoussa. Ce n'était pas trop difficile, mais il prit bien soin de rendre l'action héroïque. Il avait mal, mais « à l'envers », des spasmes douloureux qui au lieu d'entrer en lui semblaient en sortir. Après avoir donné sa représentation, il croisa le regard de Carol. S'il avait réussi à impressionner quelqu'un, ce n'était pas elle. A cet instant, Bruce se jura qu'il boiterait le restant de sa vie s'il le fallait, afin de la convaincre de son erreur.

Colin et Jan se tenaient côte à côte à la tête de la tombe et les autres au pied, Bruce, vaguement contrarié parce que Jan ne lui avait pas prêté attention. Il baissèrent la tête, non pas tant par respect que parce qu'ils n'osaient se regarder, à cause de leurs yeux rougis et de leurs incertitudes. Ils ne savaient pas vraiment ce qu'ils faisaient.

Colin dit d'une voix mince :

– Ceci doit être un vrai enterrement. Aussi correct que nous le pouvons... Sais-tu de quelle religion il était, Gerald?

Gerald prit une longue inspiration et dit :

– Non, je ne sais même pas s'il en avait une.
– Je suis sûre que ça fait une différence...
C'était Jan, dont la voix hachée se cassa.
Puis, tout fut calme, creux et étrange si ce n'est les mouettes, le bruit des vagues et la chaleur, qui étaient là comme une présence. Ils transpiraient. Carol crut presque s'évanouir.
Colin saisit le poignet de Jan.
– Vas-y, murmura-t-il.
Mais elle ne pouvait pas. Elle s'efforça encore et encore de commencer, mais il n'y avait pas une seule pensée dans sa tête. Seulement un vide frénétique. Bruce le devina. Il leva les yeux, l'examina et sentit des picotements d'embarras.
La mâchoire de Colin tremblait, sa gorge était sèche, cependant il s'obligea à parler. La voix qui s'éleva ne ressemblait pas du tout à la sienne.
– Nous sommes ici pour enterrer M. Jim Butler. C'était un homme bon. Il aimait voler dans le ciel... Enfin, je suppose qu'il aimait ça, n'est-ce pas, Gerald?
– Ouais, je crois.
– Dieu a créé le ciel et tout ce que M. Jim aimait aussi. Il... a créé M. Jim aussi et devait donc le connaître. L'ennui, c'est que

je ne sais pas si M. Jim connaissait Dieu... Est-ce qu'il le connaissait?
– Eh bien... Je n'en sais rien... Sans doute, non?
– M. Jim n'a pas eu le temps de dire au revoir à ses amis. Il est mort brusquement comme... mais je crois que Dieu devait être là parce que s'Il n'avait pas été là, nous serions morts aussi. Je veux dire, Gerald n'avait jamais vraiment piloté un avion tout seul, hein? Alors, je crois que Dieu devait être là et s'Il était là après, Il devait être là avant... Oh zut... Jan, s'il te plaît, dis les prières... dis quelque chose.

Jan était secouée de frissons. Elle n'avait jamais prié tout haut, sauf avec les autres paroissiens et en lisant dans le livre de prières. Elle avait terriblement honte.

Mark se mit à pleurer parce qu'il n'aimait pas ce silence. Et tout le monde, autour de la tombe, remuait les pieds, respirait fort et ne savait que faire. Alors, Carol dit avec hésitation :
– Pardonnez-nous de ne pas être capables de prier correctement pour vous, pauvre Jim. Mais nous n'avons jamais été à un enterrement et nous ne savons que dire.

Puis elle se demanda s'il était juste et honnête qu'elle continue, si elle devait, de cette manière, faire de Jan sa pire ennemie

– encore pire qu'avant –, mais tout en s'interrogeant, elle poursuivit :
– Il était si viril et si net. Il avait une telle allure. Jamais il n'aurait pu avoir un visage comme ça s'il avait été un mauvais homme. Il n'aurait pas eu cette lumière dans les yeux, s'il avait été laid de l'intérieur. Et merci de nous avoir conduits ici, tous sains et saufs, mais pardonnez-nous d'être méchants les uns envers les autres. Et d'avoir oublié que Gerald a été fantastique, que Bruce nous a calmés, que Colin nous a menés jusque sur la plage et que Mark s'est bien comporté. Et d'oublier que, sans Colin et Jan, Gerald serait mort, comme Jim. Nous serions en train de l'enterrer lui aussi. Merci de nous avoir réunis pour faire ce qu'il faut pour Jim. Parce que, autrement, quelque chose de terrible aurait pu nous arriver. Je ne sais pas exactement quoi, mais ça commençait à aller mal. Même si nous mourons dc faim... Même si personne ne vient jamais nous chercher...

Brusquement, il sembla que c'était la fin ou le début de l'inconnu, et les mots ne vinrent plus. Au bout d'un moment, Jan se mit à bégayer des prières et Gerald, avec des gestes gauches, comme tâtonnant dans le brouillard, accrocha les ailes en argent aux fils qui tenaient la croix.

14. Trop loin et trop de requins

La montre de Gerald, une bonne automatique, avait seule survécu à l'épreuve de l'eau et du sable, et lorsqu'ils regagnèrent l'endroit où ils avaient dormi, il était juste onze heures dix.

Ils étaient partis groupés mais pcu à peu, ils se séparèrent par paire, chacun conscient des autres mais tous intimidés.

Ils revinrent là d'où ils étaient partis, Jan et Bruce les derniers. Bruce boitant sans faire semblant. Il s'allongea sur le sable avec soulagement. Les autres demeurèrent debout, comme s'ils attendaient que quelque chose se produise.

Gerald prit la parole, un peu compassé, puis s'interrompit. Il allait dire qu'il s'excusait, mais comprit que ça n'avait pas d'importance. Tout le monde savait qu'il regrettait. Carol avait clarifié l'atmosphère. S'excuser aurait été remuer des choses qu'il valait mieux laisser où elles étaient – dans le passé.

Mark s'affala sur le sable et dessina des cercles avec son index, pas vraiment des cercles tristes, plutôt pensifs. Carol tripota sa radio pendant un moment : quel objet étonnamment ridicule était une radio lorsqu'elle ne fonctionnait pas ! Puis elle ouvrit sa valise, renversa son contenu sur le sol et, un peu gênée, parce que les autres l'observaient, sépara ses affaires pour les faire sécher. Colin les inspecta – des trucs de fille –, cependant il y avait une chemise qui au besoin lui aurait convenu. Soudain, il aperçut la carte de Bruce sur le sable. Elle était trop petite, décida-t-il, trop confuse. Aussi lissa-t-il une plus grande surface et se mit-il à en dessiner une de deux ou trois mètres de côté. Jan avait faim. Son estomac grondait, lui faisait mal et elle voulait en parler, se plaindre, et il y avait Mark, à quelques pas de là, qui mettait des queues à ses cercles pour en faire des pommes. Jan avait chaud, elle avait faim et commençait à se sentir desséchée à un point troublant.

– Je crois qu'on devrait aller se baigner, dit-elle.

Elle regarda autour d'elle, presque surprise que la voix qui brisait le silence fût la sienne.

– Ça nous rafraîchirait.

– Ouais, peut-être, admit Colin.

– Il faut se mettre à l'ombre, de toute façon, dit Bruce. C'est stupide. On n'est pas forcés de rester assis ici parce qu'on y a dormi, non ?

C'était comme d'être rentré dans une maison inconnue, la nuit, par erreur, puis de se réveiller le matin en prétendant que c'était chez soi.

– On va tous se déshydrater ou avoir une insolation, si on reste ici, remarqua Jan.

– Qu'est-ce que c'est ? demanda Mark.

– Quoi ?

– Se déshydrater ?

Jan soupira :

– Je ne sais pas exactement.

– Il faut mettre un plan au point, dit Gerald. Je crois qu'on est tous d'accord.

C'était bon de faire partie du groupe à nouveau, même si paraître naturel exigeait de lui un effort.

Colin le considéra, soulagé comme les autres que Gerald essaie d'être lui-même.

– Oui, il faut qu'on s'organise, Gerald. Par exemple, il faut trouver où on est. Prenons cette carte.

– On n'y arrivera pas, Colin. C'est plus compliqué que ça, tu sais.
– On peut toujours essayer. Et puis, il faut décider si nous nous installons ici ou si nous partons en exploration.
– On ne doit pas s'éloigner, déclara Gerald. Il ne faut jamais quitter l'endroit de l'accident. C'est une règle, tu sais.
– Pourquoi ?
– Parce qu'on recherche les débris, qui sont plus faciles à repérer que des gens. Non pas qu'il subsiste grand-chose de l'*Aigrette*, hein ?
– On pourrait les rassembler, dit Bruce, pour qu'on les voie mieux. On pourrait tracer un S.O.S. avec.

Ils réfléchirent.

– C'est une idée, dit Colin. Ou faire un S.O.S. avec des pierres. Un grand S.O.S., disons une centaine de mètres de long.
– Eh bien... !
– Oh, ça ne prendra pas très longtemps en s'y mettant tous.
– Tout dépend où nous sommes, dit Gerald. Il se peut qu'on ne vienne pas nous chercher ici.

Il s'en voulut aussitôt. C'était stupide de dire ça.

Colin tapota la carte.

– On doit être ici, quelque part. Sous les tropiques, je crois.
– Je le pense aussi, dit Bruce. A l'ouest, dans le golfe de Carpentarie, sur une côte qui s'étend du nord au sud.

Colin fut surpris. Il ne s'attendait pas à ça de la part de Bruce.
– La péninsule du Cap York, dit-il. C'est ce que je crois aussi. Quelque part à des milliers de kilomètres de Coonabibba, certainement.
– C'est impossible. Je n'ai pas pris cette direction. Je me suis dirigé plus vers l'ouest que vers le nord. (Gerald se sentait à nouveau à l'aise avec eux.) Écoutez, je ne connais pas tellement ces trucs, mais suffisamment pour vous certifier qu'on ne peut rien faire sans carte. Il faut connaître les distances exactes, et la vitesse des vents, et les directions, et tout et tout. Vraiment, Colin, je ne te mentirais pas. Il faut avoir des instruments, des règles, des rapporteurs et des tables de mathématiques. Tu sais, piloter un avion, c'est une assez grosse affaire.
– Certainement. Pourtant nous sommes face à l'ouest sur une côte nord-sud, comme vient de le dire Bruce. C'est du bon sens. On n'a pas besoin d'instruments compliqués pour s'en rendre compte.

– Mais il existe des centaines d'endroits comme celui-ci – des baies, des estuaires, des criques... Tu parles du golfe de Carpentarie, on pourrait aussi bien dire la Nouvelle-Guinée ou l'Indonésie...
– Non, c'est ridicule. L'*Aigrette* n'aurait pas pu aller si loin.
– Pourquoi ? Il n'aurait pas pu atteindre le golfe de Carpentarie non plus sans un vent arrière terriblement puissant. Et nous l'avions, je te le garantis. On avait un de ces vents !
– On pourrait être à peu près n'importe où. J'ignore de quel côté soufflait le vent et on ne peut pas espérer l'apprendre maintenant. Ni à ce moment-là, d'ailleurs. A moins que cette radio veuille bien marcher, ce dont je doute. Ce n'était pas la fête, je ne savais pas dans quelle direction j'allais. Je n'espérais même pas qu'on s'en sortirait vivant...

Puis, il aperçut Carol qui fronçait les sourcils, l'avertissant de ne pas revenir sur ce qui était passé. Et pour s'en assurer, elle changea de sujet :
– Il y a un ancien campement là-bas, après le promontoire, mais personne n'y vit plus depuis longtemps.
– Quoi ! s'écria Colin.

– Une jetée – et des maisons en pierre complètement effondrées.
– Tu rigoles !
– Je ne rigolerais pas avec ça.

Ils la dévisagèrent, puis se mirent tous à parler en même temps. Bruce réussit à avoir le dernier mot :

– Je vous avais bien dit qu'il devait y avoir une ville.
– Ce n'est pas une ville. Rien à voir. C'est mort.
– Tu veux dire une ville fantôme ?
– Non, non, même pas ça.
– Juste après le promontoire ! dit Jan.
– Pourquoi ne nous l'as-tu pas dit ?
– Zut alors, allons-y. Qu'est-ce qu'on attend.
– Ouais. Rassemblons nos affaires et allons-y. C'est loin, tu as dit ? Juste derrière ce promontoire ? (Colin se mit à entasser les vêtements de Carol dans la valise.) Allez, prenez vos chaussures et tout !
– Mais voyons, cria Carol, c'est un endroit désert ! Il n'y a plus personne depuis des années et des années. Il faut être raisonnable. Il faut même se montrer prudent.
– Prudent ? fit Bruce en écho.
– Il peut y avoir des serpents, des araignées, des scorpions, des bêtes comme ça.
– A d'autres !

– Eh bien, il faut y penser. C'est là-dedans qu'ils se cachent, dans de vieux trucs, sous les pierres. Ce n'est pas très accueillant. Ça fait peur.
– Oh Carol !
– C'est vrai. Vous aurez peur, vous aussi. A mon avis, il ne faut pas s'approcher de cet endroit, voilà.
– Tu ne peux pas t'attendre à ça de notre part, dit Gerald. Ou alors, il ne fallait pas nous en parler.
– Oui, c'est stupide, Carol, dit Colin. Je veux dire, s'il y avait une ville, il devait y avoir de l'eau, non ?
– Ce n'est *pas* une ville. Ça ne l'a jamais été. 1874, c'est la date qui est inscrite. Presque cent ans.
– Mais il y a sûrement de l'eau !
– Il y a un cours d'eau, mais il est salé.
– Et il pousse probablement là-bas des choses qu'on peut manger, dit Jan. Des bananes, ou des noix de coco...
– Des fleurs, c'est tout. Seulement des fleurs. Un vrai fouillis. Les fleurs sont sauvages. Des milliers et des milliers de soucis et de tournesols, partout le long de la plage. Je les ai vus en partant. Rien qu'on puisse manger.
– Mais on peut manger des graines de tournesol !

– Tu crois?
– Bien sûr! s'exclama Jan. Tu le sais bien, Carol. On fait de l'huile avec et toutes sortes de choses. Et comme Colin dit, il doit y avoir un puits ou une source. Une fois qu'on aura commencé à chercher, on trouvera. Peut-être aussi une maison en assez bon état pour vivre dedans, lorsqu'on l'aura arrangée un peu.
– Vivre dedans? gémit Mark. Zut alors, on ne va pas rester ici à jamais, quand même!

Soudain, tout sembla différent. Ils étaient très excités et Carol, malgré elle, fut emportée dans le tourbillon. La renaissance de leur bonne humeur était si contagieuse que même l'embarras qu'elle ressentait pour ne pas avoir reconnu dans les tournesols une nourriture possible, ne dura pas longtemps. Elle s'en voulait d'être si désemparée dans les domaines pratiques. Elle pouvait mettre des mots ensemble mais pas des actions. Elle s'en voulait parce que Jan avait pensé aux graines et pas elle. Carol avait peut-être du sang aborigène dans les veines, mais Jan possédait le savoir. Bien sûr, les tournesols n'étaient pas des plantes d'ici, les hommes blancs les avaient apportés; mais c'était une pauvre excuse. Et dire qu'elle avait presque cru que le fait de s'allonger sur le sol allait réveiller un instinct en elle! Alors que Jan *savait*, tout simplement. Elle avait su ranimer Gerald et savait qu'on pouvait manger des graines de tournesol – et que les gens et l'eau douce allaient ensemble. Le fait de marcher avec eux, tous en joie, fit peu à peu oublier à Carol sa déconvenue.

Gerald avançait à côté d'elle en portant sa valise. Ce n'est pas qu'ils étaient séparés des autres, mais Gerald s'arrangeait pour rester tout près d'elle, si près que parfois il lui touchait le bras de sa main en se balançant. Le contact physique faisait du bien à Gerald, car son esprit n'était pas sans inquiétudes ni sans un amer arrière-goût d'échec. Ses qualités de chef n'avaient jamais été mises à l'épreuve auparavant et il ne s'en était pas trop bien tiré. Colin s'en était mieux sorti; mais c'était Carol surtout qui dominait dans les situations importantes, même si c'était une fille. Carol semblait posséder suffisamment d'énergie pour que les autres s'y nourrissent. Jamais jusqu'à présent, il ne l'avait vue sous cet angle. Il la considérait plutôt comme une personne à impressionner avec son esprit. C'était une fille extraordinairement jolie, qui avait une allure folle et s'il fallait être vu avec une fille, mieux valait que ce fût avec elle, parce qu'elle était vraiment une classe au-dessus de tout le monde.

Il marchait donc à côté d'elle et laissait sa main toucher son bras et souriait lorsqu'elle le regardait, tâchant de lui donner le sentiment qu'il était encore le Gerald d'autrefois. Avec les autres, c'était différent. (Carol lui avait complètement pardonné, pas eux.) Quelque chose s'était à nouveau élevé entre eux – même s'ils ne s'en rendaient pas compte – qui semblait les rendre plus distants. Ils cheminaient en bavardant et en riant (avec, de temps à autre, des retombées dans la tristesse), et en houspillant Bruce parce qu'il était si lent – mais lorsque Gerald parlait, personne n'écoutait. Ils ne le snobaient pas – ils ne l'entendaient pas, tout simplement. Il se sentait un peu comme un petit garçon essayant de placer un mot dans une conversation d'adultes.

– Vous savez, dit-il, en y réfléchissant, je me demande si on aurait dû quitter le lieu de l'accident si vite.

Carol l'entendit, mais Jan intervint en évoquant un tout autre sujet. Si on ne pouvait pas cuire les graines de tournesol pour les ramollir, dit-elle, on devait avoir l'impression de mâcher une poignée de dents.

– On devrait pêcher, dit Colin. On pourrait

fabriquer des sagaies et les lancer du haut de la jetée.
– Ou bien dénicher des nids d'oiseaux, s'écria Mark.
– Sur la jetée? Comment veux-tu qu'il y ait des nids?
– Si on est réellement dans le nord, remarqua Bruce, on peut trouver des œufs de tortue, non? Il paraît qu'ils sont enterrés dans le sable. Et la soupe de tortue? On dit que c'est une merveille.
– Et des huîtres, surenchérit Mark. Avec des perles dedans... Est-ce qu'on peut en mourir si on avale une perle?
– Ou encore des crabes.
– La chair de crabe est empoisonnée.
– Ne sois pas stupide!
– C'est vrai, n'est-ce pas, Jan? Il faut faire attention avec les crabes.
Un peu plus tard, Gerald dit :
– La viande de goanna, ce n'est pas mauvais si on sait la cuire. J'en ai déjà mangé.
Mais à ce moment-là, la conversation n'était déjà plus sur ce chapitre.
– Nous n'avons pas fait le S.O.S. ni rassemblé les débris de l'avion, dit Bruce.
– Nous avons tout le temps, répondit Colin. Si nous sommes aussi loin de Coonabibba que je le crains, ils ne viendront pas par ici avant des jours et des jours.

– Je ne suis pas d'accord. Ils vont sans aucun doute élargir le champ des recherches rapidement.
– Aussi loin? Voyons, n'oublie pas qu'ils pensent que c'est M. Jim qui pilotait l'avion. Ils n'imagineront jamais que nous avons atterri si loin parce que ce vieux Gerald était aux commandes.

Au bout d'un moment, Gerald dit :
– Certains débris pourront peut-être servir de récipients pour cuisiner.

Mais alors, Jan se lança dans l'histoire.
– Tu as dit 1874, Carol, n'est-ce pas? En se creusant la cervelle, on doit pouvoir se situer. Si c'est une côte déserte – à part ce campement –, eh bien, il ne doit pas y en avoir beaucoup de semblables, non?
– C'est peut-être une ancienne ville de mineurs, suggéra Bruce. Il y en a eu des centaines. Vite bâties, vite abandonnées. Des centaines.
– Sur la *plage*?
– Pourquoi pas? C'était peut-être le port d'une ville minière, plus haut en amont. Tu as dit qu'il y avait un cours d'eau, hein, Carol? Moi, je suis sûr qu'il est possible que nous découvrions une ville plus à l'intérieur des terres.
– Surtout s'il n'y a pas d'eau douce, tu veux dire?

– Ouais. Tu m'as enlevé les mots de la bouche, Carol. (Ce n'était pas vrai, mais ce n'était pas le genre de choses qu'un garçon pouvait admettre devant une fille qui ignorait qu'on pouvait manger des graines de tournesol.) Oui, s'il n'y a pas d'eau douce sur la côte, il doit y avoir une ville plus loin, à l'intérieur.

– Peut-être qu'on trouve des crocodiles dans cette rivière, dit Mark.

– Dans ce cas, mon garçon, fais bien attention, parce qu'on pourrait te jeter en pâture.

– Est-ce que les crocodiles pondent des œufs? demanda Mark. Ce serait formidable de manger des œufs de crocodiles.

– Des œufs de crocodiles! Ouais, c'est bien connu, ils pondent comme les kangourous.

– Oh...

– Ils pondent des œufs, Bruce, dit Jan.

– Qui, les kangourous?

– Non, les crocodiles!

– Tu plaisantes, sœurette. Le soleil a dû te monter à la tête... Comment on va faire pour les casseroles? Est-ce que quelqu'un a pensé à ça?

– On n'a encore rien à cuire, hein?

– Peut-être, mais il faut être prêt. On ne

peut tenir une poignée d'eau sur le feu pour la faire bouillir, non?

Ils ne prêtaient aucune attention à Gerald, qui n'était guère habitué à ça. Ils ne sauraient jamais par où il était passé. Pendant six heures, il avait porté le poids du monde sur ses épaules. Et puis, il avait craqué. Et eux, ils ne se souvenaient que de ce moment-là.

Avant, il était le centre, le soleil autour duquel tournaient ses planètes en orbite, simplement parce qu'il était Gerald Hennessy. Ensuite, pendant six heures, comme un géant, il avait fait éclater les frontières de l'adolescence pour devenir un homme. Mais il n'avait pas pu soutenir l'effort et la tension exigés et, à cause de cela, il était devenu une planète lui-même et qui plus est, une planète pas très importante, si éloignée du centre que, parfois, on oubliait qu'elle était là. Lorsque Colin parlait, ils écoutaient. Lorsque Brucc parlait, ils écoutaient. Même Mark, ils l'écoutaient en souriant.

Soudain, sans savoir comment, il se rappela avoir réglé le compas sur 000°. Il se souvint distinctement de l'avoir fait et d'avoir volé pendant des heures dans cette direction. Il s'était, sans nul doute possible, dirigé vers le nord. Pas du tout vers l'ouest, comme Bruce et Colin avaient dit. Mais jusqu'où au nord? Une grande distance, de toute évidence. La Nouvelle-Guinée? Pourtant, il n'était pas sérieux lorsqu'il avait suggéré cette hypothèse.

La Nouvelle-Guinée était dangereuse. Dans certains endroits inaccessibles et lointains, cela demeurait une terre sauvage. La dernière terre sauvage du monde, avait-il entendu dire. Il y avait des peuplades qui mangeaient de la chair humaine. Qui envoyaient des flèches empoisonnées. Des hommes ornés de peintures de guerre et de plumes, avec des os en travers du nez. Il y avait des serpents mortels et des moustiques porteurs de malaria et des marais qui donnaient la fièvre. Peut-être que ce campement, après le promontoire, n'avait pas été abandonné, mais ses habitants décimés pour une de ces raisons.

Il déclara :

– J'estime qu'on devrait s'armer. Je ne plaisante pas, vous savez. Avec des bâtons, des lances ou des pierres. Ce serait plus sûr.

– Mais pour quoi faire? s'étonna Carol.

– Ouais, dit Bruce. C'est une drôle d'idée.

– Oh, comme ça, c'est tout. On pourrait être en Nouvelle-Guinée, vous savez. Je me suis dirigé vers le nord. Je m'en souviens, maintenant.

Mais à ce moment-là, il était midi passé, le soleil était haut dans le ciel, le promontoire tout proche et leurs ombres sur le sable très courtes.

Bruce fut abandonné sans remords lorsqu'ils eurent passé le promontoire et aperçu la jetée. Il aurait voulu courir aussi, mais en était incapable.

– Attendez-moi ! cria-t-il.

Personne ne l'attendit.

– Bande de salauds ! brailla-t-il. Attendez-moi...

Ils couraient comme des fous, Colin et Jan devant, puis Mark, ensuite Gerald avec la valise de Carol qui cognait sa jambe, et enfin Carol. Carol n'était pas faite pour courir en compagnie de pieds légers. C'était évident. Bruce avait déjà remarqué que certaines filles, même minces et légères, perdaient toute grâce lorsqu'elles se mettaient à courir.

– Hé, Carol ! hurla-t-il. Pourquoi tu te presses ? Tu peux bien m'attendre, non ?

Il fut abasourdi de son propre toupet. Après tout, il s'adressait à Carol Bancroft, même si elle courait comme un canard. Mais elle s'arrêta, apparemment sans réticence, et Bruce la rejoignit en boitillant, se débattant pour trouver les mots justes.

– Ils sont fous, haleta-t-il. On dirait qu'ils veulent gagner une course. Et il n'y a rien là-bas, n'est-ce pas? Tu as bien dit qu'il n'y avait rien?
– Pas grand-chose, acquiesça-t-elle. Rien d'excitant, en tout cas... C'est seulement que ça paraît bien, vu d'ici. La première fois, ça m'a fait le même effet.

Il l'avait appelée et à présent, il était seul avec elle. Et presque incapable de parler. Ce qu'on pouvait dire en groupe et ce qu'on pouvait dire lorsque le groupe n'était plus là, c'était vraiment deux choses bien différentes. Elle était tellement belle, même décoiffée par le vent, dépenaillée et en sueur. La pauvre Jan avait l'air d'une paysanne aux joues rouges, à côté d'elle.
– Je... je ne croyais pas que c'était si loin, bégaya-t-il. Je n'en peux plus. Cette cheville, tu sais.

Elle prit son bras pour l'aider. (Eh bien, ce n'était pas ce qu'il avait voulu dire!) D'après le poids qui pesait sur elle, elle comprit qu'il ne faisait pas semblant.
– Tu crois que Gerald a raison, interrogea-t-elle, et que nous sommes en Nouvelle-Guinée?

C'était très agréable cette pression de sa

main sur son bras. Carol Bancroft tenant le bras de Bruce Martin !

– Je n'en sais rien, dit-il.

Il ne se montrait pas à son avantage. Elle lui avait demandé son opinion. Il se devait d'en avoir une.

– Ce serait horrible, dit-il d'un air important. Mais qu'y faire ? On ne peut pas simplement partir d'ici, comme ça. Il faut savoir quelle direction prendre. Je ne comprends pas comment Gerald s'est débrouillé. Je ne pensais pas que des vents pouvaient avoir une telle force.

– Tu es inquiet ?

La voix de Carol était empreinte d'intérêt, comme si l'opinion de Bruce comptait.

– Oui. Pas toi ? Tu t'imagines qu'on pourrait rester ici des années ? On grandirait ici, seulement nous six. Si on ne tombe pas malade, si on ne nous tue pas ou quoi que ce soit d'autre.

Il la regarda tendrement, puis ajouta avec hésitation – tout en essayant, sans succès, de se taire :

– On finira peut-être par se marier, un jour; certains d'entre nous, en tout cas. Comme il n'y a que deux filles et que l'une est ma sœur... Mais je devine que tu préférerais épouser Gerald.

La gravité de Bruce embarrassa Carol.
– C'est ridicule de dire ça, Bruce. On ne va pas en arriver là, quand même.
– Ce n'est pas si ridicule, si tu y réfléchis. Tu as déjà entendu ce genre d'histoires et ça peut encore se produire.
– Que les gens se marient ?
– Non, que nous restions coincés ici pendant très longtemps. Sans école, sans musique à écouter, sans livres à lire...
– Nous avons *Oliver Twist.*
Il fit la moue.
– Et une radio qui ne marche pas. Sacré truc ! Tu te rends compte s'il faut qu'on fasse des vêtements avec des écorces et des aiguilles avec des arêtes de poisson... Il y a des endroits comme ça où personne ne met jamais les pieds. Des milliers de kilomètres carrés. Et les gens n'y viennent pas pour de très bonnes raisons.
La main de Carol avait abandonné le bras de Bruce et ils s'étaient arrêtés. La timidité s'était envolée. Quelque chose d'autre était là.
– Carol, dit-il. Et si c'était une île ? Il y a des centaines d'îles dans cette région, même des grandes que personne n'habite et que personne n'approche. Tu le sais bien. Ce sont des endroits où on ne peut pas vivre. Prends l'île de Molineaux, par exemple. Des

pionniers s'y étaient installés. Et pendant des années et des années personne ne sut qu'ils étaient là jusqu'à ce que des pêcheurs de perles y fassent escale pour s'approvisionner en eau douce et qu'ils découvrent les ruines, les tombes, les ossements. Tout le monde crut qu'ils avaient inventé cette histoire, jusqu'à ce qu'un historien consulte les archives. Tous les pionniers étaient morts d'une maladie ou d'une autre, des centaines d'années plus tôt...

Il lut immédiatement dans l'esprit de Carol avec cette intuition étonnante qui le caractérisait.

– Carol, tu ne crois quand même pas que...

– C'est bien possible, après tout.

La peur avait à nouveau envahi Jan. Elle ressentait un malaise, qui n'émanait pas d'une chose particulière mais provenait de partout à la fois. Un malaise qui n'était pas porteur de questions mais oppressant de mystères.

Ce n'était pas du tout un campement. C'était plutôt comme si des hommes étaient venus ici dans le simple but de mener un combat stupide contre la nature, juste pour montrer combien ils étaient braves, combien ils étaient intelligents. Mais ils n'avaient jamais vaincu. Ils avaient été balayés, battus, brisés, piétinés. Ils n'auraient jamais dû s'aventurer ici – elle non plus, d'ailleurs.

Ce n'était pas de jolies ruines, adoucies de lierre, comme celles qu'elle avait vues sur des photos. Ce n'était pas des ruines antiques, dans des sites merveilleux, où les gens avaient été heureux, très longtemps auparavant. C'était des ruines sinistres, qui avaient abrité des gens solitaires et désespérés, coupés de tout. Des fous, sans doute. S'ils n'étaient pas fous avant d'arriver, ils avaient dû le devenir avant de repartir. Ou bien ils étaient morts avant même d'avoir pu s'enfuir.

Rien ne se présentait comme elle l'avait imaginé. Le cours d'eau n'était qu'un bras de mer, refluant vers l'intérieur, clapotant entre les arbres. Et quelle espèce d'arbres cela pouvait-il bien être, qui avaient résisté à l'eau salée ? Des arbres enracinés dans la vase, le sable et le sel. Des arbres aux appétits malsains, voilà ce que c'était. Elle s'était attendue à des berges sablonneuses, mais la marée les avait avalées et elle allait encore monter, la pousser vers la brousse, l'épingler là, l'emprisonner.

Quelle déception cruelle ! Quelle désillusion !

Carol ne les avait pas préparés à ça. Vieux, avait-elle dit, et mort, mais pas cette espèce d'étranglement qui paraissait se poursuivre, bien après sa mort. Pendant un moment, au bord de la tombe, elle avait cru que Carol était la meilleure amie qu'elle avait jamais eue, parce qu'elle l'avait sauvée de l'humiliation la plus complète. Carol avait éclairci tant de choses, les avait remises à leur place. Pourtant là, elle s'était livrée à un mauvais calcul. Elle leur avait parlé de cet endroit, puis avait tenté de les dissuader de s'y rendre. Mais elle n'avait pas insisté suffisamment.

C'était horrible. Comme ces endroits entr'aperçus dans ses rêves et qui la terrifiaient. Même l'idée de manger des graines de tournesol semblait maintenant la fin absoluc; ils étaient si voyants, si irréels, si cruels. Ils ne voulaient pas être mangés. Ils voulaient simplement être éclatants.

– Partons d'ici, dit-elle d'une petite voix.

– Tu te rends compte! Dire qu'il y avait des gens qui vivaient ici! (Colin regarda encore une fois autour de lui, les yeux plissés, la bouche tordue.) Que venaient-ils chercher? Comment peut-on se figurer y bâtir une ville? Que pouvaient-ils bien faire?

Mark sortit des buissons et annonça qu'il avait trouvé les ruines de quatre huttes et d'un poulailler mais que, s'ils croyaient le faire dormir dans ces machins-là, ils pouvaient repasser.

– C'est lugubre, hein ? Absolument lugubre. Même pour les poulets, ça devait être triste.

Gerald, nerveux, ne tenait pas en place.

– Il faut être raisonnable, quand même. Par certains côtés, ce n'est pas si mal.

– Quels côtés ? demanda Jan, maussade.

– Pour les avions de secours, c'est mieux que là où nous étions. C'est le genre d'endroit qui attire l'œil. Avec la jetée et tout ça et un immense S.O.S. en pierres sur le sable.

– Carol n'aurait pas dû nous en parler.

– C'est idiot, Jan. On l'aurait découvert de toute façon.

– Mais il n'y a pas d'eau, ni de bananes, ni de noix de coco – rien. (Elle ne voulait pas entrer dans les détails, elle en avait peur, mais ils se déversèrent malgré elle.) On ne peut pas boire l'eau du cours d'eau, elle est saumâtre. Il faut se procurer de l'eau douce et de quoi manger. Qu'allons-nous devenir, sinon ? On a rien avalé depuis hier matin. Et en plus Colin et moi on a été malades... Et on a travaillé dur. J'ai soif. Pas une soif ordinaire. Je n'aime pas avoir soif comme ça.

– Voyons, Jan, dit Colin. On va trouver quelque chose. Je te parie qu'on va trouver dès qu'on va se mettre à chercher.
– On ne peut quand même pas manger les feuilles des arbres, on n'est pas des chenilles !

Mark rit.

– Toi, ferme-la, dit Jan.
– Quoi ? Qu'est-ce que j'ai fait ?

Colin insista :

– Oui, tais-toi. Il faut que nous cherchions réellement, c'est tout... Je sais, pendant un moment, j'ai cru que tout allait s'arranger.
– On se racontait des histoires, dit Jan.
– Mais on n'a pas *vraiment* essayé, dit Gerald.
– Toi peut-être, rétorqua Jan, mais nous si. Et nous défaillons.
– Et on défaillira pour de bon si tu continues à le répéter.
– C'est la première fois que je le dis ! C'est même la première fois que j'y pense !
– D'accord, d'accord, gémit Colin. Calme-toi, Jan. Ne t'emballe pas.
– Je regrette qu'on ne soit pas morts quand l'*Aigrette* s'est écrasé. Ça aurait été plus rapide. Et plus facile.
– Oh, arrête, Jan, pour l'amour du ciel...

(Le rire de Colin ressemblait plutôt à un sanglot.) Nous sommes toujours vivants!

– Partons d'ici. Ça me flanque la frousse.

– Pour aller où?

– Ça m'est égal. N'importe où. Marchons le long de la plage, je m'en fous.

– Voyons, Jan, dit Mark, ce n'est quand même pas si terrible.

Elle se mit à pleurer.

– On ne peut pas partir, n'est-ce pas? demanda Colin à Gerald, presque désespéré.

– Bien sûr que non. Ça arrive toujours quand les gens quittent le lieu de l'accident. Ils se perdent. Et c'est la fin. Mon père me tuerait s'il pensait que l'idée m'a seulement effleuré. Il faut rester dans les parages – même s'il faut attendre six mois les secours.

– Écoutez, on est tout le temps en train de penser à des trucs et on ne fait jamais rien, dit Colin.

– C'est parce qu'il n'y a pas grand-chose à faire. On peut fabriquer le S.O.S. et fouiller les environs en quête d'eau et de nourriture. C'est tout.

– Très bien, dit Colin. Alors, mettons-nous à l'œuvre, sinon on va tous devenir fous. Je comprends ce que ressent Jan. Je ne la blâme pas une seconde. On est tout feu tout flamme au début et puis, quelque chose survient et on ne fait rien du tout.

Bruce et Carol apparurent à ce moment. Bruce cria :

– Je crois que je sais où nous sommes, et vous n'allez pas aimer ça!

– Allons bon! grogna Colin.

– On est sur l'île de Molineaux.

Bruce se laissa tomber par terre, essoufflé. Il se frotta la cheville, puis aperçut Jan.

– Pourquoi pleurniche-t-elle?

– Et où diable perche l'île de Molineaux? dit Gerald. Et qu'est-ce qui vous permet d'affirmer ça?

Colin, immobile, contempla la jetée, puis ses yeux revinrent sur le cours d'eau, les vieux murs de pierre, les buissons échcvelés pour se poser au loin, vers l'inconnu, vers les terres intérieures qui vibraient sous la chaleur.

– 1874, murmura-t-il.

Puis il regarda Jan, parce que l'histoire avait toujours été son fort. Tout le monde, dans sa classe, savait que Jan était douée en histoire. Jan avait entendu la réflexion de Bruce et était en train d'essuyer ses yeux gonflés du revers de la main.

– Qu'en penses-tu, Jan? demanda Colin.

– Où perche l'île de Molineaux? répéta Gerald avec impatience.

Colin répondit, irrité :

– Zut, Gerald, dans le golfe de Carpentarie!

Jan ravala ses larmes, renifla mais garda son air tourmenté.

– J'espère que non, j'espère bien que non, dit-elle. C'est l'endroit où des pêcheurs de perles se sont arrêtés pour s'approvisionner en eau douce et n'en ont pas trouvé une goutte. Tout ce qu'ils ont trouvé, c'est une digue. Ouais, une digue et des ruines.

– A combien est-ce de la côte? Tu le sais, Jan?

Elle prit soudain conscience d'une grave responsabilité. Ils allaient accepter comme parole d'Évangile ce qu'elle allait leur dire. Elle répondit :

– A une centaine de kilomètres. (Puis elle réfléchit et ajouta :) Mais à des centaines de kilomètres d'une terre habitée. Trop loin pour nager. Trop loin, et trop de requins.

– Le golfe de Carpentarie!

Gerald était complètement abasourdi. Même après s'être rappelé avoir pris la direction du nord, ses pensées étaient demeurées tempérées par le doute. Quoi qu'il ait dit, quoi qu'il ait pu penser, il gardait le sentiment que cela pouvait ne pas être vrai et que ça ne l'était probablement pas.

– En es-tu certaine, Jan? Absolument certaine?

C'était un défi et elle devait le relever la tête haute. Le fait même qu'il y ait un défi l'aida à se reprendre.

– Eh bien, voyons ça, dit-elle. Ils se sont installés en 1874, c'est un fait. Et en 1878, ils étaient morts. De quoi? personne ne le sait. D'une maladie quelconque. Ils étaient membres d'une secte religieuse. Les Saints de... oh, de quelque chose.

– Mais ça ne prouve rien. Ça ne fait pas forcément de cet endroit l'île de Molineaux.

– Eh bien, il y a cette digue, les marais et les maisons en ruines, et la date, et la rivière – et les *tournesols*!

– Ouais, dit Gerald, presque sans expression, les tournesols. Ouais, je me souviens des tournesols.

– Tout se tient! dit Jan.

– Alors, c'est bien l'île de Molineaux?

– Ça en a tout l'air, non?

– C'est ce que j'ai dit tout de suite, marmonna Bruce.

– Mais comment on s'en va d'ici? s'écria Mark.

Colin faillit s'étouffer.

– Jamais, je suppose. A moins qu'on vienne nous chercher. (Mark se recroquevilla.) Dis donc, c'est plutôt mauvais pour nous... C'est une chose d'être sur le continent et c'en est une autre d'être coincé sur une île. Sur Molineaux...

Colin ne savait pas comment finir.

Sans le réaliser, ils avaient commencé à battre en retraite, même Bruce, vers la bande étroite de sable.

– De quoi sont morts ces gens? demanda Gerald. Est-ce que les germes auraient pu survivre?

– Vingt dieux, on n'a pas cessé de grimper sur ces vieilles pierres...

– C'était quand même il y a très longtemps, non?

Mais ils continuaient à reculer, tout à fait ouvertement à présent, sans se cacher les uns des autres.

– Ecoute, Gerald, dit Colin. Tu es convaincu qu'il ne faut pas qu'on s'éloigne du lieu de l'accident, mais est-ce qu'ils vont seulement avoir l'idée de pousser jusqu'ici? Ils ignorent que M. Jim est mort.

– Quoi qu'il en soit, c'est la règle d'or!

– Peut-être, mais pas dans ce cas. Si nous étions quelque part sur le continent, oui. Pas ici. Ils pensent que c'est un pilote qui est aux commandes – et pas n'importe quel

pilote : M. Jim. Faisons le S.O.S., d'accord, mais laissons aussi un message pour préciser quelle direction nous avons prise. A mon avis, il faut s'en aller d'ici le plus vite possible. Le mieux serait de construire un radeau.
– Eh bien, tu devrais oublier ça. C'est complètement stupide.
– Pourquoi ?
– Ce serait la fin de nous, sûr et certain. Pour commencer, nous ne savons même pas comment en construire un.
– Moi je sais. Et Jan aussi, dit Bruce.
– Abandonne cette idée, dit Gerald calmement. On ferait aussi bien de se flanquer à la mer. C'est pareil.
– Écoute, dit Bruce. Ce qu'il nous faut, c'est des bidons d'huile et de la corde. Et quelque chose pour servir de voile. Nous avons une hachette pour abattre les arbres, une corde, et il y a sûrement des lianes et des bambous qui feront l'affaire. Et on peut fabriquer une voile avec nos vêtements.
– Quelle idée géniale !
– Quand même, il faut y réfléchir, Gerald, dit Colin.
– C'est tout réfléchi. Des bidons d'huile ? Où est-ce qu'on va dénicher des bidons d'huile ?
– Il y a les réservoirs d'essence. La marée

va peut-être les rejeter sur la plage. La mer rejette des objets des semaines après un naufrage. Si Bruce croit qu'il peut construire un radeau, on devrait le laisser essayer.

– Moi, je ne suis pas d'accord, je vous le dis.

– Va au diable! cria Bruce. Donne-nous une chance! Ne tue pas le projet dans l'œuf!

– Mais c'est tellement ridicule! cria Gerald à son tour. Si ce que Jan a dit est vrai, qu'est-ce que ça va nous apporter de bon? Même si vous en construisez un, même s'il ne coule pas dès que vous le mettrez à l'eau, nous sommes six. Il faudra qu'il soit aussi grand qu'une maison. Et dans quelle direction allez-vous vous diriger? Et si le vent souffle vers le large? Et s'il nous entraîne en haute mer? Qu'est-ce qu'on va manger? Et boire? Et si une tempête éclate? Et les requins? Que le diable m'emporte, Bruce, c'est l'idée la plus folle que j'ai jamais entendue! Je ne la démolis pas pour le plaisir de la démolir. Vraiment. C'est simplement tellement idiot. Au moins ici, on est sur la terre ferme. Au moins, on a une chance. Mais sur la mer, on n'en a aucune...

Il les avait réduits au silence. Leur expression était aussi tourmentée que celle de Jan, à présent.

– Ce qu'il faut absolument faire, reprit Gerald assez calmement, c'est se mettre en quête de nourriture, faire le S.O.S., installer une sorte de camp et allumer du feu. Et je veux dire pas seulement en parler, mais le *faire*.

Il n'avait plus besoin de la force de Carol. Il en possédait suffisamment en lui-même.

15. S.O.S.

Mark avait une terrible envie de dormir, mais il continua à avancer dans les buissons le long de la plage à la recherche de nids d'oiseaux. Il aurait préféré s'allonger à l'ombre et dormir. C'était drôle de se sentir si fatigué à deux heures et demie de l'après-midi. Aussi fatigué que d'habitude le soir. Il pensa à sa chambre, à son lit, à sa mère. « Tu dois te laver les mains, te coiffer et surtout ne pas roter après les repas. »

– Eh bien, murmura-t-il.

Et il poursuivit sa quête, tout en se montrant prudent, regardant où il mettait les pieds, attentif aux serpents et à toutes choses rampantes, retournant souvent vers la plage pour s'assurer que quelqu'un ou au moins la digue était toujours en vue. Il découvrit des nids ici et là, mais pas d'œufs dedans. Pas d'oiseaux non plus. Peut-être que ce n'était pas la saison. Il ne voyait pas non plus beaucoup d'oiseaux voler alentour.

Il avait *tellement* soif! Avaler lui faisait mal. Il ne voulait pas déglutir mais ne pouvait s'en empêcher. Il mâcha des feuilles pendant un moment, mais elles étaient amères et ne semblaient pas lui faire du bien.

Là où il était, derrière la plage, les buissons étaient durs, piquants et secs. Plus loin, où les marais d'eau salée s'étendaient, ils s'éclaircissaient. Mais il avait peur et n'osait pas s'aventurer dans cette direction. S'il y avait des œufs d'oiseaux là-bas, ils y resteraient. Il aurait, de loin, préféré aller pêcher avec Colin.

Colin avait fabriqué des sagaies, empruntant la hachette de Jan pour les aiguiser. Elles avaient bel aspect tant qu'il n'avait pas essayé de s'en servir. Il n'arrivait pas bien à les lancer mais en prit quand même une poignée et se dirigea vers la jetée en escaladant prudemment les rochers. Les eaux tropicales fourmillaient de poissons, c'était bien connu. Des requins, des vaches marines, des raies et des mérous, à vrai dire tous un peu gros pour des lances en bois. Ça devait faire une drôle d'impression d'avoir au bout de sa lance un mérou de six cents livres. Ou bien une grosse tortue, sauf que la sagaie rebondissait dessus, bien sûr. C'était stupide d'être nerveux à cause de ces poissons, mais il espérait presque ne pas en voir du tout, car ils risquaient d'être capables de ne faire qu'une bouchée de Colin.

La marée montait encore vigoureusement et Colin était trop faible pour avoir le pied sûr. Peut-être plus tard. Peut-être lorsqu'il aurait repris des forces, il oserait se montrer brave. Alors, il se posterait, comme il avait vu les aborigènes le faire, sur la pointe des pieds, au bord de l'eau, la lance vibrante tenue bien haut.

Des coquillages de différentes sortes étaient accrochés aux rochers, comme cloués dessus et il commença à taper sur eux, presque honteux, pour les détacher. Mais il avait l'impression que tout cela était bien futile. Que feraient-ils avec ces horreurs? Les manger crues?

Bruce, trop mal en point et découragé pour se joindre aux autres, s'était mis à rassembler des rochers et à les arranger en S.O.S. Au bout d'un moment, cependant, il se dit qu'il avait choisi le travail le plus dur. Il continua néanmoins à faire la navette, à monter et descendre, formant d'énormes lettres d'un mètre de large. Il était presque en transe.

Jan avait transporté toutes les choses de valeur à trois cents mètres plus près du promontoire et tentait encore une fois de faire fonctionner la radio, cherchant de la musique, la voix d'un speaker. En vain. Elle eut envie d'installer leur camp dans un endroit abrité, sous les arbres et, en fait, commença à nettoyer un espace avec la pelle, jusqu'à ce qu'elle admette que leur survie dépendait, sans nul doute, de leur capacité de voir et d'être vu, comme avait dit Gerald. Gerald avait passé pas mal de temps à souligner ce point, même si Jan n'était pas entièrement d'accord. De toute façon, sous les arbres, il y avait des fourmis et des mouches, des millions de mouches, tandis que la plage était relativement libre de ces insectes tenaces. Elle choisit donc un endroit sur le sable et se crut obligée de le délimiter en traçant des lignes à l'aide de la pelle. Une porte d'entrée et une porte de derrière, une salle à manger-salon, une chambre pour les filles, une pour les garçons et une cuisine. Elle pensa que, plus tard, elle pourrait ajouter un garde-manger (lorsqu'ils auraient quelque chose à mettre dedans) et d'autres chambres, une entrée, un solarium, etc. Elle en ferait une véritable résidence, avec plusieurs salles de bain, des escaliers en marbre et toutes sortes de choses. Un palais, comme dans les films. Puis elle s'en voulut de son infantilisme et les larmes lui montèrent aux yeux. Elle détourna la tête pour que Bruce ne s'en aperçoive pas, parce qu'il passait constamment près d'elle, grognant, traînant les pieds, une pierre dans les bras, contre sa poitrine, tel un jeune primate décidé à tuer.

Dans la cuisine, elle construisit un âtre avec des pierres et alla ramasser des brindilles pour le feu. Elle revint avec tant de petit bois qu'elle en utilisa une partie pour mieux séparer ses pièces, enfonçant les plus grands verticalement dans le sable pour faire des murs. Sa mère aurait attendu d'elle qu'elle fasse tout le plus correctement possible, sans se laisser aller. Puis elle s'en voulut encore une fois et les larmes revinrent, parce qu'il semblait y avoir tant de complications, qu'elles lui chaviraient le cœur.

Elle s'accroupit devant l'âtre et le contempla, contempla l'herbe sèche et les brindilles soigneusement disposées, selon la meilleure technique scoute. Il y avait un hic, cependant. On mesurait l'habileté d'une guide à sa capacité d'allumer un feu avec une seule allumette, pas sans allumette du tout. Certains indigènes frottaient des bâtons l'un contre l'autre, d'autres faisaient tourner entre leurs mains un bâton contre un autre, d'autres encore frappaient des pierres pour produire des étincelles.

Jan continua à fixer l'âtre jusqu'à ce que la scène se brouille devant ses yeux. Ses lèvres aussi, avaient commencé à gonfler. A ce moment-là, Mark fit son apparition, les mains vides. Jan ne s'aperçut pas de sa présence et il ne lui dit pas un mot. Il éprouvait un sentiment de culpabilité parce qu'il avait été tellement certain de ramener des tas et des tas d'œufs. Il n'avait trouvé qu'une vieille bouteille, une très, très vieille bouteille, qui avait dû contenir de l'alcool ou un médicament. Le verre était épais, tout craquelé et vert foncé. Peut-être les autres allaient-ils être furieux parce qu'il n'avait pas un seul œuf. Colin comprendrait, Jan aussi. C'était Gerald qui l'inquiétait. Mark ne saisissait pas ce qui était arrivé à Gerald. Il était devenu très autoritaire, tout d'un coup.

Puis Jan l'aperçut.

– Hello, dit-elle, comme si sa voix venait de très loin.

– Hello, fit Mark.

– Pas d'œufs?

– Non, aucun. Mais j'ai trouvé une bouteille par contre. Tu crois que je devrais y retourner ?

Jan se tourna à nouveau vers son tas d'herbe et de brindilles et se demanda si, par hasard, le feu n'allait pas descendre du ciel si elle priait assez fort.

– Pas de feu non plus, soupira-t-elle.

Et elle se mit à frotter des bâtons l'un contre l'autre, parce que, en présence de Mark, elle devait au moins essayer.

– Une bouteille ? dit-elle. Quel genre de bouteille ?

– Une très vieille, tu vois. Vieille comme le temps.

Ce n'était pas ce que Jan avait espéré. Elle avait espéré une belle bouteille bien claire qui aurait pu servir de loupe et, grâce au soleil, allumer le feu.

– Tu es en train de faire une maison ? dit Mark.

– Oui.

– J'aime. C'est une bonne idée. Tu veux que j'aille ramasser du bois pour les murs ?

– Tu le ferais ?

– Bien sûr. Ton idée est superbe.

Elle déposa les bâtons et se dit : « Il faut que j'allume ce feu. Il doit y avoir un autre moyen. »

Gerald revint du promontoire en traînant quelque chose derrière lui, qu'il hissa bruyamment sur les rochers jusque sur la plage. Bruce, allongé sur le dos, s'assit immédiatement et le vit.
– Qu'est-ce que c'est? cria-t-il.

Et Colin, là-bas sur la jetée, qui regardait dans leur direction, se posait la même question.

Bruce se dirigea vers lui en boitant. C'était une partie de l'aile de l'*Aigrette*.
– Mince alors! s'exclama Bruce. On ne peut pas manger *ça*!
Gerald avait l'air épuisé.
– J'ai cherché partout, dit-il. C'est une île tout à fait spéciale. Il faut qu'on devienne chenille, tu sais, comme a dit Jan. Il n'y a rien à manger à part les feuilles des arbres.
– Et les tournesols.
Gérald fit la grimace.
– Ce n'est qu'un sale désert. Pas d'animaux, rien. Je ne comprends pas.
– Pourquoi as-tu rapporté ce bout d'aile?
– Pour faire des assiettes, ou des récipients pour porter de l'eau. Si on détache les feuilles métalliques, on pourra facilement les tordre et leur donner la forme qu'on

veut. Mais je ne comprends pas pourquoi il n'y a pas d'eau aux alentours.
– Jan a dit la même chose.
– Le sol est peut-être trop sablonneux. L'eau doit s'enfoncer très profond. A cette époque de l'année, il devrait y en avoir, par ici. Quand il pleut dans cette région, c'est par baquets.

Bruce haussa les épaules.
– Tu sais, c'est carrément le bout du monde.
– Mais les aborigènes? De quoi vivaient-ils?
– Personne n'a dit qu'il y en avait eu ici. C'est peut-être un de ces endroits où la terre est vraiment mauvaise, tu sais.
– Mais les arbres? Et l'herbe?
– Les arbres, ça pousse partout si on leur en donne le temps. L'herbe aussi. Il y a même des arbres qui poussent en Australie centrale. Et là-bas, il pleut une fois tous les mille ans. Tu ne crois pas qu'on devrait commencer à construire ce radeau?

Gerald parut troublé.
– Ou bien on pourrait faire le tour de l'île. Ça a l'air assez grand, Gerald. C'est peut-être beaucoup mieux un peu plus loin.
– Je crois que le fait même que ce campement existe prêche contre cette idée. Ils ont certainement bâti leur camp au meilleur

endroit possible. De toute façon, je t'ai déjà dit qu'on ne pouvait pas.

– Mais tous les autres disent qu'on devrait. Et si on ne bouge pas d'ici rapidement, on n'en sera bientôt plus capable. Nous devons penser à Jan et Colin. Ils ont été terriblement malades, hier.

Gerald fit la grimace.

– Ils ont tout vomi! Ils doivent se sentir plus mal que nous. Et il faut absolument qu'on trouve de l'eau.

– Tu crois qu'on pourrait boire la mer?

– *Toute* la mer?

– Oh, grandis un peu!

– On ne peut pas boire de l'eau de mer, Gerald, tu le sais bien. Ça rend malade ou fou ou autre chose. Je crois qu'il faut qu'on aille voir ailleurs, ou bien qu'on se mette à ce radeau. Pendant qu'on le peut.

– Construis-en un petit, si tu veux, et pousse-le à la mer avec un message accroché dessus. Ça pourrait être utile.

Bruce grogna.

– Ce n'est pas une mauvaise idée, après tout, dit Gerald qui s'échauffait. Écris le message sur un mouchoir ou quelque chose. Sur un mouchoir de Carol avec son rouge à lèvres. Mieux encore, fabriques-en une demi-douzaine avec chacun un message.

– Ouais, et puis on aura plus qu'à patienter cinquante ans jusqu'à ce que quelqu'un en trouve un.
– Si tu commences à prendre cette attitude…
– C'est pareil que ce que tu dis à propos du radeau, Gerald. Vrai. Il faut qu'on le construise !
– Non !
– Mais pourquoi, pour l'amour du ciel ?
– Je te l'ai déjà expliqué.
– Écoute, tous ces discours sur notre mort ne sont pas si stupides. Combien de temps peut-on survivre sans eau alors qu'il fait aussi chaud ? Pas très longtemps. Pas assez longtemps pour que des messages parviennent de l'autre côté de l'océan. Voyons, Gerald, on peut être morts demain.
– Où est Carol ?
– Oh, je ne sais pas.
Gerald tira l'aile d'une secousse et Bruce le suivit.
– On peut être morts demain.
– Je sais, je sais, gémit soudain Gerald.

Carol, un gros bâton à la main, s'était enfoncée vers l'intérieur des terres en évitant les marais. Le bâton avait un nœud à l'un des bouts comme une canne à l'ancienne mode. Elle avait peut-être marché trois kilomètres. Elle ne s'était pas arrêtée avant d'être certaine que les autres ne la voyaient plus et qu'ils ne la découvriraient pas s'ils la cherchaient. La terre était encore sablonneuse, même aussi loin de la plage, et ondulait sans fin. Mais ces ondulations étaient rarement assez prononcées pour raccourcir sa visibilité. La végétation était peu fournie et fragile, et il ne lui fut pas difficile de s'aménager un espace où s'allonger sur le sol dégagé, après avoir pris la précaution d'inspecter les lieux. Une ou deux fois, en regardant derrière elle, elle avait aperçu Gerald ou Mark, mais plus depuis un moment. Alors, elle s'étendit de tout son long par terre, ferma les yeux et attendit.

Elle tenta d'évoquer les années où elle n'était pas encore née, cent ans, deux cents ans plus tôt, jusqu'à l'histoire non écrite, avant l'arrivée des Blancs. C'était une image qui se formait assez facilement. En différents endroits, elle avait vu les éléments qui composaient cette image. Il suffisait pour elle de les rassembler. Et d'écouter.

Le vent parlait. Les feuilles parlaient. Même le sol parlait. Elle entendait un battement sourd dans la terre qui ressemblait à un lent pouls humain. C'était probablement la mer sur la plage. Ou bien est-ce que la terre avait un cœur, un gros cœur éclatant, tout en bas, très profond ? Elle pensa aux hommes noirs, aux femmes noires, aux enfants noirs qui dormaient sous la terre. Elle pensa à Jim sous la terre. Elle entendit des voix et des soupirs et le tapotement de pieds nus. Pas de vrais pieds, des pieds de fantômes. Même les années qui reculaient possédaient un son qui leur était propre, comme des roues qui tournaient, comme des roues déjà lointaines, qui s'éloignaient de plus en plus.

Au bout d'un moment, dix minutes ou peut-être des heures, un déclic se produisit dans sa tête. Elle se réveilla. Le soleil ne lui brûlait plus le dos. La morsure de la chaleur avait disparu mais tous les bruits étaient là, au-dessus d'elle et en dessous, et elle se sentait différente, sans erreur possible. Confortablement installée, comme si la terre était devenue un lit de plumes. Reposée et détendue.

Elle ouvrit les yeux presque languissamment, la terre contre sa joue, du sable dans sa bouche, le vent dans ses cheveux. Ses cheveux qui étaient retombés sur ses yeux, brouillant sa vision, prêtant aux buissons autour d'elle un halo doré qui ne leur appartenait pas. « Je suis toujours blanche, se dit-elle, comme si elle n'eût pas été surprise de voir ses cheveux être devenus noirs. Est-ce que je sais à présent où déterrer des racines? Dois-je me lever et trouver de l'eau? Est-ce que c'est arrivé? »

Elle ne s'en rendait pas compte, mais une rêverie l'enveloppait. Elle était tout engourdie. Et confortable. Elle eut l'impression d'être une plante qui avait poussé du sol, un arbre peut-être.

Une paire d'yeux, des yeux en boutons de bottine, la fixaient. Deux paires d'yeux, au bout de deux longs cous oscillants. Quatre longues pattes. Elle se raidit, tendue, nerfs et tendons rigides.

Des émeus. De gros émeus.

Cela faisait partie de l'émotion, bien sûr, partie de l'image qu'elle s'était composée. Mais elle ne bougea pas, ne remua pas un cil et joua son rôle.

Où était le bâton? Pouvait-elle se montrer plus rapide qu'eux? Pouvait-elle assommer un oiseau plus grand qu'elle, que cet oiseau soit imaginaire ou réel?

« L'émeu est un curieux oiseau. » Elle avait entendu ça quelque part. « Lorsqu'il voit quelque chose qu'il n'a jamais vu, il reste immobile, à l'observer. »

Carol commença à trembler intérieurement, d'étonnement surtout. Les émeus étaient bien là. Elle songea : « C'est peut-être comme ça que font les Noirs. Ils se tiennent tranquilles, silencieux, dans un endroit et ils attendent. Peut-être qu'on ne trouve pas les animaux quand on les cherche. Peut-être qu'il faut attendre qu'ils vous trouvent. »

Le bâton n'était pas loin. A portée de main, si elle était rapide comme l'éclair.

Puis elle se dit : « Ça ne sert à rien de l'assommer. Il faut que je le tue. Est-ce que je vais pouvoir tuer un émeu ou bien va-t-il se défendre ? Et comment puis-je le tuer ? Et l'autre ? Il peut m'attaquer. Si je vise une patte et qu'il tombe, je devrai l'achever en lui tapant sur la tête. Il faudra taper longtemps, comme ces horribles gens lorsqu'ils tuent les kangourous qui se débattent et crient. Oh, les pauvres bêtes ! Et après, ils les laissent sur le sol ensanglantées, mourantes, secouées de spasmes. »

Elle se dit encore : « Et après, il faudra que je le traîne jusque là-bas. Si je ne peux pas, ce n'est pas très important. Les autres viendront m'aider. Ils diront : " Comment as-tu fait, Carol ? " Et je dirai... je dirai que j'étais fatiguée, que je me suis endormie et que, lorsque je me suis réveillée, ils étaient là. Que je me suis levée et que j'en ai tué un. " Mince ! toi, Carol ? " – " Il le fallait bien. C'était de la viande, de la nourriture. C'était notre vie ou la sienne. " »

Elle commençait à avoir froid et peur. Mais sa crainte ne provenait pas des oiseaux. Elle avait peur de sa maladresse; elle n'était pas faite pour ça. Elle n'avait jamais été une athlète. Elle était maladroite dans tous les jeux et n'avait jamais su envoyer un ballon correctement. Elle ne pouvait certainement pas égaler un émeu en rapidité et en force, un émeu capable de courir comme le vent et de vous déchirer avec des griffes aussi grosses que des marteaux.

La respiration saccadée, tremblante, elle scrutait à travers ses cheveux blonds un buisson doré couronné de deux oiseaux géants.

C'était inutile. Elle ne pouvait pas le faire. Il fallait les laisser s'échapper.

Mais alors, les autres lui diraient : « Comment, Carol! Tu n'as même pas *essayé*! Oh, voyons, Carol, toute cette viande! On aurait pu vivre là-dessus pendant une semaine! »

D'un geste frénétique, elle tendit la main vers le bâton et bondit sur ses pieds. A cet instant, les oiseaux s'ébrouèrent et se redressèrent atteignant un mètre quatre-vingts de haut.

Elle lança le bâton noueux de toutes ses

forces mais manqua son but de plusieurs mètres et, en quelques secondes, les oiseaux s'enfuyaient à longues enjambées élastiques.

Elle les, regarda s'éloigner, furieuse, humiliée, jusqu'à ce que les buissons redeviennent vides et silencieux. Elle demeura là un très long moment encore.

Mark arriva en vacillant, portant une brassée de bois deux fois sa taille.

– Pour l'amour du ciel! s'exclama Gerald, qu'est-ce que tu comptes faire avec ça? Une maison pour le petit cochon?

Mark mit le bois en tas.

– Tu as attrapé un cochon?

Gerald jeta un coup d'œil entendu à Bruce, puis fronça les sourcils en direction de l'aile qu'il avait tirée jusque-là.

Colin revenait aussi, apparemment chargé de coquillages. Il n'arrêtait pas de les faire tomber et les ramassait lentement.

– Des moules, je pense, dit Bruce. Ça fait des heures qu'il s'acharne à les détacher.

– Je ne sais pas ce qu'on aurait fait d'un cochon, dit Mark. Du porc cru, ça doit être infect... Mais la maison est superbe, hein, Gerald?

– Si elle avait un toit.

– Eh bien, ça, elle ne l'aura pas, grogna Bruce. Il faut éviter d'user la hachette et la réserver pour les choses importantes.
– Comme quoi? piailla Mark.
– Comme le radeau.
– Mince, alors! dit Gerald, tu as la tête dure!

Malgré son ton énergique, il ne se sentait pas la force d'aborder encore le problème et préféra franchir le seuil de bâtons de Jan. Il avait peur de cette idée de radeau parce qu'il savait qu'il était de son devoir de la combattre et qu'il n'était plus le chef incontesté. Ils étaient trop nombreux contre lui. La seule arme qu'il possédait était l'argumentation, et il ne brillait pas dans ce domaine. Bert, par exemple, le chauffeur de taxi, lui embrouillait facilement les idées et, à cet instant, il y avait quelque chose de Bert dans Bruce. Cette même façon de discuter qui faisait perdre à Gerald tous ses moyens. (« Ne t'approche pas d'eux », avait dit son père). Gerald tourna donc le dos au problème et rejoignit Jan devant son âtre avant de se rappeler qu'elle possédait, en plus marquée encore, cette même tendance.

Elle leva les yeux, rouge et échevelée, entourée de sa collection de bâtons qui ne voulaient pas brûler.

– Rien à faire, dit-elle, haletante. Quel truc pourri ! Ça ne veut pas prendre et j'ai tellement mal aux mains. (Elle lui montra ses mains, exposant plusieurs ampoules dont l'une avait éclaté.) Voilà des heures que j'essaie.

Elle avait les larmes aux yeux et, Gerald, embarrassé, se dit qu'il aurait mieux fait d'aller ailleurs.

– Si on ne peut pas allumer de feu, Gerald, il vaut mieux partir d'ici. On ne peut pas manger cru. Nous ignorons de quoi sont morts ces gens. Ça vient peut-être du sol et il faudra bien faire bouillir l'eau si jamais on en trouve. Il faut allumer un feu ou construire un radeau. C'est l'un ou l'autre. Pendant que nous en avons encore la force.

Même lorsqu'ils ne recherchaient pas la bagarre mais plutôt de la sympathie, ils finissaient toujours par le même refrain, alors que l'attention de Gerald n'était pas entièrement concentrée sur Jan : il considérait le petit flacon de parfum, appartenant probablement à Carol et qui, visiblement, n'avait pas été plus utile que tout le reste, les différentes sortes de bois, les bâtons plats et les creux, les mous et les durs. Même la bouteille verte, qui avait l'air si vieille qu'elle aurait pu sortir de l'arche de Noé.

– Où as-tu déniché cette bouteille? demanda-t-il.

Jan soupira.

– C'est Mark qui l'a ramenée.

– Il y en a peut-être d'autres?

– A quoi peuvent-elles nous servir, grands dieux!

– Pour les messages, voyons, Jan. Pour les messages! Il y a peut-être des douzaines de bouteilles. Ce serait mieux que n'importe quel radeau. On pourrait faire un circuit autour de l'île et les jeter à la mer tous les deux ou trois kilomètres. On pourrait les envoyer dans toutes les directions.

Colin survint alors, desséché par le vent, brûlé par le soleil, rose de la tête aux pieds – pantalon rose et peau rose – Bruce et Mark sur les talons, Mark disant : « Eh ben mon vieux, tu vas souffrir! » Il laissa tomber un tas de coquillages à ses pieds en déclarant :

– En tout cas, on ne va pas mourir de faim. Qu'est-ce que nous avons d'autre?

– Rien, dit Gerald. A moins que Carol ne rapporte quelque chose.

– La barbe! s'écria Colin. Rien du tout?

– Pas un seul truc, marmonna Bruce. C'est vraiment fou de rester ici. On ne peut pas

vivre de ces machins-là. C'est comme de manger des limaces ou pire encore. Ils sont probablement empoisonnés.
– Des coques? Empoisonnées?
– Qui a dit que c'était des coques?
– Moi. Ça y ressemble, non?
– Je ne sais pas. Je n'ai jamais vu de coques sauf dans une bouteille.
Gerald dit :
– Mark a trouvé une bouteille. N'est-ce pas, Mark? On devrait mettre un message dedans et la lancer à la mer. (Les yeux de Mark s'allumèrent). Et demain, nous irons voir s'il n'y en a pas d'autres.
– Formidable, dit Mark avec enthousiasme. Formidable!
Jan fit la grimace :
– Nous ne serons plus là demain, si on me demande mon avis, dit Bruce. Et Colin est du même avis, n'est-ce pas Colin?
Colin prit un air gêné.
– Dans un sens, dit-il. Je suppose...
Puis il s'assit et se mit en devoir d'ouvrir les coques avec la hachette.
– Ne me laisse pas tomber comme ça! s'exclama Bruce, indigné.
– Je ne te laisse pas tomber. Tu sais ce que je pense. On devrait partir, mais... Bon Dieu, on peut imaginer un tas de choses! Et si on dérive vers le large?

– On ne va pas recommencer! hurla presque Bruce. Si on se met à envisager tout ce qui peut nous arriver, on peut être coincés ici jusqu'à pourrir sur pied.
– C'est mieux que de pourrir au fond de l'océan. (Gerald espérait avoir l'air grave, mais il y avait dans sa voix plus de crainte que de résolution.) Je ne sais pas pourquoi tu es si têtu. Ce serait terrible, Bruce. Et c'est si stupide.
– Je ne vois pas ce qu'il y a de stupide à essayer de sauver notre peau.
– Cessons de nous disputer, dit Colin nerveusement. Ça n'en vaut pas la peine. Nous sommes amis, pas ennemis.
– Ouais, approuva Mark. Pourquoi on se dispute tout le temps?
– On ne se dispute pas, répliqua Bruce d'un ton sec. On discute de choses sérieuses.

Colin soupira. (N'importe quoi pour une vie tranquille).
– Eh bien, je ne vois pas ce qu'il y a de mal à mettre un message dans une bouteille. Et toi, Jan?

Jan repoussa les cheveux de ses yeux avec un geste de petite fille et s'absorba dans la contemplation de ses mains comme si elles présentaient un intérêt extrême.
– Inutile de réfléchir là-dessus, dit Gerald. C'est une question de bon sens.

Bruce prit une rapide inspiration, mais Jan parla.

– Je suppose qu'il vaut mieux. Oui, je suppose qu'il vaut mieux. On ne sait jamais. Peut-être que des pêcheurs de perles ou de crevettes ou quelqu'un d'autre la trouveront. Il doit bien y avoir des bateaux, sur cette mer.

Au fond, ça lui était un peu égal. Elle était beaucoup trop consciente de son propre inconfort. Qu'ils avaient en fait écouté son avis, elle ne le réalisa pas avant que l'activité qu'ils déployèrent ne rende la chose évidente. Ils avaient étendu un mouchoir sur la valise et Gerald était en train d'écrire le message avec le rouge à lèvres de Carol. Ils avaient suivi son avis ! Son avis *à elle* avait réglé la question ! Oh, mon Dieu, tout n'allait pas dépendre d'elle, maintenant !

Gerald écrivit : SOS. DIGUE DE MOLINEAUX. Il n'y avait pas assez de place pour inscrire autre chose. Ce n'était pas commode de tracer de petites lettres qui soient bien lisibles. Dans un sens, Gerald avait essuyé un échec, mais il faisait contre mauvaise fortune bon cœur.

– Ça ira, dit-il, et il leva le mouchoir pour une inspection générale.

– Un vrai S.O.S., siffla Mark, qui n'avait qu'une hâte : lancer la bouteille à la mer.
– Qu'importe ce qu'on écrit, dit Bruce. Personne ne le lira jamais.

Gerald émit un bruit d'impatience et introduisit le mouchoir dans la bouteille, puis il enfonça de force un bâton court dans le goulot et le tourna, abîmant le bois.
– L'eau va faire gonfler le bois, dit-il, la bouteille sera bien scellée.
– Ouais, murmura Bruce. Ou bien elle se cassera.
– Oh ! Bruce, dit Colin.

Bruce ne savait pas très bien que faire de lui-même.
– Je regrette, je ne veux pas jouer les trouble-fêtes... mais, vraiment, je ne vois pas comment on va survivre jusque-là. On est beaucoup trop loin des terres habitées. Il faut qu'on s'organise.
– C'est ce qu'on essaie de faire, dit Gerald. Qui vient ?

Mark fut immédiatement à ses côtés.
– Je peux la porter, Gerald ? Je pourrai la jeter ?

Gerald aurait voulu le faire lui-même, mais il donna la bouteille à Mark et, un par un, ils se dirigèrent vers l'eau, même Bruce et Jan.

– Souriez un peu, dit Gerald. O.K., Mark, vas-y !

Ils observèrent la bouteille qui dansait au gré de la marée qui commençait à descendre. Mais ce n'était pas exactement un moment rempli d'espoir. L'océan paraissait si grand et la bouteille si petite. Et le monde chaleureux des gens, des parents, des places, des rues et de la circulation leur semblait encore plus distant que les étoiles.

16. La règle d'or

La lumière sur la plage avait commencé à changer. Même les feuilles des arbres rougissaient comme si on les avait trempées dans une teinture orangée.

Cela aurait pu être de la poussière encore en suspension dans l'air, après l'orage de la veille dans le sud, ou peut-être de la fumée se dégageant de volcans qui couvaient au large. De la fumée aurait pu être poussée jusqu'ici par la fin de la mousson. Ou peut-être que c'était un phénomène particulier à l'île de Molineaux. Peut-être que c'était comme ça tous les soirs.

Mais ça vous donnait la chair de poule, dit Mark. C'était une lumière qu'on aurait pu s'attendre à trouver dans un lieu, vaste et élevé, hanté par les fantômes, où habitaient des créatures pas tout à fait humaines. C'était une magnifique lumière mais pas naturelle, pas comme une lumière devait être.

Ils parlèrent de prendre un bain pour se rafraîchir, espérant que le fait de plonger leur corps dans l'eau soulagerait un peu leur soif. Les garçons, abandonnant la plage directement devant eux à Jan, allèrent de l'autre côté du promontoire. Jan semblait désirer qu'ils agissent ainsi et elle eut droit à un coup d'œil glacial de Bruce qui lui dit :

– Oh, tu exagères, sœurette!

Ils s'éloignèrent donc et en descendant les rochers, découvrirent quelques poissons égarés dans des flaques d'eau, des petits poissons aux couleurs éclatantes, aussi vifs que du mercure, qu'ils réussirent pourtant à attraper avec force gestes désordonnés et hystériques.

– Tu crois qu'on peut les manger? dit Mark.

– Ne sois pas bête!

– Ils ont les dents noires, observa Mark. Regarde.

La marée s'était retirée et la mer était plus calme. Au loin, elle paraissait vitreuse, se faisant le miroir étincelant des rayons obliques du soleil couchant. Cela donnait l'impression que l'eau était chaude, comme un mur de lave incandescente, comme si de la vapeur, des fumerolles et des flammes léchaient la grève.

Mark ne savait pas nager. Ni Carol. Mais Carol n'était toujours pas de retour. Mark s'assit dans les flaques et s'aspergea et, lorsque personne ne le voyait, il avala une grande lampée d'eau qu'il fit rouler sur sa langue et dans ses joues et qu'il recracha. Il ignorait que les autres avaient fait pareil. Jan en avait même avalé une bonne gorgée. Une seule. Elle éprouva l'envie d'en boire davantage, une envie si forte qu'elle en fut alarmée et qu'elle sortit en courant de l'eau. Dans le domaine de la survie, les autres comptaient sur elle. Non parce qu'elle en savait plus qu'eux, mais parce qu'elle était censée en savoir plus. Bruce aurait dû en savoir autant. Il était scout depuis aussi longtemps qu'elle était guide. Mais Bruce, disait la famille, avait une passoire en guise de mémoire. Lorsqu'il enlevait son uniforme, il cessait d'être un scout. Il prétendait malgré tout se rappeler comment on construisait un radeau.

C'est à cela que Jan se surprit à penser à cet instant : au radeau. Et au continent lointain, et à la bouteille idiote de Gerald, et à *Oliver Twist*, et au poste de radio aussi. Cette petite boîte exaspérante qui contenait en elle tout le vaste monde, la musique, les slogans publicitaires, les rythmes, les voix, tous les bruits familiers et les excitations de l'univers. Cette petite boîte silencieuse qui refusait de faire revivre le monde. Ils s'étaient tous assis autour d'elle pour écouter, attendant qu'elle leur parle, la suppliant presque, la priant d'émettre un son; mais elle n'avait même pas produit un craquement. Jan avait été à deux doigts de la casser en mille morceaux. Peut-être que les autres avaient éprouvé le même désir.

« Ce sont les piles, avait dit Gerald. L'eau de mer. Elle ne marchera jamais... »

Jan songeait à tout cela parce qu'elle avait avalé de l'eau salée et n'avait pas réussi à allumer le feu. Elle avait pourtant essayé et essayé, jusqu'à la panique et la frénésie, jusqu'à se faire horriblement mal aux mains (on aurait dit qu'elle s'était brûlée) – en vain. Elle avait même essayé avec le « verre » de montre de Colin, qui s'était révélé une amère déception parce qu'il était en plastique. Elle avait essayé de faire des étincelles avec des pierres, essayé de prier. Elle avait tout essayé. Mais rien n'avait marché. Le verre de la montre de Gerald aurait pu convenir, mais ils n'étaient pas parvenus à l'enlever.

Et Colin, assis au milieu de ses coquillages, ses misérables coquillages, qu'il avait ouverts avec la hachette...

« Eh bien, il faudra les manger crus », avait-il déclaré.

Et ils les avaient mangés en frissonnant. Et ils avaient eu encore plus soif qu'avant.

« Espérons que Carol aura trouvé quelque chose, avait dit Gerald. Espérons qu'elle va revenir bientôt. »

Il y avait de cela une heure et Carol n'était toujours pas de retour. Ils avaient crié son nom, mais elle n'avait pas répondu. Puis ils étaient allés se baigner.

A combien de kilomètres étaient-ils du continent ? Jan se débattait dans un brouillard de faits dont elle ne se rappelait qu'à moitié. Une centaine de kilomètres, avait-elle dit aux autres, mais c'était une approximation. Cela pouvait aussi bien être deux cents, trois cents kilomètres que vingt ou trente. Peut-être que d'un point de Molineaux, on pouvait apercevoir le continent ? Mais comment le savoir si Gerald les empêchait de partir ? Jan n'avait jamais pris la peine de repérer Molineaux sur une carte. Il n'y avait aucune raison. L'île ne figurait peut-être même pas sur une carte. Il y avait des tas d'îles comme ça. Apparemment inhabitées, sans nom, jusqu'à ce qu'un événement quelconque attire l'attention sur elles et qu'on exhume leur histoire des archives. Même en classe, Molineaux avait seulement été mentionnée en passant. Le professeur avait fait une digression de quelques minutes dans un cours sur les tournesols et autres plantes de ce type.

Pouvaient-ils construire un radeau assez vite pour sauver leurs vies ? Fabriquer une voile et bricoler des pagaies ? Pouvaient-ils situer dans quelle direction était le continent et s'embarquer, disons, demain après-midi, pour voyager surtout la nuit et échapper au soleil ? Il fallait se méfier du soleil. Ses brûlures pouvaient être dangereuses. Colin, qui n'était guère vêtu, était déjà brûlé. Il n'avait pas de cloques, mais il était très rouge. Ils avaient découvert une lotion pour les mains dans les affaires de Carol et l'en avait enduit doucement et généreusement jusqu'à ce qu'il brille comme un lutteur bien huilé. Sauf ses os qui pointaient. Pas du tout comme un lutteur, en fait. Plutôt comme quelqu'un déjà à moitié mort de faim.

Les garçons revinrent, portant leurs petits poissons insignifiants. Quatre garçons en ligne, l'un derrière l'autre. Bruce qui boitait toujours, Mark qui traînait les pieds et Colin qui apparaissait assez frêle pour être emporté par la première bourrasque de vent.

Jan ressentit soudain de l'inquiétude pour Colin. Une brusque et profonde anxiété. Elle était navrée de le voir si mince. Dieu ne s'était pas montré clément envers lui. Ce n'était pas juste qu'il soit si maigre alors que Bruce était si solidement bâti et Gerald si robuste. Et, dans son imagination – comme ça, sans avertissement – elle vit le temps passer, elle vit les jours s'écouler et ce que les garçons seraient dans une semaine. Il n'y en avait plus que trois. Colin n'était plus parmi eux. Puis, elle vit la procession réapparaître et un autre manquait encore. Mark. Puis il ne resta plus qu'un seul garçon. Puis aucun. Et même les filles n'étaient plus là pour lcs rcgarder. Pas même Jan.

C'était comme un rêve. Mais ses yeux étaient ouverts. Un rêve aussi précis que ceux qui la terrorisaient la nuit. D'abord quatre garçons, puis trois, puis deux, puis un et puis, plus personne. Et le silence retombant à nouveau sur Molineaux, à l'exception du grondement de l'océan et des cris des mouettes sur la plage. Un endroit mort, encore une fois.

C'était une prémonition, en plein jour. Le

genre de choses dont parlait sa mère. Elle avait *vu* dans l'ave–ir!

Oh, quelle horrible, horrible chose! Non pas qu'ils allaient mourir, mais qu'elle *savait* qu'ils allaient mourir, tous, un par un, jusqu'à ce qu'elle demeure seule. Elle serait la dernière. Etrange, d'être la dernière, d'être toute seule. Et ensuite, il n'y aurait plus personne.

Ou bien est-ce que le message était différent? Le destin lui offrait-il le choix? Le choix de partir ou de rester? Car, s'ils partaient, comment la procession pourrait-elle se réduire? Plus qu'une prémonition, peut-être, était-ce simplement un instant de lucidité, de pensée claire, qui lui avait dévoilé ce que leur réservait l'avenir s'ils restaient?

Dès que Gerald fut à portée de voix – il courait devant les autres –, elle lui cria :

– Nous partons! Je me fous de ce que tu peux dire. Sais-tu ce qui va arriver si l'on reste? Parce que, moi, je le sais! je l'ai vu. Un par un. L'un après l'autre, on va tous mourir. Voilà ce qui va arriver.

– Où est Carol? demanda-t-il. Elle n'est pas encore rentrée?

– Que le diable emporte Carol! C'est de nous tous, dont il s'agit. Si nous restons ici, nous allons mourir.

– Ecoute, Jan, il est six heures moins vingt. La nuit dernière, le soleil s'est couché juste après six heures et il a fait nuit très vite. Bon Dieu, j'étais convaincu qu'elle était rentrée !

– Carol va bien. Tu en fais des histoires pour elle. Elle part toujours toute seule. Elle était seule ce matin et tout s'est bien passé, non ? Il faut commencer à construire ce radeau.

– J'en ai marre d'entendre parler de ce stupide radeau. (Un éclat sauvage brillait dans ses yeux.) C'est Carol qui importe. Elle s'est perdue. Je te parie qu'elle s'est perdue. Vous ne comprenez donc rien ? Radeau, radeau, radeau, c'est tout ce que j'entends !

Puis il jeta un coup d'œil sur les bâtons dans le sable qui délimitaient les chambres et, les indiquant de la main, il dit :

– Continue plutôt de jouer avec Mark ! Faites une maison ! Qu'est-ce qui t'en empêche ? Si tu allumais un feu, ce serait plus utile ! Une guide qui ne sait même pas allumer un feu ! (Il lança les petits poissons, gueule ouverte, à ses pieds.) Cuis-les ! Je vais chercher Carol ! Je vais la chercher ! Tout le monde s'en fout mais pas moi !

Il s'éloigna en courant et elle cria après lui :

– Des poissons immangeables ! Des dents noires ! Du poison. Un garçon, et il ne sait même pas attraper du poisson !

Puis elle perdit le souffle et aurait sangloté si Bruce et Colin n'avaient pas été si proches.

– Du poison ? répéta Colin, en écho.

– Je te l'ai dit, non ? fit Mark.

– Tu veux dire, venimeux, comme des serpents ?

– Non, non, non. Seulement si on les mange. (Jan s'affala sur le sable.) Je n'arrive pas à lui faire comprendre, dit-elle. Il doit bien comprendre qu'il va mourir, si on reste ici. (Puis elle s'adressa à Bruce.) J'ai fait un rêve. En plein jour, Bruce. Nous étions tous morts.

– Pour avoir mangé du poisson ?

– Je ne sais pas de quoi. De soif, je suppose. Je ne sais pas.

– Pas pour avoir mangé des coquillages. J'espère. C'est peut-être de ça que les Saints sont morts. De quelque chose qu'ils ont mangé.

– Si j'étais toi, je ne m'inquiéterais pas de ce vieux rêve idiot, dit Colin. Je ne crois pas que ça fasse de différence. On peut tous deviner ce qui va se produire sans rêve. Moi je dis, si c'est un radeau qu'il nous faut, construisons-le.

– C'est vrai, Colin?
– Ouais. Et au diable Gerald. Si on atteint le continent, on est sauvé.
– Ça pourrait être pareil qu'ici non? dit Bruce. Gerald a peut-être raison.
– Gerald est idiot et toi aussi. Qu'est-ce qui te prend? Après *tout* ce que tu as dit? En face, c'est la baie de Carpentarie, demande à ta sœur, elle te le dira. Et là-bas, il y a tout. De l'eau et tout ce qu'il faut. Ce n'est pas un satané désert comme ici. Il y a des cocotiers et la jungle. Je l'ai vu sur des photos.
– Alors, mettons-nous-y maintenant, dit Jan. Commençons par abattre des arbres. Nous devons quitter cette île le plus vite possible. Ce soir même.

Colin siffla entre ses dents.
– Ça, je n'en sais rien. Je crois que ce serait mieux de déterminer d'abord dans quelle direction est le continent, puis de construire le radeau.
– Très bien, très bien, dit Jan. Mais faisons-le. Traversons l'île et allons de l'autre côté. C'est par là que se trouve le continent, j'en suis sûre.
– Pourquoi en es-tu sûre?
– A cause de la manière dont nous sommes arrivés ici. Au-dessus de l'eau. Nous n'avons pas vu de terre.

– On ne peut pas partir sans Gerald et Carol, quand même.
– Laissons-les ici, grogna Jan. Ça leur fera le plus grand plaisir. Ils pourront se tenir la main tout le temps.
– Quel caractère! dit Colin. (Elle le décevait avec ses humeurs.) Tu dis parfois de ces choses!
– Ils sont toujours en train de glousser comme un couple de pigeons. C'est dégoûtant.
– Tu exagères, Jan. Ce n'est pas vrai. Tu es jalouse ou quoi?
– Jalouse! s'écria-t-elle d'une voix aiguë. *Jalouse*! Je ne voudrais pas qu'on me voit morte avec lui, l'imbécile!
– Quel dommage qu'on ne puisse pas manger ces poissons, sœurette. Tu ne pourrais pas te tromper, par hasard?

Gerald aperçut Carol au loin. Il avait couru à travers la brousse dans toutes les directions en criant son nom et puis, soudain, elle était là, agenouillée dans le creux d'une dune.

Il fut si surpris qu'il s'arrêta net. Elle fouillait le sol, industrieusement, avec un bâton. Il n'aima pas la manière dont elle le faisait. C'était étrange. Mais il ne put se résoudre tout de suite à l'interrompre.

D'une certaine façon, il avait l'impression de briser son intimité.

Au bout d'un moment, il s'aventura plus près, encore gêné parce qu'elle semblait si loin de lui, complètement étrangère. Que diable pouvait-elle bien fabriquer?

– Carol! appela-t-il.

Elle sauta vivement sur ses pieds, laissa tomber le bâton, brossa sa robe froissée d'une main agitée. Puis elle leva les yeux, l'air désorienté.

– Que se passe-t-il? (Il se dirigea vers elle.) Qu'est-ce que tu fais?

Il l'avait prise au dépourvu. Pour la première fois, il la voyait sans défense. C'était une personne tout à fait différente. Quelqu'un de jeune, petit, vulnérable. Il la reconnaissait à peine.

– Je ne fais rien, dit-elle, et elle détourna la tête.

– On s'inquiétait. Il est tard. Il est six heures.

Puis il vit sur le sol, non loin de l'endroit où elle creusait, une pile de petits fruits, de noix et de racines gonflées de jus, et même un lézard mort.

– Qu'est-ce que c'est que ça?

Elle fixait ses pieds.

– Des choses.

– A manger?

– Je crois.

Il examina le petit tas avec attention, comme s'il doutait de sa réalité.

– Ça se mange?

– Pourquoi pas?

– Mais où les as-tu trouvés, pour l'amour du ciel?

Elle fit un curieux bruit accompagné d'un geste de la main, presque d'excuse.

– Tout autour.

– Mais *comment*?

Elle se mit à bégayer, puis garda le silence.

Il enleva sa chemise, plaça le tas dedans et la referma pour en faire un baluchon.

– Rentrons, tu veux? dit-il.

Elle hocha la tête, prit la main qu'il lui tendait et marcha à côté de lui.

Après quelques pas, il demanda :

– Comment as-tu fait pour trouver ça? Je veux dire, c'est ce que mangent les Noirs, non?

– Ça signifie que tu n'en mangeras pas, je suppose?

Elle avait le souffle court et tira sur sa main pour la dégager.

– Bien sûr que je vais les manger. Quelle drôle de réflexion!

– Qu'est-ce qu'elle a de drôle? Tu hais les Noirs. Tu te moques toujours d'eux.

Il lâcha sa main alors, comme une brique chauffée à blanc.

– Ce n'est pas vrai !

– Tu dis qu'ils sont sales.

– Non !

– Si !

– Qu'est-ce que ça peut te faire, de toute façon ? Ce ne sont pas tes oignons.

Elle continua à marcher et il la poursuivit.

– Qu'est-ce qui te prend, Carol ? Je veux dire, si les gens sont sales, ils sont sales. Blancs ou Noirs. Ils sont simplement sales. On ne devrait pas être sale.

– Tu es sale. Regarde-toi, dit-elle.

Il en fut complètement abasourdi.

– Je ne suis pas sale. Je suis propre. Je viens de me laver dans la mer. Je suis propre.

– Tes vêtements sont sales.

– Ce n'est pas ma faute. Je n'ai rien pour me changer.

– Je suis sale.

Il ne comprenait plus et se sentait malheureux.

– Je n'ai pas dit que tu étais sale. Tu déformes tout ce que je dis. Voyons, tu n'es pas sale, tu es la plus jolie fille que je connaisse.

– Je suis sale, collante et je sens mauvais.

Les mots qu'il cherchait ne lui venaient pas et son visage se crispa de désespoir.
– J'ai fouillé le sol, comme une Noire, sur mes genoux, avec mes mains.

Il éclata.

– Eh bien, qu'est-ce que ça peut faire? Je ne saisis pas où tu veux en venir. Tu n'es pas noire, non? Et ça me serait égal, si tu l'étais.
– Je parie que non.

Elle passa devant, s'éloigna de lui et il ne fit aucun effort pour la rattraper. Elle avançait dans le soleil couchant, silhouette noire auréolée d'or.

Il ne saisit pas le côté symbolique de cette silhouette.

Sur la plage, ils étaient prêts à partir.
– Les voilà! brailla Mark.

Et il courut vers les autres. Mark était content de faire quelque chose. (Il n'avait pas été particulièrement séduit par l'idée de mourir.) Mais il aurait bien emporté la maison avec lui. Il avait été jusqu'à séparer nettement la chambre des filles de celle des garçons par un écran dense de bâtons.
– Je les vois, mais ils ne marchent pas ensemble.
– Ne me dites pas qu'ils se sont disputés, dit Jan.

Ils ne relevèrent pas son commentaire. La langue de Jan était, à cet instant, trop déliée pour qu'on lui réplique.

– C'est bien entendu, n'est-ce pas ? dit-elle. Il n'y a rien à ajouter. Nous partons. Même s'il n'est pas d'accord, nous partons.

– Ouais, dit Colin. Mais de là à dire qu'il faut partir tout de suite... (Il haussa les épaules.) Il faut qu'on aille le plus droit possible et il commence à faire nuit. Peut-être devrions-nous attendre la lune.

– Il y aura les étoiles, dit Jan. Et la lune va se lever. Si nous voulons sortir d'ici vivants, il faut qu'on soit de l'autre côté demain matin. L'île ne doit pas être large de plus de quinze kilomètres. Peut-être moins.

– Je l'espère, grogna Bruce. J'espère que ce n'est pas cent.

– Il n'y a pas une île dans le golfe qui fasse cent kilomètres. Ce sont toutes de petites îles. A part Groote Eylandt et Mornington Island, ce sont des têtes d'épingle.

– Cette île ne me paraît pas si petite. Et tu n'as pas une cheville abîmée comme moi, sœurette.

– Ne remets pas ça, dit Jan. Ou bien on va se demander dans quel camp tu es.

– Il n'y a pas de camp, dit Colin distinctement.

– Ça dépend du point de vue, rétorqua Jan.

S'il y a des camps, eh bien, tant pis. Je ne vais pas mourir ici simplement parce que Gerald veut rester stupide. J'ai fait un rêve...

– Oh, Jan!

– Eh bien, j'en ai fait un. Et j'étais la dernière. J'étais toute seule. Vous étiez morts. Bruce, et Mark. Vous étiez tous morts sauf moi. Et j'étais toute seule. Et puis, je suis morte, moi aussi.

– Ouais, ouais, grogna Bruce. Tu nous l'as déjà raconté...

Carol déboucha sur la plage et se dirigea vers la jetée sans s'arrêter.

– Hé, Carol! appela Colin. Par ici, Carol!

Elle agita la main, mais se mit à grimper sur les rochers.

– Hé! hurla Bruce. Par ici, Carol. Ne t'en va pas!

– Où va-t-elle? demanda Mark.

– Nager, je suppose, dit Jan. Faites-lui confiance... *Carol!* cria-t-elle, sa voix se cassant douloureusement. Reviens!

Mais Carol ne revint pas et l'irritation de Jan de même que la douleur de sa gorge sèche se gravèrent dans un froncement de sourcils farouche.

Gerald arriva à ce moment et s'arrêta à une courte distance. Son baluchon tomba à ses pieds et il mit nerveusement ses mains sur ses hanches. Il avait compris qu'il se passait quelque chose. La lumière baissait rapidement mais il voyait bien que la valise était fermée et il sentait l'électricité de l'atmosphère. Il n'avait pas vraiment besoin de poser de question. Il savait.

– Eh bien ? fit-il.

– Nous partons, dit Jan carrément. Que tu le veuilles ou non. Et c'est pareil pour ta petite amie. Nous n'allons pas nous laisser mourir comme des bébés simplement pour te plaire.

Colin intervint, un frémissement dans la voix.

– Ce n'est pas ça, Gerald, pas comme elle le dit. Ce n'est pas ce que nous pensons.

– Si ! rugit sauvagement Jan. C'est comme ça ! Nous le pensons. N'est-ce pas, Bruce ?

– Pauvre de moi, gémit Bruce.

– Vous n'allez pas vous défiler. On a dit qu'on était solidaires.

– Ecoute, Jan, protesta Colin. Justement, nous voulons rester ensemble. Tous. Nous voulons que Gerald vienne avec nous parce que nous croyons avoir raison. Et on ne peut pas partir sans Carol. Voyons, Jan, ressaisis-toi. On ne réglera rien en hurlant. Tout ce qu'on va obtenir, c'est d'avoir encore plus soif et de déclencher une bagarre.

Gerald se sentait encore plus seul sans Carol mais hurlement ou pas, bagarre ou pas, ils ne le passeraient pas, même par force.

– Il n'y a rien à discuter, déclara-t-il. (Mais sa mâchoire se crispa et ses genoux faiblirent.) On va rester ici. C'est la règle. Si vous partez, c'est moi qui serais responsable de votre mort. Si vous partez, c'est comme si je vous tuais. Vous ne comprenez pas? C'est l'avion de mon père. Vous êtes les invités de ma mère. Vous ne pouvez pas partir. Je ne vous le permettrai pas.

– Ça, je n'en sais rien, grogna Bruce. J'aimerais bien te voir nous en empêcher.

Ce qu'il disait là ne lui plaisait pas, ni l'attitude de Jan. Pas après hier. Mais aujourd'hui était aujourd'hui, et c'était différent.

– Nous allons traverser l'île pour aller de l'autre côté. Et là, nous construirons un radeau et nous nous embarquerons pour le continent.

– Et comment sais-tu que le continent est par là?

– Nous le savons. Nous avons réfléchi à la chose. Avec des pagaies et une voile, nous y serons en une nuit. Demain soir. Ce soir même, si nous traversons assez vite.

– Ah, *vous avez réfléchi!* Vous avez réussi

à vous en persuader, vous voulez dire. Vous ne savez pas plus que moi où se trouve le continent.

Jan voulut parler mais Colin, pris d'une colère subite, lui cria de se taire et Mark se fit tout petit. Mark n'aimait pas la tournure que prenait la situation. Il aimait bien la bagarre mais pas entre des grands comme ça.

Colin s'adressa à Gerald :

– Tu te trompes, Gerald. Vraiment, tu te trompes. Ils ne nous trouveront jamais ici. Il n'y a pas le moindre espoir.

– C'est toi qui as tort. Ils ne sont pas idiots. Ils ont l'habitude de chercher des personnes disparues. Les gens ont dû nous entendre lorsque nous avons survolé le Queensland. Ils finiront par nous repérer.

– Ouais, et nous, comment on va vivre, en attendant? Qui mettra le plus de temps, la bouteille ou eux? La bouteille n'arrivera jamais à destination et eux non plus. Sur le continent, nous avons une chance. On pourra même se nourrir de racines, mais il faut faire *vite!* Très vite!

– Oh, laisse tomber! dit Jan. On perd son temps avec lui. (Elle attrapa la valise de Carol et se dirigea droit sur Gerald.) Vas-y, arrête-moi, se moqua-t- elle. Voyons comme tu es grand et brave!

– Non, Jan! cria Colin. Ne...
– Je suis pour elle, cria Bruce. Vas-y, Jan. Finissons-en. S'il lève la main sur toi, je l'aplatis.

Gerald recula, stupéfait.

– Non, Jan, implora-t-il. S'il te plaît, non.
– Dégonflé! siffla-t-elle en passant à côté de lui.

Si elle n'avait rien dit, elle aurait pu s'en tirer. Mais la colère s'empara de Gerald et, empoignant la robe de Jan, la fit tomber par terre. Elle hurla et Gerald recula vers les arbres pour leur faire face, les poings levés, comme un boxeur. Bruce s'avança sur lui à pas pesants, oubliant sa cheville. Mais Gerald lui envoya un coup de poing avec une force qu'il n'avait jamais déployée, qu'il ignorait même posséder. Le poing atterrit sur la figure de Bruce qui s'écroula avec un cri, tandis que le sang giclait de son nez.

– Vous ne partirez pas! vociféra Gerald. (Il recula de quelques mètres et se remit en position de combat.) Allons-y, un par un ou tous ensemble!

Bruce se redressa, crachotant et gémissant.

– Mon nez! Il m'a cassé le nez!

Jan, toujours par terre, était stupéfaite. Pas une seconde elle n'avait envisagé que Gerald aurait ce courage. Il l'avait projetée à terre. Brutalement. Et il avait stoppé Bruce. Comme un mur. Et Bruce n'y reviendrait pas. Il marchait en cercle, la tête penchée en arrière, tenant son nez, hoquetant, faisant tout un plat comme d'habitude. Colin n'avait pas bougé. Il demeurait là, les épaules tombantes, Mark à ses côtés. Colin n'avait pas le cœur de se battre, pas avec Gerald, pas lorsque Gerald avait peut-être raison.

Jan, seule, ne doutait plus, mais ce n'était pas dans le sens de son rêve.

– Voyons, Gerald, murmura-t-elle. Tu n'avais pas besoin de taper si fort. On n'en est pas à se haïr, quand même.

Puis elle se remit debout et reprit sa place devant son âtre. Elle entreprit de tourner un bâton dans le creux d'un autre avec une énergie sauvage, serrant les dents parce que ses mains lui faisaient si mal.

Au bout d'un moment, Mark s'approcha d'elle et dit :

– Carol est étrange, tu ne trouves pas?

– Ah?

– Ouais. Elle est toujours sur la jetée, à ne rien faire. Tu crois qu'elle va bien?

Jan soupira.

– A ta place, je ne m'inquiéterais pas. Elle doit être contrariée parce qu'elle s'est disputée avec Gerald.

– Est-ce que c'est pour ça aussi que tu es contrariée ? Parce que tu t'es disputée avec Gerald ?

Elle ne répondit pas et continua à faire tourner son bâton entre ses mains à vif, habitée moins par l'espoir de faire du feu que par le désir de se punir.

– Est-ce qu'on finira la maison, demain, Jan ?

– Oui, je crois, dit-elle. Oui, bien sûr. Où sont les garçons ?

– Partis après les canards.

Elle leva les yeux.

– Ils ont dit que je devais rester avec toi, au cas où – oh, tu sais, au cas où n'importe quoi.

– Quels canards, Mark ?

– Bruce les a vus quand ils étaient en train de soigner son nez. Ils volaient juste au-dessus de lui, vers l'intérieur. Les canards se dirigent toujours vers l'eau douce, le soir, a dit Gerald. En tout cas, assez douce pour qu'on puisse en boire dans un moment pareil.

Elle pleurait, mais Mark ne pouvait pas le voir, et lorsqu'elle baissa les yeux sur ce qu'elle faisait, le bout du bâton tournoyant rougissait dans l'obscurité.

Elle resta bouche bée, frappée de stupeur.

– Non! Ce n'est pas... Ça ne peut pas...
– Si! cria Mark. Si, c'est vrai, Jan! Vas-y, continue! Qu'est-ce que je dois faire? Qu'est-ce que je dois faire, Jan? Dis-le-moi, vite?

Mais elle s'était mise à rire et à sangloter.

– Espèce d'idiote! s'écria-t-il. Dis-moi donc ce qu'il faut faire!

Elle continua à faire tourner le bâton en sanglotant et en riant, les traits crispés par la douleur.

– L'herbe, Mark! Place l'herbe contre le bout du bâton et souffle. Dans l'âtre! Vite, Mark!

Il en saisit une grosse poignée qui s'effeuilla comme de la paille sèche, et il tremblait tellement qu'il dut s'y reprendre à deux fois pour la placer au bon endroit. Puis, il souffla et presque immédiatement, des flammes jaillirent, brûlant ses cheveux. Des poignées de flammes que Jan, avec des cris d'excitation, poussa dans l'âtre.

Alors ils roulèrent loin du feu, léchant leurs brûlures, poussant toujours des cris, et Mark se mit à danser en cercle, un doigt dans la bouche pour faire des bruits d'Indiens, et Jan, épuisée, se fendit d'un large sourire, un sourire de béatitude.

Le feu monta, crépitant, formant un halo

chaleureux, créant des ombres, des gerbes d'étincelles et de la belle fumée, exactement comme un feu de camp ordinaire, qui brûlerait dans un autre monde, un monde où vivaient les familles et les amis, très, très loin. Le feu rapprocha immédiatement ce monde-là, le rendit à nouveau réel. Et, pour la première fois, Jan se prit à espérer que les gens qui les cherchaient ne les retrouvent pas trop tôt, car, honnêtement il restait encore tant de choses amusantes à faire, en vérité.

Mark se laissa tomber près d'elle et attrapa sa main couverte d'ampoules.

– Dis, Jan, ce n'est pas une merveille ? On n'est pas les plus malins ?

Table des matières

l'Atelier du Père Castor présente

la collection Castor Poche

La collection Castor Poche vous propose :

- des textes écrits avec passion par des auteurs du monde entier, par des écrivains qui aiment la vie, qui défendent et respectent les différences;
- des textes où la complicité et la connivence entre l'auteur et vous se nouent et se développent au fil des pages;
- des récits qui vous concernent parce qu'ils mettent en scène des enfants et des adultes dans leurs rapports avec le monde qui les entoure;
- des histoires sincères où, comme dans la réalité, les moments dramatiques côtoient les moments de joie;
- une variété de ton et de style où l'humour, la gravité, la fantaisie, l'émotion, la poésie se passent le relais;
- des illustrations soignées, dessinées par des artistes d'aujourd'hui;
- des livres qui touchent les lecteurs à différents âges et aussi les adultes.

Un texte au dos de chaque couverture vous présente les héros, leur âge, les thèmes abordés dans le récit. Vous pourrez ainsi choisir votre livre selon vos interrogations et vos curiosités du moment.

Au début de chaque ouvrage, l'auteur, le traducteur, l'illustrateur sont présentés. Ils vous invitent à communiquer, à correspondre avec eux.

CASTOR POCHE
Atelier du Père Castor
7, rue Corneille
75006 PARIS

221 **Le propriétaire de cathédrale (senior)**
par Roger Judenne

Le professeur Jean-Baptiste Dieu prend possession de la cathédrale de Chartres, achetée par l'un de ses ancêtres comme bien national en 1789. Depuis ce jour, les portes restent closes, toutes les tentatives pour y pénétrer tournent mal. Jean-Baptiste Dieu reste invisible... Seul un chat noir au regard inquiétant rôde sur le toit de l'édifice. Bientôt on parle de diableries...

222 **Les dépanneurs invisibles**
par Edouard Ouspenski

Dès la livraison du nouveau réfrigérateur, Frigori part à la rencontre de ses collègues, les dépanneurs invisibles. Chacun a installé dans un coin de son appareil ménager un petit domaine à lui. Ils ont leur propre système de communication pour la commande des pièces détachées... Tout fonctionne à merveille jusqu'au jour où les petits hommes garantie doivent affronter une armée de souris...

223 **Quatorze jours sur un banc de glace**
par Miek Dorrestein

En Hollande, le 13 janvier 1849, Klaas Bording et ses deux fils partent pêcher dans le Zuiderzee gelé. La pêche est si miraculeuse que les trois hommes décident de continuer malgré la nuit. Mais au petit matin, le dégel a commencé, la glace dérive ! Durant quatorze jours les trois pêcheurs vont errer sur la glace...

224 **Marika**
par Anne Pierjean

Dans une école de montagne, Marianne Arly accueille une nouvelle parmi ses élèves. Mais Marika est différente des autres, avec son regard de renard pris au piège et elle se montre agressive. D'où vient-elle ? se demande Chris, pourtant prêt à lui offrir son amitié. Avec l'aide de Marianne, il tente d'apprivoiser la “sauvageonne”...

225 **Sycomore du petit peuple**
par Andrée Malifaud

Sycomore et sa famille sont les derniers représentants du Petit Peuple. Pas plus hauts qu'une main, ils habitent un terrier de souris, dans la maison d'une vieille dame. Un jour, la maison est vendue. Sycomore, le musicien prodige, rencontre les enfants des nouveaux propriétaires eux aussi musiciens, et c'est le début d'une merveilleuse aventure...

226 **Chien perdu**
par Marilyn Sachs

Je ne me souvenais plus de mon oncle ni de ma tante. Bien qu'ils m'aient accueillie gentiment, je ne me sentais pas chez moi dans leur appartement tout blanc. L'ennui, c'est que je n'avais nulle part où aller. Mes parents étaient morts. Personne d'autre ne voulait de moi. Et quand j'ai retrouvé Gus, le chien de quand-j'étais-petite, les choses se sont encore compliquées...

227 **Mon pays sous les eaux**
par Jean-Côme Noguès

Juillet 1672, Peet quitte la maison familiale pour se placer comme garçon d'auberge. La Hollande est paisible quand tout à coup, c'est la nouvelle : Louis XIV envahit le pays... Un soir, Peet monte un pot de bière à un étrange voyageur. Qui est-il ? Quel est son secret ? Quand le jeune homme l'apprendra, il en frémira...

228 **Lucien et le chimpanzé (senior)**
par Marie-Christine Helgerson

Dans un village près de Mâcon vivent le Grand-père et Lucien, un garçon de neuf ans dont les yeux immenses ignorent les gens et que tous appellent « la bête ». Au château, deux jeunes professeurs s'installent pour tenter une expérience : communiquer par gestes avec un chimpanzé. Et si, au contact du singe, Lucien apprenait à parler avec les gens... ?

229 **Anna dans les coulisses**
par Betsy Byars

Anna ne monte jamais sur la scène. C'est dur de chanter faux dans une famille de choristes ! Anna se sent rejetée, exclue. Un jour, un oncle oublié, tout juste sorti de prison, surgit dans la vie des Glory. Grâce à lui, et à la suite d'un drame, Anna va prendre confiance en elle.

230 **Un poney pour l'été**
par Jean Slaughter Doty

Ginny est prête à pleurer. Elle qui a toujours rêvé d'avoir un poney, voilà que le seul qu'elle peut louer pour l'été est une drôle de petite jument, à moitié morte de faim. Mais à force de soins et d'affection, le poney prospère et transforme des vacances qui promettaient d'être décevantes, en un merveilleux été.

231 **Mélodine et le clochard**
par Thalie de Molènes

Un clochard sort de l'ombre, se penche sur la vitrine éclairée de la librairie et lit passionnément un ouvrage d'astronomie... Il reviendra chaque jour et sa présence insolite servira de révélateur aux habitants de l'immeuble, en particulier à Mélodine et à Florence sa grand-mère qui l'a élevée...

232 **Personne ne m'a demandé mon avis**
par Isolde Heyne

Inka vit dans un foyer pour enfants en R.D.A. A l'occasion de son dixième anniversaire, elle exprime deux souhaits : avoir des parents adoptifs et être admise à l'École de sport. Un jour, dans la rue, une femme l'aborde à la dérobée, et lui annonce que sa mère, qu'elle croyait morte, vit en R.F.A. Loin de la réjouir, cette révélation inquiète Inka qui craint que sa vie n'en soit bouleversée.

233 Une famille à secrets (senior)
par Berlie Doherty

L'adolescence de Jeannie n'a rien de facile. Un père ombrageux, une mère qui s'enferme dans le silence. Dans sa famille, on se déchire d'autant mieux qu'on s'aime pour de bon. Pour les trois aînés, accéder à l'indépendance ne se fera pas sans heurts ni choix douloureux.

234 Les trois louis d'or de Maria (senior)
par Anne Pierjean

Maria pleure devant les œufs qu'elle vient de casser. Mandrin, qui passait par là, lui donne un louis d'or et la traite de « fille à marier ». Subjuguée, Maria pense à Benoît, le confident de toujours. Mais il y a d'autres filles et d'autres garçons sur les routes de leurs vies...

235 Mon ami le clandestin
par Ilse-Margret Vogel

Arkhip avait besoin d'aide pour pouvoir retourner dans son pays, en Russie et Papa l'a caché chez nous. Cet inconnu est devenu un ami merveilleux. Nous ne parlions pas la même langue et pourtant nous partagions tout. Nous étions complices, dans les joies comme dans les peines. Complices, même si la vie un jour nous séparait...

236 Caribou et le renne aux yeux d'or (senior)
par Mérédith Ann Pierce

A treize ans, Caribou se voit confier, contre son gré, un étrange bébé. Elle s'attache à l'enfant, et refuse longtemps de voir que ce ne sont pas seulement son teint clair et ses cheveux d'herbe sèche qui le rendent différent. Cet être qu'elle aime farouchement, est-il humain ? La tragédie qui frappe alors son peuple entier lui permettra de le découvrir...

237 **Coutcho**
par José Luis Olaizola

La grand-mère de Coutcho n'y voit pas grand chose et a de plus en plus de mal à exécuter des travaux de couture. Débrouillard, Coutcho, à neuf ans, trouve des petits métiers pour rapporter un peu d'argent à la maison. Les rencontres qu'il fera dans les rues de Madrid résoudront finalement bien des problèmes...

238 **Virage en ligne droite**
par Gérard Hubert-Richou

Après une partie de bicross, je faisais une pause sur le pont qui enjambe l'autoroute quand je vis une Golf noire perdre une roue. Et ce fut le carambolage, les voitures qui se heurtent, hurlent, s'encastrent à n'en plus finir. Puis l'atroce silence. Et les jappements affolés de ce petit caniche doré. Alors que s'est-il passé dans ma tête ? J'ai dévalé la pente de l'autoroute et ma vie a pris un grand virage...

239 **Si on jetait l'ancre**
par Simon French

Changer de cadre, changer d'école, Trevor en a l'habitude : depuis l'âge de quatre ans, il vit en caravane, avec ses parents qui sillonnent l'Australie au gré des emplois saisonniers. Le temps de se faire des amis, et déjà il faut repartir... Jusqu'ici, Trevor a réussi à s'adapter partout. Mais cette fois tout se passe différemment...

240 **Son premier souffle**
par Gérard Hubert-Richou

Cécilia, douze ans, et ses parents passent le mois d'août à la campagne. Sa maman, enceinte, a souhaité l'isolement. Son père doit s'absenter laissant Cécilia et sa mère seules quarante-huit heures. Il n'y a pas à s'inquiéter : le bébé n'est prévu que pour le mois prochain. Oui, mais voilà, un orage coupe le téléphone et le bébé s'annonce...

241 Les sept corbeaux et autres contes
par Jacob et Wilhelm Grimm

Les sept corbeaux et l'un des huit contes que contient ce volume où la dérision, l'humour et l'émotion se passent le relais. Parmi les plus célèbres : *Le petit Chaperon Rouge, Le loup et les sept chevreaux, Le lièvre et le hérisson.*

242 Les trois fileuses et autres contes
par Jacob et Wilhelm Grimm

Les trois fileuses est l'un des quatorze contes que contient ce volume où la fantaisie et l'imaginaire croisent souvent la réalité. Parmi les plus célèbres : *La Belle au Bois Dormant, Le voyage du Petit Poucet, Cendrillon, Tom Pouce, Blanche Neige.*

243 Le lundi tout est différent
par Christine Nöstlinger

Tous lcs lundis, Kathi va coucher chez Lady, sa grand-mère de quarante-sept ans, tout à fait fantaisiste... Découvrant que Kathi a des poux, Lady la convainc de couper ses cheveux. Kathi accepte à la condition que sa grand-mère lui réalise une coiffure punk. A l'école, à la cantine, la coiffure de Kathi va faire beaucoup parler d'elle ...

244 Une longue chasse (senior)
par Marcel Lamy

Lur Hoo, l'ours grizzli et son complice Kam, l'aigle gris, ont une tactique de chasse qui a permis à Lur Hoo d'éviter les pièges tendus par les chasseurs. Mais John Hobson, bien décidé cette fois à déjouer les ruses de l'animal, va guider cinq chasseurs néophytes à travers la montagne, sur les traces de l'ours. Une lutte sans merci s'engage...

245 **Les manèges de la vie (senior)**
par Andrée Chedid

Sept nouvelles composées d'actualités, de mémoires, de faits divers, qui se déplacent en divers points du globe pour toujours parler d'amitié, d'amour, de ces vies ordinaires métamorphosées par la souffrance, l'émotion.

246 **Les voleurs de lumière (senior)**
par Victor Carvajal

Dans chacun de ces huit récits, un enfant prend la parole. Selon ce qu'il est - son courage, ses rêves et sa propre expérience -, il raconte la vie dans les bidonvilles du Chili quand, pour survivre, il faut résoudre autant de problèmes qu'il y a de jours dans l'année. Un fil conducteur relie toutes ces histoires : l'espoir, le goût de vivre et d'aimer...

247 **Une chouette, ça vole!**
par Molly Burkett

Une petite chouette dans une cage qui n'a même pas de porte... Emue, la famille Burkett l'achète dans l'intention de la relâcher. Mais Tchivett n'a pas plus de vie qu'une plante en pot. Jusqu'au jour où une femelle chevêche, soignée chez les Burkett se prend d'intérêt pour lui, le force à bouger, lui apprend à voler. Et peu à peu, Tchivett reprend goût à la vie...

248 **Vif-Argent**
par Josep Vallverdu

Vif-Argent, le jeune chiot, s'est échappé de la voiture de ses maîtres. Après une nuit à la belle étoile, il est recueilli par Louison qui l'emmène vivre avec lui à la ferme. Jour après jour, le chiot fait son apprentissage de la vie. Mais il lui reste de dures épreuves à affronter...

249 A bientôt Maman !
par Henryk Lothamer

Tous les enfants sont fous de joie de préparer leur départ pour la colonie de vacances. Seul, dans son coin, Alek écrit à sa mère. Même ses meilleurs amis ignorent cette correspondance. Alek a un second secret : un petit miroir rond qu'il prétend tenir de sa mère. Avant de s'endormir, Alek le presse contre sa joue et vit des aventures étonnantes...

250 Une vie de chien
par Marie-Noëlle Blin-Blunden

Pour ses onze ans, Jérémie n'arrive pas à convaincre ses parents de lui offrir un chien. Son désir devient si grand qu'il vole un chiot au voisin et l'élève en cachette dans une cabane nichée dans un arbre. Se met alors en route un engrenage de mensonges, accidents et catastrophes, où l'humour ne perd pas ses droits.

251 Les esprits du monde vert
par Anne Guilhomon-Lamaze

Un jour enfin, Émile est en âge d'accompagner son oncle à la chasse. Mais Emile se retrouve bientôt seul au cœur de la profonde forêt guyanaise, son oncle ayant mystérieusement disparu. Comment survivre dans ce monde vert, à la fois inquiétant et envoûtant ?

252 La malédiction des opales (senior)
par Colin Thiele

Ernie Ryan, 14 ans, vit avec son père dans l'une des régions les plus rudes du monde, là où se trouvent les mines d'opales d'Australie. Avec l'espoir fou de trouver quelques éclats, Ernie creuse dans une mine abandonnée. Et un jour, c'est la chance inespérée : il découvre des opales superbes. Mais son rêve se transforme vite en cauchemar.

253 Pour une barre de chocolat
par John Branfield

Sarah est diabétique depuis l'âge de neuf ans, mais elle a beau savoir qu'il y va de sa vie, qu'il lui faut ces injections d'insuline, elle clame sa révolte : c'est injuste, pourquoi elle ? Crises de larmes et scènes familiales, trêves et reprises des hostilités, l'univers de Sarah n'est que montagnes russes...

254 Le héron bleu (senior)
par Cynthia Voigt

Jeff a sept ans lorsque sa mère quitte la maison. Le garçon grandit dans la hantise de décevoir son père qu'il appelle "le Professeur". Invité par sa mère, le temps des vacances, Jeff est à nouveau séduit par son charme et sa vivacité. Il ne vit plus que dans l'attente d'une nouvelle rencontre. Un rêve ruiné l'été suivant...

255 Zahra
par Evelyne Kuhn

Zahra, 10 ans, vit à Nancy avec sa famille venue du Maroc à sa naissance. Depuis le 15 mars, Zahra élève de CM1 entretient une correspondance régulière avec Sandrine qui a son âge et vit à Paris. Les deux filles, qui ne se sont jamais vues, échangent leurs joies et leurs soucis quotidiens...

256 Chère camarade (senior)
par Frances Thomas

Tout a commencé lors de la boum de Simon. Kate disait qu'elle était pensionnaire dans une école qu'elle détestait et que personne ne lui écrivait jamais. Paul s'était tout de suite dit qu'il fallait que cela change. Au début Kate ne l'encourage guère. Au fond, elle ne partage avec lui qu'une aversion totale pour les études. Mais lettre après lettre, leur amitié grandit.

257 Diatorix et Marcus
par Bertrand Solet

Il y a 73 ans que Vercingétorix s'est rendu à Jules César ; nous sommes en l'an 21 de notre ère. Diatorix, fils d'un grand chef gaulois, a été élevé par Titus Prolimus le Romain. Mais aujourd'hui, Diatorix doit choisir son camp car lc pays s'agite. Les peuples celtes se soulèvent contre l'occupation romaine.

258 Singularité (senior)
par William Sleator

Barry entraîne Harry, son frère jumeau, dans une vieille bâtisse isolée. Mais la maison leur réserve d'inquiétantes surprises. Il s'est produit d'étranges choses dans la pinède voisine et l'aventure tourne bientôt à la lutte sourde, non plus seulement entre les deux frères, mais contre des forces inexpliquées.

259 Le téléphérique de la peur
par Robert Kellett

Au lieu d'emprunter avec leur père le tunnel du Mont-Blanc, Liza, 11 ans, a réussi à convaincre sa sœur aînée de faire le trajet en téléphérique par les sommets. Elles se retrouvent dans la dernière cabine avec Christian et Mark, deux garçons de leur âge. Mais après le passage du premier pylône, une détonation claque et c'est l'accident...

260 Moi, Alfredo Perez
par Marie-Christine Helgerson

Ma famille et moi avons quitté le Mexique pour un pays riche : les États-Unis. Riche ? Pas pour tout le monde. J'ai été ramasseur de fruits, laveur de vaisselle. Mais j'ai mis aussi en route un vieux projet : dénicher des choses rares et les vendre. J'ai longtemps trié des masses de camelote, jusqu'au jour où...

Cet
ouvrage,
le deux cent
soixante-septième
de la collection
CASTOR POCHE,
a été achevé d'imprimer
sur les presses de l'imprimerie
Brodard et Taupin
à La Flèche
en août
1989

Dépôt légal : Septembre 1989.
N° d'Edition : 16111. Imprimé en France
ISBN : 2-08-161993-8
ISSN : 0763-4544